히가시노 게이고

일본 추리소설계를 대표하는 최고의 베스트셀러 작가. 대학에서 전기공학을 전공하고 엔지니어로 일하다가 1985년 『방과 후』로 제31회 에도가와란포상을 수상하면서 전업 작가의 길로 들어섰다. 이후, 이과적 지식에 토대한 기발한 트릭과 반전이 빛나는 본격 추리소설부터 서스펜스, 미스터리 색채가 강한 판타지 소설에 이르기까지 폭넓은 장르의 작품들을 꾸준히 발표해왔다. 이 중 상당수의 작품이 영화와 텔레비전 드라마로 제작되어 큰 사랑을 받았다. 대표작으로 『비밀』(제52회 일본추리작가협회상) 『용의자 X의 헌신』(제134회 나오키상, 제6회 본격미스터리대상) 『나미야 잡화점의 기적』(제7회 주오코론문예상) 『몽환화』(제26회 시바타렌자부로상) 『기도의 막이 내릴 때』(제48회 요시카와에이지문학상) 『그대 눈동자에 건배』 『위험한 비너스』 『백야행』 『유성의 인연』 〈가가 형사 시리즈〉 〈라플라스 시리즈〉 〈매스커레이드 시리즈〉 외 다수가 있다.

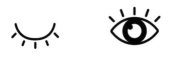

《**SUTEKINA NIPPONJIN** HIGASHINO KEIGO TAMPEN SHŪ》
ⓒHigashino Keigo, 2017
All rights reserved.

Original Japanese edition published by Kobunsha Co., Ltd.
Korean translation rights arranged with Kobunsha Co., Ltd.
through Shinwon Agency Co., Seoul.

그대 눈동자에 건배

히가시노 게이고
소설집

양윤옥 옮김

현대문학

일러두기

· 본문의 주석은 모두 옮긴이주이다.
· 본문의 인지명 등의 표기는 국립국어원 외래어표기법에 따랐다. 단, 저작물 제목은
  국내에 소개된 제목의 표기를 따랐으며, 원작자의 의도가 담긴 것으로 판단되는 일
  부 인명의 경우 예외적으로 원문의 발음에 가깝게 표기하였다.

차례

새해 첫날의 결심

正月の決意

1

시간을 들여 천천히 먹을 갈았다. 벼루와 먹이 비벼지는 소리가 세 평 다다미방에 퍼져갔다. 옆방에서는 이제 아무 소리도 들리지 않았다. 방금 전까지 아내 야스요가 신단神壇을 치장*하고 있었는데 다 끝난 것일까.

갈아낸 먹물 빛이 진해진 참에 다쓰유키는 손을 멈췄다. 먹을 내려놓고 그 대신 붓을 집어 들었다. 붓 끝에 먹물을 찍으며 눈을 지그시 감았다. 쓸 글씨는 이미 정해졌다.

심호흡을 한 차례 한 뒤, 눈을 뜨고 하얀 반지半紙**로 시선을 집중한다. 등을 곧게 펴고 붓 끝을 가까이 가져간다.

---

* 새해를 맞이하여 집 안에 모신 신단을 청소하고 공물과 장식물 등을 새로 올리는 일.

마음이 한껏 고조된 참에 단숨에 붓을 내달렸다. 글자 두 개로 이루어진 말이었다. 붓을 내려놓고 다시금 바라보았다.

스스로도 썩 잘 썼다고 고개가 끄덕여졌다. 다쓰유키는 서도書道 2단이다. 붓글씨에는 약간 자신이 있었다.

좋아, 라고 혼잣말을 중얼거리고 서도 도구를 정리했다.

옆방에서는 야스요가 신사에 올릴 제주祭酒병을 상자에서 꺼내는 참이었다. 식탁 위에는 이미 잔 두 개가 나란히 차려졌다. 곁에 '도소주屠蘇酒'***라고 적힌 종이가방도 있었다.

도소에는 홍화, 갯방풍, 창출, 진피, 도라지, 정향, 산초, 회향, 감초, 계피 등의 약초가 들어간다. 이것을 술이나 맛술에 섞은 것이 도소주다.

정월 초하루가 되면 새해 첫 붓글씨를 쓰고 도소주를 마시는 것이 마에지마가家의 관습이다. 아이들이 독립하고 부부 둘만 남은 뒤에도 변함없이 이어졌다.

"어땠어, 첫 글씨는?" 야스요가 물었다.

"응, 괜찮게 나왔어. 나중에 보여줄게."

기대가 되는데, 라면서 야스요는 미소를 지었다.

**   붓글씨에 사용하는 전통 종이. 긴 종이를 좌우로 2등분한 데서 나온 이름이다.

***   다양한 한약재를 넣은 약주로, 정월 초하루에 한 해의 건강을 기원하며 마시는 술이다.

다쓰유키는 벽시계를 보았다. 새벽 6시가 되어가고 있었다.

"슬슬 나가볼까?"

"그러자."

"단단히 챙겨 입어. 초하룻날은 추위가 매서울 거라고 날씨 예보에 나오던데."

"알았어, 알았어."

준비를 마치고 둘이 나란히 밖으로 나왔다. 아직 주위는 컴컴했다. 공기가 차가워서 머플러 밑의 목을 움츠렸다. 야스요는 낡은 코트로 몸을 감싸고 있었다. 팔꿈치 언저리는 온통 보푸라기 투성이다.

두 사람이 향하는 곳은 집 근처 신사였다. 사람이 몰리는 유명한 신사에는 벌써 몇 년째 가지 않았다. 첫 참배를 올리는 데는 이 지역 수호신이면 충분하다고 생각했다.

중간쯤부터 신사까지는 거의 외줄기 길이다. 길거리에 사람 모습은 전혀 없었다. 시간이 아직 이른 탓도 있지만 그보다는 동네 신사에 참배하려는 사람이 부쩍 줄어든 것이다. 신사에서 거행되는 제례에도 참석하는 사람이 없어 해가 갈수록 점점 한산해졌다. 지방은 어디나 활력이 떨어져갈 뿐이다.

저만치 앞으로 신사의 붉은 기둥 문이 어렴풋이 보이기 시작했다. 가로등이 없어 그 너머는 어둠침침하고 잘 보이지 않았다.

돌계단을 올라 기둥 문 밑을 지났다. 정면에 본전本殿이 있었다. 그곳까지는 자갈길이다.

엇, 하고 야스요가 놀란 소리를 냈다. "저게 뭐야?"

"뭐가?"

"저기 저거! 새전함賽錢函 앞에……."

알려주는 곳으로 눈길을 던진 다쓰유키도 금세 알아보았다. 땅바닥에 뭔가 놓여 있었다.

좀 더 가까워지면서 그 정체가 드러났다. 물건이 아니라 사람이다. 놓여 있는 게 아니라 쓰러져 있는 것이었다.

"술 취한 사람인가?"

"그런 모양이네."

멈칫멈칫 다가가보았다. 쓰러진 사람은 남자였다. 게다가 기묘하게도 위는 갈색 내복, 아래는 속바지 차림이다. 신발도 신지 않았다.

문득 야스요가 목소리를 높였다. "이 사람, 이 사람……."

"응?" 다쓰유키는 남자 얼굴을 찬찬히 살펴보았다. 나이는 칠십 대 후반쯤일까. 작은 몸집에 마른 편이다.

어이쿠, 하고 이번에는 다쓰유키가 입을 헤벌렸다.

그곳에 쓰러져 있는 사람은 이 지역 군수였다.

2

우선은 인근 파출소에서 젊은 경관이 달려왔다. 그러고는 곧바로 구급차가 오고 구급대원이 들것에 군수를 실어 갔다. 경관에게도 구급대원에게도 다쓰유키는 똑같이 설명했다. 아내와 둘이서 신사에 새해 참배를 하려고 나왔더니 새전함 앞에 군수님이 쓰러져 있었다―. 사실 그것 말고는 더 이상 아는 게 없었다. 그런데도 그들은 똑같은 말을 몇 번이나 묻고 또 물었다. 군수님은 왜 속옷 차림일까요? 그거야 우리도 모르지요, 라고 대답하는 수밖에 없었다.

밖이 소란스러운 것을 알았는지 구지宮司*가 나타났다. 얼굴이 가무잡잡하게 그을려 있었다. 신주神主 차림보다 골프웨어가 더 잘 어울릴 듯한 인물이었다.

젊은 경관이 사정을 설명했다.

"아휴, 여기서 그런 일이?" 구지는 눈이 둥그레져서 본전을 돌아보고 있었다.

잠시 뒤 경찰차 몇 대가 등장했다. 그때쯤이 되자 구경꾼도 모여들기 시작했다. 경관들이 붉은 기둥 문 앞에 출입금지 테이프를 치기 시작하자 구경꾼들이 불만의 목소리를 올렸다.

---

* 신사의 제례와 관리를 맡은 최고위 신관.

"첫 참배도 못 하게 하는 거야?"

"이런 게 경찰의 횡포지 뭐야."

훙, 하고 구지가 코웃음을 쳤다.

"말씀들은 잘하시네. 애초에 우리 신사에 참배하러 올 생각도 없었으면서. 게다가 참배하러 와봤자 어차피 새전도 안 내면서."

다쓰유키가 그 얼굴을 빤히 보고 있었더니 눈이 마주쳤다. 어떤 뜻으로 해석했는지 구지는 고개를 끄덕여가며 말했다. "신심 가진 이들이 줄어서 참말로 힘드네요."

다쓰유키는 어떻게 대꾸해야 할지 난감해서 예에, 라고 애매하게 답해두었다.

양복을 입은 큼직한 몸집의 남자가 다쓰유키 일행에게 다가왔다.

"두 분이 첫 번째 발견자입니까?"

"그렇습니다."

이름이며 주소, 연락처 등을 물어봐서 사실대로 대답했다. 그 남자는 구마쿠라라고 이름을 댔다. 태도 등을 보니 수사 책임자인 것으로 짐작되었다. 그를 과장님이라고 하는 경관도 있었다.

발견 당시의 상황을 묻길래 똑같은 이야기를 되풀이했다. 얘기를 다 듣고 구마쿠라는 말했다. "왜 속옷 차림이었을까요?"

글쎄요, 라고 다쓰유키는 고개를 갸웃했다. 슬슬 화가 나기 시작했다.

주위에 시선을 던져봤지만 형사들은 딱히 수사 비슷한 것을 하는 기색도 아니었다. 호출을 받아 별수 없이 나왔다, 라는 분위기였다. 개중에는 얼굴이 불콰한 사람도 있었다. 선하품만 계속하는 것을 보면 송년회에서 마신 술이 아직 덜 깬 참에 호출을 받았는지도 모른다. 본전 앞에 가서 요란하게 합장 박수를 치는 자도 있었다.

"소원을 빌려면 새전을 넣어야 할 거 아니냐고." 구지가 다쓰유키 옆에서 투덜거렸다.

잠깐 실례합니다, 라면서 구마쿠라가 휴대전화를 꺼냈다. 어디선가 연락이 온 모양이었다.

"응, 나야. ……아, 그래? 거, 잘됐네. ……뭐라고? 그게 뭔 소리야? 이것 참, 대체 어떻게 된 거야. ……진짜 사람 귀찮게 하네. 그래서 의사는 뭐래? ……흠, 그렇군. ……응, 응, 그렇게 좀 해줘. ……뭐? 정말이야? 거참, 큰일이네. 그런 거라면 우리 선에서 해결될 일이 아니잖아. 정초부터 진짜 미치겠네. ……응, 알았어. 아무튼 일단 감식반을 보낼 테니까 그렇게 알고 있어."

구마쿠라는 휴대전화를 호주머니에 챙겨 넣은 뒤, "어이, 스즈키" 하고 불렀다. 조금 전까지 합장 박수를 치던 형사가 다가왔다.

"군수의 의식이 돌아온 모양이야."

"그래요? 그럼 잘됐잖습니까. 이제 집에 가도 되겠네요?"

"아직 안 돼. 군수가 전혀 기억이 안 난대."

"예?"

"무슨 일이 일어났는지 전혀 기억을 못 한다는 거야. 이 동네 지지자와 주점에서 한잔했던 것까지는 생각나는데 그다음부터는 그냥 머릿속이 하얗대. 일단 그 주점에 탐문 수사를 나가라고 지시한 참이야."

"기억상실이라나 하는 그거예요?"

"그런 모양이지. 게다가 또 한 가지, 골칫거리가 생겼어." 구마쿠라는 얼굴을 찌푸리면서도 목소리를 낮추지는 않았다. 두 형사가 나누는 대화가 다쓰유키와 야스요의 귀에 그대로 들어왔다. "누군가에게 머리를 얻어맞았다잖아." 그렇게 말하며 자신의 뒤통수를 툭 쳤다.

"엇, 취해서 쓰러진 게 아니고요?"

구마쿠라는 찌푸린 얼굴인 채로 고개를 저었다.

"둔기로 얻어맞은 흔적이라고 의사가 단언을 했다는 거야. 게다가 상당히 강한 힘으로 내리쳤어. 머리뼈에 금이 갔다고 하니까."

"어이쿠." 스즈키 형사가 울상을 지었다. "설마 살인미수인가요? 정월 초하루에? 저요, 스키 타러 가려고 다 준비해놨어요."

"이봐, 나도 온천 여관 예약해둔 사람이야. 아무튼 일이 그렇게 됐으니까 서장님의 판단을 기다리는 수밖에 없어. 자네가 연락 좀 해."

"예에?" 스즈키 형사는 지금까지 중에서 가장 큰 몸짓의 반응을 보였다. "제가요? 정월 초하루에 서장님에게 전화했다가는 엄청 짜증 낼 텐데……."

"어쩔 수 없잖아. 현경본부에 협력을 요청할지 말지는 서장님이 결정해야 할 일이야. 살인미수 사건이라고 하면 경우에 따라서는 수사본부를 설치할 수도 있어."

"수사본부만은 제발 설치하지 말아줬으면 좋겠는데." 영 내키지 않는 표정으로 스즈키 형사는 휴대전화를 꺼냈다.

3

신사 사무실로 이동해 다쓰유키와 야스요는 다시금 발견자 진술을 하게 되었다. 하지만 진술이라고 해봤자 그냥 똑같은 이야기를 되풀이하는 것뿐이었다.

"잘 생각해보세요. 신사에 도착하기 전에 누군가 마주친 사람은 없었어요? 분명 마주친 사람이 있었을 텐데요."

구마쿠라는 같은 말을 자꾸 물었지만 다쓰유키로서도 똑같은 대답밖에는 할 수 없었다.

"아무하고도 마주치지 않았어요. 집에서 신사까지 오는 길에는 사람이 하나도 없었어요."

"하지만 병원에서 들어온 정보에 의하면 누군가에게 얻어맞고 아직 시간이 그리 많이 지나지 않았다는 거예요. 그러니까 범인이 신사에서 도주할 때, 두 분과 마주치지 않았다면 얘기가 이상하잖아요. 대체 어떻게 된 거죠? 범인이 어떻게 도망쳤을까요?"

"우리를 발견하고 어딘가에 숨어버린 거 아닌가?"

끄응, 하고 구마쿠라는 신음 소리를 올렸다.

"숨을 만한 장소가 거의 없어요. 보시다시피 살풍경한 동네라서."

"그래도 우리는 정말 아무도 보거나 만난 적이 없으니까 달리 대답할 도리가 없어요."

"뭐, 그야 그렇죠." 구마쿠라는 이마를 긁적이면서 "군수도 그냥 못 보고 넘어갔으면 좋았을 텐데"라고 작은 소리로 중얼거렸다.

엇, 하고 다쓰유키가 물었다. "우리가 군수님을 발견한 게 잘못입니까?"

"아뇨, 아뇨, 절대 그런 얘기는 아니고요." 구마쿠라는 당황한 기색으로 양손을 내저었다. "두 분이 못 보고 지나쳤다면 군수님은 목숨 부지도 못 했겠지요. 그랬다가는 살인 사건이라서 일이 훨씬 더 시끄러워졌을 테니까 그야 뭐, 발견해주셔서 참으로 다행이죠. 네, 그야 뭐, 물론입니다. 게다가 이렇게 수사에 협조까지 해주시니 고맙게 생각하고 있죠, 네."

다쓰유키는 한숨을 내쉬었다. 발견한 것까지는 좋았지만 이 자리에 계속 머물러 있는 게 안 좋았던 모양이라고 해석했다. 신고자가 자리를 떠버리면 경찰로서는 상황을 물어볼 도리가 없고, 그러면 사건을 어떻게라도 만들어낼 수 있다는 얘기다.

바깥에서 스즈키 형사가 들어왔다. 그 얼굴 표정은 밝지 않았다.

"어떻게 됐어?" 구마쿠라가 물었다. "찾았어?"

"아뇨." 스즈키 형사가 고개를 저었다. "신사 경내에는 없는 것 같습니다."

"제대로 찾아본 거야? 한마디로 둔기라고 해도 이것저것 많잖아. 돌멩이라든가 몽둥이라든가, 뭔가 떨어져 있지 않았어?"

아무래도 흉기에 대한 얘기를 하는 모양이었다. 다쓰유키와 야스요가 사무실로 자리를 옮긴 것도 여러 명의 수사원들이 현장검증에 들어갔기 때문이다.

"경내가 온통 자갈투성이인데 그럴싸한 크기의 돌은 찾지 못했어요. 몽둥이라고 하면 신사 뒤편에 대빗자루가 하나 있었지만 그걸로 내리쳐봤자 두개골에 금이 갈 것 같지는 않아요."

스즈키 형사의 대답에 구마쿠라는 입이 삐뚜름해졌다. "허 참, 어떻게 해야 할지 모르겠네."

"저어, 형사님." 다쓰유키가 구마쿠라에게 말을 건넸다. "우리는 언제까지 여기 있어야 하지요? 얘기할 것은 모두 다 얘기한 것 같은데."

"아뇨, 죄송하지만 잠시만 더 기다려주세요. 이제 곧 서장님이 도착할 테니까요."

"서장님이?"

"아시는 대로 이건 살인미수 사건이에요. 게다가 군수님을 노린 범죄니까 큰 사건이죠. 아마 서장님은 현경본부에 협력을 요청할 겁니다. 그리고 본부 쪽 사람들이 오면 어차피 다시 두 분께 얘기를 들어보려고 할 거예요. 일단 집에 돌아가셔도 또 나오셔야 합니다. 번거롭게 왔다 갔다 하느니 계속 여기 계시는 게 서로 간에 편하지 않겠습니까?"

"예……."

댁들이나 편하겠지, 라고 쏘아붙이고 싶은 것을 다쓰유키는 꾹 참았다.

구지가 쟁반에 찻잔을 담아 들고 나타났다.

"자아, 쉬엄쉬엄하시지요. 그나저나 현장검증이 일단락되는 대로 새해 첫 참배는 허용해달라고 하는 게 어떨까요?"

"거 좋지요. 꼭 그렇게 해주십시오." 구마쿠라가 몇 번이나 고개를 끄덕였다.

다쓰유키는 찻잔을 손에 들었다. 한 모금 입에 넣었다가 푸훗 하고 뿜었다.

"이거 뭐예요? 술 아닙니까?"

"그냥 술이 아니라 제주예요. 자 자, 사양들 마시고, 형사님도

어서 한 잔 쭈욱." 구지가 살살 웃어가며 말했다.

"근무 중이긴 한데, 제주라고 하시니 거절할 수도 없군요." 구마쿠라는 반갑다는 듯 손을 내밀었다. 스즈키 형사도 눈가에 웃음이 번지며 잔을 들었다.

그때 젊은 형사가 들어왔다. "서장님 도착하셨습니다."

엇, 하면서 구마쿠라가 자리에서 일어섰다. 스즈키 형사도 직립부동 자세를 취했다. 다쓰유키는 야스요와 얼굴을 마주 본 뒤 함께 일어섰다.

제복을 차려입은 둥근 얼굴의 남자가 부루퉁한 얼굴로 들어왔다. 금테 안경 너머의 눈은 노골적으로 잠이 덜 깬 것이었다. 남자는 사무실 안을 둘러보고 스토브 앞으로 이동했다. 곧바로 스즈키 형사가 철제 의자를 대령했다. 남자가 고맙다는 말도 없이 털썩 앉았다. "으, 춥네, 추워."

구지가 "우선 한 잔"이라면서 잔을 내밀었다. 서장이 받아 들자 술병을 들고 따랐다. 서장은 단 한 마디의 의문도 입에 담는 일 없이 술을 들이켜고 "오, 몸이 후끈해지네"라고 중얼거렸다.

서장님, 하고 구마쿠라가 한 걸음 앞으로 나섰다. 즉각 보고를 시작할 모양이라고 다쓰유키는 생각했다.

"새해 복 많이 받으십시오." 아니었다. 새해 인사였다.

새해 복 많이 받으십시오, 라고 스즈키 형사도 뒤를 이었다.

응, 하고 서장은 빈 쪽 손을 스토브에 쬐면서 거만하게 고개를 끄덕였다. "자네들도 새해 복 많이 받아. 올해도 열심히 뛰어줘."

네엣, 하고 소리를 맞춰 답한 뒤에 형사들은 착석했다. 다쓰
유키와 야스요도 앉았다. 구지는 쟁반을 품에 안고 사무실 안쪽
으로 사라졌다.

"그나저나 어떤 상황이지?" 서장이 물었다.

구마쿠라가 설명하기 시작했다. 서장은 간간이 다쓰유키와 야
스요 쪽으로 시선을 던져가며 듣고 있었지만 그다지 관심이 있
는 것처럼은 보이지 않았다.

"……한 상황입니다." 구마쿠라의 이야기가 끝났다.

"흐음." 서장은 턱을 긁적이면서 다쓰유키를 보았다. "두 분이
발견하셨군요?"

네, 라고 다쓰유키는 고개를 끄덕였다.

"이런 꼭두새벽에?"

"새해 첫 참배를 하러 나온 길이죠."

"근데 굳이 이런 시골 신사에 나오실 건 없잖아요?"

"해마다 하는 일이라서. 죄송합니다." 말을 하면서도 왜 내가
사과를 해야 하나, 라고 다쓰유키는 생각했다.

서장은 얼굴을 찌푸리며 끄응 하고 신음했다. "거참, 성가시게
됐네."

"네, 무엇보다 피해자가 군수님이니까요." 구마쿠라가 말했다.

"정초 사흘 동안 이런저런 일정이 꽉 차 있는데 말이야. 오늘

저녁에도 상점가 신년모임에서 꼭 참석해달라고 신신당부를 해왔어.”

“아, 거기요?” 구마쿠라가 눈을 반짝였다. “초미니스커트의 젊은 아가씨들이 도우미로 스무 명쯤이나 온다던데요?”

“아냐, 그건 옛날 얘기지. 요즘에는 열 명이나 부르면 다행일 정도야. 다들 불경기잖아.”

“그래도 진짜 부럽습니다.”

“그래봤자 참석을 못 하면 말짱 꽝이잖아. 현경에 연락해 수사본부니 뭐니 만들어놓고 나 혼자만 그런 모임에 나갈 수도 없고.” 서장은 눈썹 위를 긁었다. “군수는 아무것도 기억이 안 난대?”

“지지자와 주점에 갔던 것까지는 기억이 난답니다. 주점 직원들에게 알아본바, 아닌 게 아니라 오전 1시쯤까지 술을 마셨대요. 지지자와는 그 주점에서 헤어져 군수님 혼자 집에 갔답니다. 주점은 여기서 수백 미터 거리예요. 거기서 나온 뒤에 군수님이 어디를 거쳐 갔는지는 아직 밝혀지지 않았고요. 참고로, 술자리를 함께한 지지자는 알리바이가 있었습니다.”

미치겠군, 이라면서 서장은 뒷목을 두드렸다. “군수가 분명 일흔일곱 희수喜壽였지? 나이도 지긋한 분이 필름이 끊기도록 술을 마시고, 대체 어쩌시려고.”

“아뇨, 병원에서 들어온 정보에 따르면 술은 그리 많이 마시지 않았답니다. 기억을 잃은 건 아무래도 누군가에게 얻어맞은 영향 때문인 것 같대요."

"그런데 왜 속옷 차림이야?"

"그것도 큰 수수께끼예요. 현재로서는 범인이 옷을 벗겨 갔을 가능성이 가장 높습니다."

"무엇 때문에 옷을 벗겨 가?"

글쎄요, 라고 구마쿠라는 고개를 갸우뚱거릴 뿐이었다.

"이것 참, 현경본부에 협조를 요청할 수밖에 없나? 어물어물하다가는 자칫 언론 쪽에서 냄새를 맡을 거고. 제기랄, 도우미 아가씨는 포기해야겠네. 어디 사는 어떤 놈이 범인인지는 모르지만 하필 고르고 골라 이런 때에 사건을 일으킬 게 뭐냐고. 최소한 설 연휴 지날 때까지만이라도 기다릴 것이지." 서장은 어깨가 뻐근한지 목을 빙빙 돌려가며 투덜거렸다.

그때였다. 구마쿠라의 휴대전화가 착신을 알렸다.

"나야. ……뭐라고? 틀림없지? ……그렇군. 좋아, 주변을 좀 더 샅샅이 찾아봐." 기세 좋게 말하고 전화를 끊은 뒤, 서장 쪽을 향했다. "군수님의 의류를 발견했다고 합니다. 구두도 찾았대요."

"그래? 어디 있었어?"

"조금 전에 이야기했던 주점에서 수십 미터 떨어진 공원입니다. 벤치 뒤에 누군가 숨겨둔 것처럼 있었다네요. ……어이, 스즈키, 자네도 거기 가서 도와줘."

네, 라고 대답하고 스즈키 형사가 나갔다.

"공원이라. 왜 또 그런 곳에……." 서장이 고개를 외로 꼬았다.

"새로운 가능성이 부상했다는 얘기네요." 구마쿠라가 목소리를 낮췄다. "지금까지 범행 현장을 이 신사라고만 생각했는데 실은 그 공원일 수도 있잖습니까. 군수님은 주점에서 나온 뒤, 그 공원에서 누군가에게 머리를 얻어맞고 혼절했다. 그렇게 생각하면 군수님이 기억을 잃은 것과도 얘기가 일치합니다."

"범인이 공원에서 옷을 벗긴 뒤에 군수를 여기 신사 경내까지 옮겨 왔다는 건가?"

"그렇습니다. 아마 범행 현장을 착각하게 하기 위한 교란 작전이겠지요. 범인은 군수님이 살아서 의식을 되찾을 것이라고는 생각하지 못한 겁니다."

"그렇다면 흉기도 공원 주변에 버려졌을 가능성이 크겠네."

"저도 같은 생각입니다. 즉시 수색에 나서도록 하겠습니다." 그렇게 말하고 구마쿠라가 휴대전화를 들었을 때, 다시금 연락이 들어왔다. "응, 구마쿠라야. 무슨 일이지? ……뭐? ……역시 그렇군. ……응, 응. ……좋아, 그렇게 좀 추진해줘. 아, 그리고 흉기 수색도 확실하게 해야 돼." 전화를 끊고 서장을 보았다. "새로운 정보예요. 어젯밤 그 공원 근처에서 남자 둘이 서로 고함을 지르며 싸우는 것을 봤다는 증언을 얻었다고 합니다. 둘 다 연배가 있는 사람들이었대요."

서장이 몸을 앞으로 쓱 내밀었다. "얼굴은? 얼굴은 못 봤대?"

"안타깝게도 얼굴까지는……. 하지만 한쪽은 몸집이 작았고 다른 한쪽은 키가 컸대요. 작은 쪽이 군수님이었던 것으로 보입니다."

"좋아, 온 동네를 샅샅이 뒤져봐. 수상한 키다리가 눈에 띄는 즉시, 인정사정 볼 것 없이 끌고 와."

"예, 알고 있습니다. 이미 찾으러 출동했습니다. 그런데 어떻게 할까요, 현경본부에 연락하는 것은?"

"흠, 글쎄." 서장은 팔짱을 꼈다. "이런 식이면 조기에 해결될 것도 같은데. 어설피 현경본부에 연락했다가 그쪽에서 공을 가로채 가는 것도 신경질 나고, 잠시만 더 상황을 보도록 할까."

"그게 좋겠습니다. 게다가 현경본부 수사 1과 과장이 깐깐하기로 유명하잖아요. 정확히 증거가 갖춰지지 않는 한 검찰에 넘기지 않는다는 주의여서 수사를 질질 끌 우려가 있습니다."

"그건 안 되지. 좋아, 현경에 연락하는 건 일단 보류하자고." 서장은 손목시계를 들여다보았다. "저녁때까지 어떻게든 처리했으면 좋겠는데. 그러면 신년모임에 갈 수 있어. 혹시 그렇게 되면 구마쿠라 과장, 자네도 데려갈게."

"정말이십니까?" 구마쿠라의 눈이 번쩍 빛났다.

"정말이지. 싱싱한 도우미 아가씨의 늘씬한 다리로 눈호강이라도 실컷 하라고."

"감사합니다!"

저기요, 라고 다쓰유키는 다시 입을 열었다. "현경본부에 연락하지 않을 거면 우리가 여기 남아 있을 필요도 없을 텐데요."

구마쿠라와 서장이 서로를 마주 보았다. 그다음에 두 사람은 다쓰유키와 야스요에게 등을 돌리고 뭔가 숙덕숙덕 상의하기 시작했다. 쓸 데가 있어, 라는 말이 들려왔다.

두 사람이 다시 이쪽으로 몸을 돌렸다.

"죄송한데요, 여기서 잠시만 더 기다려주시죠." 구마쿠라가 말했다.

"왜요? 이제 우리한테는 볼일이 없을 것 같은데."

"그게 그렇지를 않아요. 두 분이 아니면 부탁할 수 없는 일이 있거든요."

다쓰유키는 미간을 좁혔다. "부탁? 무슨 부탁?"

"그건…… 그때가 되면 말씀드릴게요." 구마쿠라는 뭔가 애매모호한 말을 했다.

"에이, 괜찮아요. 걱정하실 거 하나도 없습니다. 절대 민폐는 끼치지 않도록 할 테니까." 서장이 교활해 보이는 웃음을 지은 뒤에 안쪽을 향해 큰 소리로 말했다. "이봐요, 구지. 술은 이제 없어요? 여기 손님께 한 잔 더 드리시지."

"……손님?"

예예, 라는 대답과 함께 구지가 나타났다. 쟁반에 술병이 얹혀 있었다. "자아, 나왔습니다요."

"아니, 나는 술은 이제 그만……."

다쓰유키는 손을 저었지만 서장이 직접 술병을 들고 반강제로 술을 따랐다.

"아이, 사양 마시고. 설날이잖습니까. 이 신사의 술이라면 어차피 주류점에서 봉납한 거예요. 전혀 사양하실 거 없어요."

"아니, 꼭 사양한다기보다는……."

그때, 다시금 구마쿠라가 휴대전화를 귀에 댔다.

"나야. ……엇, 그래? 그래서, 자백했어? ……응. ……응. ……상관없어, 일단 경찰서로 데려가. 그리고 그자의 얼굴 사진 좀 보내줘. ……그래, 잘 부탁한다." 휴대전화를 달칵 닫고 구마쿠라는 서장을 보았다. "역 대합실 벤치에 수상한 인물이 쓰러져 자고 있었답니다. 불심검문을 해봤더니 45세의 회사원이었대요. 어제 회사 동료와 늦게까지 술을 마시다가 자기도 모르게 취해서 잠든 것 같다고 말했답니다. 동료와 헤어진 뒤로는 전혀 기억이 없다는 거예요."

"그 남자, 체형은?" 서장이 물었다.

"키 180센티미터에 마른 편이랍니다."

"키다리잖아!" 서장이 손가락을 따악 튕겼다. "그자네. 그자로 정해졌어."

"경찰서로 데려가라고 지시했습니다. 이제 남은 건 실토하게 하는 것뿐입니다."

"무슨 수를 써서라도 자백을 받아내라고. 약간 강경한 수단을 써도 상관없어."

"알겠습니다. 그럼 그렇게 지시를…… 엇, 메시지가 들어왔네요." 구마쿠라는 서툰 손놀림으로 휴대전화를 두드렸다. "그 수상한 자의 얼굴 사진입니다. 흠, 역시나 수상쩍은 몰골이네요."

서장도 옆에서 구마쿠라의 휴대전화를 넘겨다보았다. 그다음에 두 사람은 얼굴을 마주 보고 의미심장하게 서로 머리를 끄덕였다.

"두 분이 이 사진 좀 봐주시죠." 구마쿠라가 액정화면을 다쓰유키 부부에게 내보였다. "이 남자, 본 적 있습니까?"

거기에 비친 것은 긴 얼굴의 남자였다. 머리가 수세미처럼 흐트러진 것은 대합실에서 잠을 잤기 때문일 것이다. 눈이 흐리멍덩해서 패기가 없고 입가에는 침이 말라붙은 흔적이 있었다. 전혀 낯선 남자였기 때문에 다쓰유키는 그대로 대답했다. 옆에서 야스요도 같이 고개를 끄덕였다.

"정말입니까? 찬찬히 좀 봐주세요. 이를테면 오늘 새벽에 여기로 오는 도중에 봤다, 라거나 하는 일은 없습니까?"

구마쿠라의 말에 다쓰유키는 당혹스러웠다.

"아까 아무도 못 봤다고 말했잖습니까."

"네, 알죠. 그러니 다시 한 번 찬찬히 생각을 해보십사고 부탁 드리는 거예요. 인간의 기억이란 게 원래 애매한 거거든요. 혹시 아무도 못 봤다고 무심코 딱 믿어버린 거 아닙니까? 사실은 이런 남자를 얼핏 봤던 거 아니에요?"

다쓰유키는 아내와 얼굴을 마주 보고 고개를 갸웃거렸다.

"아무리 그래도 전혀 기억에 없는 일이라서 어쩔 수 없어요."

"아뇨, 그러니까 그게요……."

"이봐, 내가 설명할게." 서장이 그렇게 말하며 한 차례 헛기침을 하고 다쓰유키를 보았다. "지금까지 우리가 주고받은 얘기를 들어서 아시겠지만, 방금 범인으로 보이는 자를 잡았잖습니까. 근데 아무래도 그자는 술에 취해 기억이 끊긴 것 같단 말씀이에요. 피해자인 군수도 똑같은 상태고요. 이래서야 도무지 얘기가 끝나질 않아요. 그러니 용의자에게서 자백을 끌어내기 위해 이런 때는 좀 협조를 해주실 수 없을까, 그런 부탁을 드리는 겁니다."

"그게 그러면 어떻게 하라는 얘기인지……."

그러니까요, 라고 서장은 목소리를 낮췄다. "두 분이, 이 남자인 듯한 사람을 신사 근처에서 봤다, 라고 한 마디만 해주시면 그 다음은 우리 쪽에서 알아서 처리할 겁니다. 두 분에게는 절대로 피해가 가지 않아요. 그건 약속드립니다."

그제야 무슨 얘기인지 감이 잡혔다. 즉 그들은 경찰서에 연행

한 남자를 범인으로 단정하기 위해 거짓 증언을 해달라는 것이다. 조금 전에 얼핏 들려온 '쓸 데가 있어'라는 숙덕거림이 바로 이런 것이었는가.

"아니, 그렇게는 못 합니다." 다쓰유키는 딱 잘라 말했다. "애먼 사람을 함정에 밀어 넣는 그런 짓을 어떻게 합니까?"

"함정에 밀어 넣는 게 아니죠. 술 취한 자의 기억을 환기시키려는 것뿐이에요. 어차피 그자가 범인입니다. 술 취한 자들끼리 싸우다가 얼결에 머리통을 내리쳤다, 기껏해야 그런 정도의 일이에요. 군수도 생명에는 지장이 없다니 그리 큰 죄가 되지는 않아요. 그러니까 한 번만 협조를 좀 해주시면 안 되겠습니까?"

"그건 안 될 일이죠. 거짓말은 하고 싶지 않아요. 게다가 만일 진범이 따로 있다면 어쩝니까. 군수님의 목숨을 노린 사람이 따로 있다면 그야말로 중대 사건이잖아요."

서장은 큰 한숨을 내쉬었다. "도저히 안 되겠습니까?"

"안 돼요, 안 돼. 이제 우리한테는 볼일이 없는 것 같으니 이만 실례하겠습니다. 괜찮지요?"

구마쿠라가 서장을 흘끔 쳐다보았다. 서장은 아랫입술을 툭 내밀고 고개를 끄덕였다. "그러시다면 뭐, 어쩔 수 없죠."

다쓰유키는 야스요를 재촉해 자리에서 일어섰다. 그때 서장의 휴대전화가 울리기 시작했다.

"응, 나야. 그러잖아도 바빠 죽겠는 판에 대체 뭐야? ……사람

찾는다는 신고? 이봐, 겨우 그 정도 일로 나한테 일일이 전화하지 마. ……뭐? 교육장? ……응. ……응. 어휴, 알았어. 그러면 누구든 나가서 어떻게 된 건지 알아봐."

전화를 끊은 서장에게 "무슨 일입니까?"라고 구마쿠라가 물었다.

"교육장 가족에게서 신고가 들어왔다는 거야. 어젯밤 늦게 지인과 한잔하겠다면서 집을 나갔는데 여태 돌아오지 않은 모양이야."

"교육장님이? 어디 갔는데요?"

"그러게 말이야. 어디서 술에 취해 쓰러져 자는 거 아냐? 참내, 여기 일도 복잡해 죽겠는데 사람 귀찮게 하네, 그놈의 키다리 영감쟁이." 내뱉듯이 말한 뒤, 서장은 자신의 말에 흠칫 놀란 듯 눈을 둥그렇게 뜨고 구마쿠라와 얼굴을 마주 보았다. "키다리……. 맞아, 교육장도 그 나이치고는 키가 큰 편이었어."

"게다가 호리호리합니다. 군수님과도 면식이 있고요."

"군수가 누군가에게 언어맞고 혼절한 날 밤에 교육장이 행방불명? 이거, 우연이라고는 할 수 없네. 좋아, 우리 서 전원에게 지시해. 전력을 다해 교육장을 찾아내라고 해."

"알겠습니다!"

다쓰유키는 그들이 주고받는 얘기에 귀를 기울이며 서 있었지만 더 이상 엮이지 말자는 생각에 다시 걸음을 옮겼다. 그런데 야스요가 뒤따라오지 않았다. 아내는 멈춰 서서 구마쿠라가 전화하는 것을 지긋이 지켜보고 있었다.

"여보, 왜 그래? 어서 가자고."

하지만 야스요는 대답하지 않았다. 이윽고 그녀는 구마쿠라와 서장 쪽으로 한 걸음 나섰다. "저기요…….."

전화를 마친 구마쿠라가 그녀를 돌아보았다. "네, 왜 그러십니까?"

"교육장님이 범인인가요?" 야스요가 물었다.

"그건 아직 모르는 일이지만, 왜요?"

"혹시 그분이 범인이라면, 흉기는 어디에 감췄을까요? 그리고 우리에게 목격되는 일 없이 어떻게 이 신사에서 도주했을까요?"

"흉기에 대해서는 현재 범행 현장으로 보이는 공원 주변을 수색 중입니다. 도주하는 모습을 두 분이 목격하지 못한 것은 뭔가 우연이 작용한 거라고 생각할 수밖에 없겠지요."

"부인, 대체 무슨 말이 하고 싶은 겁니까?" 서장이 불쾌한 기색으로 물었다.

야스요는 흠칫 어깨를 움츠리면서도 서장과 구마쿠라를 올려다보았다.

"내 생각에 범행 현장은 이 신사예요. 공원이 아닙니다."

서장이 의아한 얼굴을 했다. "어떻게 그렇게 단정적으로 말할 수 있지요? 그러면 왜 군수의 옷이 공원에 숨겨져 있습니까?"

"옷을 벗은 건 공원일 거예요. 하지만 공원은 범행 현장이 아니에요. 군수님은 이 신사에 온 다음에 누군가에게 맞은 거예요."

"글쎄 그걸 어떻게 아시느냐고요."

"발바닥이 더러웠기 때문이에요." 야스요는 말했다. "양말 바닥이 시커멓게 더러웠어요. 만일 누군가 군수님을 떠메고 왔다면 발바닥이 깨끗했겠지요. 군수님은 공원에서 이곳까지 자기 발로 온 거예요. 게다가 구두도 신지 않은 채."

"무엇 때문에?"

"그건 나도 모르겠어요. 어쩌면 범인에게 협박을 당했는지도 모르지요. 아무튼 그렇게 생각하지 않고서는 발바닥이 더러워진 것에 대해서 설명이 안 돼요."

서장과 구마쿠라가 입을 딱 다물었다. 반론이 생각나지 않았던 것인지도 모른다.

하지만, 이라고 이윽고 구마쿠라가 말했다. "신사 주변에서는 흉기가 발견되지 않았어요."

"그러니까 그건 범인이 아직 갖고 있을 거예요." 야스요는 말했다. "좀 더 말하자면, 범인이 이 신사에서 도주했다면 반드시 우리에게 목격되었을 텐데 그렇지 않았다는 것은 아직 도주하지 않았기 때문이에요."

예에? 라고 두 사람은 동시에 목소리가 높아졌다.

"아직 도주하지 않았다니, 부인, 그건 무슨 말입니까?" 서장이 물었다.

그러니까, 라고 야스요는 말했다. "아직 이곳에 있어요. 이 신사에."

"설마." 구마쿠라가 벌떡 일어섰다. "그럴 리가요. 우리가 전부 살펴봤는데."

"아뇨, 전부는 아니죠. 신사 경내 수색이 시작되는 것과 동시에 우리는 이 사무실로 이동했어요. 하지만 이 사무실 안쪽은 아직 어떤 형사님도 들여다보지 않았어요. 저기 사무실 안쪽은."

그 말에 다쓰유키도 멈칫 놀랐다. 사무실 안쪽으로 통하는 문을 돌아보았다.

그곳에는 구지가 서 있었다. 얼굴이 창백했다.

4

교육장이 숨어 있었던 곳은 사무실 안쪽의 창고였다. 그를 숨겨준 구지가 계속 수사 상황 등을 전해준 모양이었다.

"나는 군수를 때리지 않았소이다. 그건 단순한 사고였어요." 사무실 한가운데 앉은 교육장은 심기가 잔뜩 뒤틀린 듯이 말했다. 분명 일흔 나이치고는 키가 훌쩍 크고 호리호리한 편이었다.

"대체 무슨 일입니까? 섣달 그믐날 밤에 집을 뛰쳐나와 어디로 가실 생각이었어요?" 구마쿠라가 물었다.

교육장은 부루퉁한 얼굴로 팔짱을 꼈다. "말하기 싫소이다."

"교육장님……." 구마쿠라가 양 눈썹 끝을 축 늘어뜨렸다.

"이제 그만 포기하세요." 구지가 교육장에게 말했다. "어설피 감추려 들면 일이 더 커질 우려가 있잖습니까."

"그렇죠, 솔직히 얘기하시는 게 좋아요." 서장도 말했다.

교육장은 입가를 삐뚜름하게 틀고 마지못해 "'이로하'"라고 내던지듯이 말했다.

"'이로하'라면 상점가 끝에 있는 그 식당 말씀입니까?" 구마쿠라가 확인했다.

"그렇소이다."

"왜 그 시간에 그런 식당에……?"

교육장은 다시 입을 꾹 다물었다. 그러자 구지가 "거기 아주머니"라고 말했다. "교육장님이 요즘 그 식당 주인아주머니를 마음에 두고 있으셔서."

"거기 아주머니요? 하지만 분명 지금 예순이 다 된……."

"아직 쉰여덟이야." 교육장이 불쑥 말했다. "나보다 기껏 열두 살 아래, 띠동갑이라고."

뭐가 잘못됐냐, 라는 듯한 말투였다.

"아, 예에……. 근데 군수님은 그 일과 무슨 관련이 있는 겁니까?" 구마쿠라는 그렇게 말하고 퍼뜩 감이 잡힌 듯 교육장의 얼굴을 보았다. "혹시 군수님도 그 아주머니를?"

교육장은 흥 하고 콧방귀를 뀌었다.

"망령도 유분수지, 그 영감쟁이 나이가 일흔일곱이야. 이제 어지간히 시들어빠질 때도 되지 않았느냐고."

일흔 살의 자신은 아직 그렇지 않다는 얘기인 모양이었다.

"그럼 그 식당에서 두 분이 우연히 마주치신 거예요?"

"식당 안에서 만난 게 아니야. 그 앞에서 만났어. 그믐날에는 오전 1시에 식당 문을 닫는다고 하길래 그 시간에 맞춰서 가봤더니만 그 영감쟁이도 반대편에서 걸어오더라고. 교육장 당신 뭐냐, 식당 문 닫은 뒤에 찾아오는 건 무슨 속셈이냐, 하고 따지길래 당신이야말로 무슨 꿍꿍이로 찾아온 거냐고 대거리를 했지. 그러다가 공원으로 자리를 옮겨 결판을 내기로 했어."

"결판을 내다니……. 어떻게요?"

"설마 결투를 할 수도 없잖아. 그래서 '복남福男'으로 겨루자고 얘기가 된 거야."

"복남이라뇨?"

"니시노미야 신사의 유명한 연례행사인데, 그것도 몰라? 1월 10일에 신사 문을 여는 것과 동시에 사내들이 본전을 목표로 달리기를 하는 거야. 일등으로 도착한 자에게는 복남이라는 칭호가 수여되는 거라고."

"달리기요? 설마 진짜로 두 분이 그걸 하셨어요?"

"군수 쪽에서 먼저 하자고 제안했어. 신사 본전의 종을 먼저 울린 쪽이 이기는 것으로. 그래서 진 쪽은 그 여자에게서 손을 떼기로 했어. 나도 사내대장부야. 그런 제안을 피할 수야 없지. 공원에서부터 출발하기로 했어. 그런데 이게 뭐야, 군수 영감이 옷을 벗어부치고 구두까지 벗더라고. 그게 달리기가 더 쉽다고 생각한 모양이지. 나는 그냥 입은 채로 달리기로 했어. 일흔일곱이나 먹은 영감에게 설마 질 리는 없다고 생각했거든. 그랬는데……." 교육장은 짜증 난다는 듯 혀를 찼다. "막상 달리다 보니 그 영감, 예상보다 힘도 있고 아주 빠르더라고."

"건강을 위해 군수님은 매일 아침 달리기를 하신다네요. 신문에 기사가 난 걸 봤어요." 구지가 모두에게 해설을 했다.

"그래서요?" 구마쿠라가 교육장에게 얘기를 재촉했다.

"나도 열심히 뛰기는 했는데 결국 따라잡지 못했어. 내가 신사 기둥 문을 넘어설 때 군수는 바야흐로 새전함 위의 종을 울리려는 참이었지. 이제는 틀렸다고 포기한 순간, 생각지도 못한 일이 일어났지 뭐야."

"어, 어떤 일이?"

"종이 떨어져서 군수의 머리통을 정통으로 때렸어."

"종?"

"종을 고정한 쇠고리가 풀어졌던 모양이야. 큰 소리가 나더니

만 군수가 그대로 기절해버렸어. 그리고 그 참에 구지가 뛰어나 왔고."

구마쿠라는 구지에게로 시선을 옮겼다. "구지님은 그래서 어떻게……."

"이 자리는 내가 어떻게든 수습할 테니 교육장님은 일단 도망 치시라고 했죠."

"그런데 도망칠 수가 없게 됐어." 교육장이 다쓰유키 부부를 돌아보았다. "저 두 사람의 모습이 보였기 때문이야. 별수 없이 사무실에 들어가 숨어 있기로 했지. 그리고 틈을 봐서 도망치려 고 했는데……."

그럴 만한 틈이 없었다, 라는 얘기인 모양이었다.

사무실 안쪽 창고를 수색하던 스즈키 형사가 나왔다. "이게 발견됐습니다."

그가 안고 있는 것은 거대한 종이었다. 부서진 쇠고리와 굵은 밧줄이 달려 있었다.

"죄송합니다. 저는 사실대로 털어놓고 싶었는데, 교육장님과 군수님의 명예를 지켜드려야겠다 싶어서……." 구지가 변명을 했다.

입에 발린 소리를 하는구나, 하고 곁에서 듣고 있던 다쓰유키 는 맥이 쑥 빠졌다. 구지가 감추려고 했던 것은 교육장과 군수의 불상사가 아니라 신사 본전의 종이 떨어진 사고였을 터였다. 군수의 신상에 변고라도 생긴다면 신사 관리 소홀이라는 것으로 구지에게 그 책임이 돌아가기 때문이다. 물론 이 자리에 있는 자들은 그런 저간 사정을 뻔히 알기 때문에 아무 말 없이 저마다 냉소를 흘렸다.

구마쿠라가 휴대전화를 들고 밖으로 나갔다. 묵직한 침묵이 사무실 안을 채웠다. 자리를 뜰 타이밍을 잃고 다쓰유키도 영 난처하기만 했다.

구마쿠라가 사무실로 다시 돌아왔다.

"군수님의 기억이 돌아왔답니다. 아니, 그보다 기억나지 않았다는 건 그냥 연기였던 모양이에요. 교육장님이 전부 다 실토했다는 말을 듣고 그만 포기하신 거겠죠."

"그럼 교육장님의 진술은……." 서장이 물었다.

"거의 다 사실인 것 같습니다." 구마쿠라가 말했다. "단지 군수님은 식당 아주머니를 점찍은 것은 자신이 먼저고 교육장님이 나중에야 끼어들어 가로채려고 했다고 주장했다는군요."

"뭣? 그 망할 영감이!" 교육장이 눈을 번쩍 치떴다. "애초에 그 식당을 알려준 게 바로 나였는데 뭔 소리야?"

"아이, 그거야 어느 쪽이건 상관없잖습니까." 맥 빠진 얼굴로 구마쿠라가 말했다. "서장님, 어떻게 할까요? 군수님은 피해 신고서를 낼 생각이 없다고 했다는데요."

"흥, 그 영감, 마누라가 떡 버티고 있잖아. 이런 일을 공공연히 밝힐 수는 없겠지." 자신도 처자식을 거느린 교육장이 말했다.

서장은 구지와 교육장의 얼굴을 바라본 뒤, 후우 한숨을 토해 냈다. "예, 아무 일 없었던 것으로 하지요. 구마쿠라, 수사원 전원 철수시켜."

알겠습니다, 라고 구마쿠라가 힘차게 대답했다. "어쨌든 오늘 밤 신년모임에는 갈 수 있겠네요."

"아, 그런데 말이죠," 서장이 다쓰유키 부부 쪽을 보았다. "이렇게 되면 군수를 발견한 사람도 경찰에 신고한 사람도 없어야 하는데……."

모두의 시선이 다쓰유키 부부에게로 쏟아졌다. 애원하는 빛이 역력히 배어 있었다.

다쓰유키는 온몸의 힘이 스르륵 빠져나가는 것을 느꼈다.

"알았습니다. 그렇게 하지요. 예, 우리는 아무것도 못 봤습니다." 내키지 않는 목소리로 대답했다.

5

다쓰유키와 야스요가 집에 도착한 것은 오전 10시를 조금 지난 무렵이었다. 어처구니없는 첫 참배가 되고 말았다. 아니, 사실은 참배도 하지 못했다. 내내 신사 사무실에 있었을 뿐이다.

방 안에 들어서자 다쓰유키는 방석에 주저앉았다. 뭔가 몹시 지쳐버렸다.

"차라도 마실까?" 야스요가 물었다.

"아니, 지금은 됐어."

다쓰유키는 식탁 위로 시선을 던졌다. 도소주 준비가 다 되어 있었다. 첫 참배를 하고 돌아와 둘이서 마실 예정이었다.

하지만 이번 도소주는 평소에 마시던 것과는 달랐다. 술에 넣은 것은 도소 가루가 아니라 청산가리였다. 다쓰유키의 공장에 보관해두던 것이다.

공장은 작년 가을부터 문을 닫은 상태였다. 공장을 돌려보려 해도 일거리가 들어오지 않았다. 직원들 월급은 몇 달 치나 밀렸다. 불어날 대로 불어난 빚을 갚을 전망 따위, 전혀 없었다. 회사는 이제 곧 도산할 터였다. 이 집도 저당이 잡혀 있다. 즉 거처할 곳도 없어지는 것이다.

성실하게 살아왔다. 오로지 성실하게 온 힘을 다해 산다고 살아왔다. 그래도 제대로 풀리지 않는 경우도 있다―. 그렇게 깨달았다.

부부간에 의논 끝에 이제 다른 길은 없다는 결론에 이르렀다. 둘이 죽으면 생명보험금이 자식들에게 들어간다. 그 돈으로 여기저기 폐 끼친 사람들에게 최대한 사죄해달라, 라는 취지의 유서는 이미 써두었다.

망설임은 없었다. 그렇기 때문에 평소와 똑같이 새해 첫날의 의식을 치르자고 야스요와 결정했던 것이다. 첫 참배에서는 자신들의 성불과 뒤에 남겨질 이들의 행복을 빌 생각이었다.

그런데 그 마지막 참배를 하지 못했다.

여보, 라고 야스요가 말했다. "그거 좀 보여줄래?"

"그거라니?"

"첫 붓글씨, 나중에 보여준다고 했잖아."

"아, 그랬지." 다쓰유키는 방석에서 몸을 일으켰다.

둘이서 옆방으로 이동했다. 반지에 써놓은 붓글씨는 완전히 말라 있었다. 멀뚱히 둘이서 그 글씨를 내려다보았다.

성의誠意―.

입을 꾹 다문 채 오랫동안 글씨를 가만히 내려다보았다. 이윽고 야스요가 입을 열었다. "여보, 우리 죽지 맙시다."

다쓰유키는 아내를 보았다. 그녀의 얼굴에는 뭔가를 싹둑 끊어낸 것처럼 후련한 기색이 있었다. 어깨 힘이 스르르 빠지고 모든 것을 달관한 눈빛이었다.

"그렇게 무책임한 인간들도 떵떵거리고 위세 부리며 살고 있잖아. 그런 바보들이 군수를 하고 교육장을 하고 경찰서장을 하고……."

"구지도 하고……."

야스요는 깊숙이 고개를 끄덕였다.

"그런데 왜 우리처럼 성실하게 살아온 사람들이 죽어야 해? 이건 정말 이상하잖아. 말도 안 돼. 여보, 열심히 살아보자. 우리도 앞으로 그이들 못지않게 대충대충, 속 편하게, 뻔뻔스럽게 살아보자." 지금까지 들어본 적이 없는 아내의 힘찬 목소리였다.

다쓰유키는 자리에 앉아 반지를 집어 들었다. 자신이 쓴 글씨를 새삼 들여다보고 단숨에 반으로 쫘악 찢어버렸다.

"응, 나도 동감이야."

10
년
만의
밸런타인데이

十年目のバレンタインデー

1

그 레스토랑은 고급 브랜드점 등이 입점한 빌딩의 1층에 자리 잡고 있었다. 중정을 마주하고 입구가 설계되어 외관은 단독주택 같은 정취를 풍겼다.

중후한 장식으로 꾸며진 문을 열자 나비넥타이를 맨 남자가 서 있었다. 짧게 고개를 숙이며 "어서 오십시오"라고 침착한 목소리로 인사를 했다.

"쓰다 씨 이름으로 예약되어 있을 텐데요." 미네기시는 말했다.

"네, 이쪽으로 오시지요."

남자의 안내로 레스토랑 안쪽으로 들어갔다. 4인용 테이블이 줄줄이 이어졌지만 20퍼센트 정도만 손님이 찼을 뿐이다. 밸런타인데이 저녁 시간이라고 해도 평일의 프렌치 레스토랑이라면 대부분 이런 수준인지도 모른다.

모퉁이에 배치된 테이블에 한 여자가 앉아 있었다. 미네기시를 보자 빙긋이 미소를 건넸다. 옛날보다 조금 말랐나. 하지만 단정한 얼굴 모습은 여전했다. 길쭉한 눈에는 어른스러운 매력까지 더해졌다.

미네기시는 시계를 보았다. 약속한 시각보다 5분쯤 빠르다.

"기다리게 했네? 이것 참, 내가 먼저 도착해서 기다려줄 생각이었는데."

"아니, 내가 너무 빨리 나왔지. 신경 쓰지 마." 약간 코에 걸린 목소리는 변함이 없었지만 한층 품격이 높아진 것처럼 느껴졌다.

미네기시는 의자에 앉아 쓰다 치리코의 얼굴을 새삼 응시했다. "잘 지냈어?"

"응, 오랜만이야."

"무엇보다 건강해 보여서 다행이다."

"미네기시 씨도."

소믈리에인 듯한 남자가 다가와 식전주에 대해 물었다.

"샴페인 괜찮아?" 치리코가 의향을 물었다.

"괜찮지. 아주 좋아."

소믈리에가 물러간 뒤에 "그나저나 깜짝 놀랐어"라고 미네기시는 말했다. "설마 이렇게 오랜만에 치리코가 연락해주리라고는 생각도 못 했어."

"미안해. 번거롭게 했나?"

"천만에." 미네기시는 크게 고개를 저었다. "번거로웠다면 지금 이곳에 앉아 있지도 않겠지. 반가웠어. 솔직히 말하자면, 내내 만나고 싶었어. 하지만 연락할 방법도 없고, 그냥 체념하고 있었어."

"그렇다면 다행이네." 치리코는 하얀 이를 보이며 웃었다. "당대 최고의 인기 작가를 이렇게 불러내는 거, 큰 실례가 아닌지 계속 걱정했거든."

"당대 최고의 인기 작가? 그건 1년 넘게 새 작품을 내놓지 못한 작가에 대한 풍자인가?"

"지금 한창 구상 중이잖아? 다음 작품, 손꼽아 기다리고 있어."

"내 작품, 계속 읽고 있었어?"

"물론이지." 치리코는 고개를 끄덕였다. "미네기시 씨 책은 전부 다 읽었어."

"이거 영광이네."

소믈리에가 샴페인을 내왔다. 호박색 액체 속에서 무수한 거품이 춤추는 것을 바라본 뒤, 미네기시는 잔을 들었다. "자, 그럼 재회를 축하하며."

"10년 만의 밸런타인데이에도 건배." 치리코가 잔을 쨀그랑 맞댔다.

샴페인을 입에 흘려 넣으며 미네기시는 눈 끝으로 치리코의 모습을 포착했다. 감색 원피스에 감싸인 몸은 10년 전 그대로 체형이 거의 변하지 않은 것처럼 보였다. 아직 삼십 대 초반이니까 오히려 여자로서 성숙하는 것은 이제부터다.

검은 옷의 남자가 메뉴판을 안고 나타났다.

"뭔가 먹으면 안 되는 건 없어?" 메뉴판을 펼치고 치리코가 물었다.

"응, 상관없어."

"그럼 내가 정해도 될까?"

"물론이지."

그렇다면, 이라면서 그녀는 주문을 시작했다. 밸런타인데이 특별 코스요리라는 것이 있는 모양이었다.

"오늘 저녁은 내가 살게." 검은 옷의 남자가 가고 나서 치리코가 말했다.

"아냐, 그건 미안하지."

"그래도 내가 나오라고 했으니까."

"응⋯⋯. 알았어." 미네기시는 고개를 끄덕였다. "그럼 기꺼이."

"그래, 부담 갖지 말고." 오른쪽 귀걸이가 반짝 빛났다.

미네기시는 샴페인을 입에 옮기면서 식사 후에 치리코는 어떻게 할 예정일까, 라고 생각했다. 식사를 하면서 와인을 마실 테니 이 레스토랑을 나설 무렵에는 얼큰히 취한 기분이 될지도 모른다. 우선 2차로 어딘가 바에라도 가자고 해볼까. 문제는 그다음이다.

"아 참, 그렇지." 치리코가 뭔가 생각난 얼굴로 옆의 의자에서 작은 종이가방을 집어 들었다. "밸런타인데이인데 가장 중요한 걸 잊고 있었네. 자, 이거." 미네기시 쪽으로 내밀었다.

"어라, 뭐지?" 종이가방 안에 무엇이 있을지는 대략 짐작이 갔지만 마치 허를 찔린 것처럼 연기하면서 받아 들었다. 안에서 네모난 종이포장 상자와 분홍색 봉투가 언뜻 보였다. 포장 상자에는 유명한 양과자점 이름이 인쇄되어 있었다. 그것을 꺼내면서 "아, 오랜만이네. 밸런타인데이에 초콜릿을 받아보는 게 몇 년 만인지 모르겠어"라고 말했다. "요즘에는 예의상 주는 초콜릿도 없어졌거든. 아니, 그보다 예의상 초콜릿이라는 말 자체가 사어가 됐지."

"하지만 진짜 여자친구에게서는 받았겠지?"

"진짜 여자친구? 그럴 리가 있나. 생각 좀 해봐, 그런 여자친구가 있는데 오늘 밤에 이렇게 치리코를 만나고 있겠어?"

"그럼 올해는 없다는 얘기네."

"작년에도 없었어. 재작년도, 그 전해도." 미네기시는 치리코의 눈을 지긋이 바라보며 말을 이었다. "치리코와 헤어진 뒤로는 어느 누구에게서도 초콜릿을 받아본 적이 없어. 그런 상대가 나타나질 않았어."

"에이, 설마. 거짓말이지?"

"내가 왜 거짓말을? 정말이야." 미네기시는 눈을 피하지 않고 대답했다.

"그래?" 치리코는 천천히 눈을 깜빡였다. "뭐, 그렇다면 그런 걸로 해두자."

"지금 의심하는 거야? 그러는 치리코는? 분명 좋은 사람 찾아서 결혼했을 거라고 생각했는데."

"유감스럽지만 나한테도 좋은 인연은 없었어." 치리코는 어깨를 으쓱해 보였다. "지금도 혼자야. 그래서 이렇게 미네기시 씨를 만나고 있지."

"그랬구나. 그나저나 편지도 있는 것 같은데?" 미네기시는 종이가방 속을 들여다보았다.

"당신에 대한 지금의 내 마음을 편지에 적었어. 지난 10년 동안의 마음을 가득 담아서."

"호오, 어쩐지 좀 무섭군." 미네기시는 종이가방에 손을 내밀었다.

"아니, 창피하니까 지금은 읽지 말아줘. 그건 조금 있다가."

부탁이야, 라고 그녀는 손을 맞댔다. 그 말투에서 어리광을 부리는 듯한 여운이 감지되었다.

알았어, 라고 말하고 미네기시는 종이가방에 내밀었던 손을 거뒀다. 아주 괜찮은 밤이 될 것 같네, 라고 마음속으로 싱글벙글하고 있었다.

2

미네기시가 쓰다 치리코를 만난 것은 지금으로부터 10년 전이었다. 그녀는 미네기시가 대학 시절에 가입한 동아리의 후배였다. 여름에는 마린스포츠, 겨울에는 동계스포츠를 즐기는 그 동아리는 꽤 인기가 있어서 회원 수도 많았다.

미네기시는 대학을 졸업하고 몇 년 지난 뒤에도 1년에 한 번씩 여는 OB모임에 이따금 참가했다. OB모임이라고 해도 현역 회원 쪽이 숫자는 더 많았다. 미네기시의 목적은 후배 여학생이었다. 좋아하는 타입이 눈에 띄면 접근해서 연락처를 교환하는 것이다.

물론 잘 풀릴 때도 있고 그렇지 않을 때도 있었다. 하지만 그해에 미네기시는 꽤 자신이 있었다. 그 전해에 미스터리 분야의 문학 신인상을 수상하고 작가로 데뷔했었기 때문이다. 유명한 작가를 다수 배출한 문학상으로 세간의 주목도도 높았다. 당연히 OB모임에서도 화제의 중심이 될 것이라고 예상했다.

하지만 실제로는 그가 기대한 만큼은 누구도 거론해주지 않았다. 수상 소식이 전혀 알려지지 않은 건 아니었지만 그것이 얼마나 힘든 일인지는 별로 이해받지 못한 것 같았다. 약간의 질투심도 있는 게 틀림없다, 라고 그는 분석했다.

그런 가운데 접근해 온 것이 치리코였다. 세련된 분위기를 풍기는 미인인 데다 전체적인 비율도 좋아서 실은 그 전부터 미네기시도 눈여겨보고 있었다.

그녀는 그의 수상 소식을 알고 있어서 눈빛을 반짝여가며 상찬해주었다. 얘기를 들어보니 미스터리 소설 마니아라는 것이었다. 즉시 의기투합했다. 그 자리에서 연락처를 교환하고 나중에 만나기로 약속한 것은 더 말할 것도 없다.

치리코는 전부터 그 동아리에 가입했지만 1년쯤 미국에 나가 있어서 그동안은 당연히 활동에도 참가하지 못한 모양이었다. 그 전해의 OB모임에는 참석했다는데 그때는 미네기시가 나가지 못했었다.

그렇게 두 사람의 교제는 시작되었다. 치리코에게 연인이 없었던 것은 거의 기적이라고밖에는 표현할 도리가 없었다. 말을 걸어오는 남자는 많았을 텐데 아마 그녀의 눈에 차는 상대가 없었던 것이리라.

수상작이 세간에 화제가 되고 연달아 발표한 두 번째 작품도 꽤 잘 팔렸기 때문에 미네기시는 일하던 회사를 그만두고 전업작가가 되었다. 치리코를 만날 시간은 넉넉히 확보할 수 있었다. 그녀는 대학에서 돌아오는 길에 그의 아파트에 들러 요리 등을 해주었다. 식후에는 대부분 침대 위에서 보냈다. 그대로 자고 가는 일도 있었다. 미네기시는 그녀에게 팔베개를 해주며 구상 중인 신작 소설을 이야기해주곤 했다.

하지만 그런 달콤한 생활이 갑작스럽게 종언을 맞이했다. 어느 날 치리코에게서 이런 메일이 도착한 것이다. '이래저래 생각하는 바가 있어서 헤어지기로 결심했어. 지금까지 고마웠어. 앞으로도 멋진 작품 계속 써낼 수 있기를 기도할게. 안녕.'

그야말로 여우에 홀린 듯한 기분이었다. 대체 무슨 일인가.

도저히 받아들일 수 없어 전화를 해봤지만 착신 거부였다. 메일을 보내도 답장이 없었다. 며칠 뒤에는 휴대전화도 해약되어 있었다.

치리코는 여성 전용 아파트에서 혼자 살고 있었다. 그 앞에서 진을 치고 기다린다거나 학교에 찾아가보는 것도 생각했었다. 하지만 결국 실행에는 옮기지 않았다. 그녀를 포기하기에는 아직 미련이 많았지만, 자존심이 브레이크를 건 것이었다. 스토커 비슷한 짓을 하다가 세상에 알려지기라도 하면 책이 팔리지 않으리라는 것도 염두에 두었다.

그 뒤로 치리코가 어디서 무엇을 하는지 미네기시는 하나도 알지 못했다. 그 자신은 착실히 신작을 발표하며 작가로서의 지위를 쌓아갔다. 교제하는 여자도 몇 명 있었다. 결혼에는 관심이 없었기 때문에 최종적으로는 어떤 여자도 그쪽에서 먼저 떨어져 나갔다. 그때마다 미네기시에게 미련 따위는 없었다. 유일하게 언제까지고 마음에 걸린 여자가 치리코였다. 교제하던 여자와 헤어질 때마다 치리코와의 일을 떠올리곤 했다. 지금 어디서 뭘

하고 있을까, 생각하기도 했다.

어느 출판사에서 팬레터가 전송되어 온 것은 지난주의 일이다. 담당 편집자의 메모가 붙어 있었다. '미네기시 선생님을 예전에 알던 분이라고 합니다'라는 것이었다. 작가 앞으로 오는 팬레터 등이 출판사에 도착했을 경우, 보통은 담당 편집자가 그 내용을 확인한다.

크림색 봉투에 적힌 송신인의 이름을 보고 미네기시의 가슴은 크게 뛰었다. '쓰다 치리코'라고 되어 있었기 때문이다.

두근두근하면서 편지지를 펼쳐보니 예쁜 글씨로 다음과 같이 적혀 있었다.

오랜만이에요. 나를 기억하고 있을까요? 10년 전에 만나던 쓰다 치리코예요. 대학 동아리에서 미네기시 씨는 8년쯤 선배였죠.

그때는 정말로 실례가 많았습니다. 아직도 화가 나 있는 건 아닌지 걱정이 되네요.

미네기시 씨의 작가 활동은 잘 지켜보고 있습니다. 정말 대단하던데요. 후배로서 자랑스러워요.

이번에 이렇게 편지를 쓰게 된 것은 다름이 아니라 한 차례 여유있게 이야기를 나누었으면 해서요. 그때 일에 대해 이래저래 설명해드리고 싶은 마음도 있어요. 이제 새삼 만나고 싶지 않다고 한다면 포기하겠지만, 만일 그렇지 않다면 부디 시간을 내주셨으면

합니다. 바쁜 줄은 잘 알지만, 연락 기다릴게요.

편지 말미에는 전화번호와 메일 주소가 적혀 있었다.

그 편지를 몇 번이나 다시 읽어보았다. 그때마다 미네기시의 마음은 둥둥 떠올랐다. 아무래도 치리코가 그와의 재회를 원하는 모양이다. 그 이유에 대해서는 대략 짐작이 갔다. 그가 작가로서 성공한 것을 보고 그때 헤어졌던 일을 후회하는 거 아닌가.

즉시 메일로 답장을 보내기로 했다. 전화로 하지 않은 것은 얘기는 직접 만나서 하는 게 낫다고 생각했기 때문이다. 10년 전에 일방적으로 걷어차인 것을 생각하면 약간 오만하게 나가고 싶은 마음도 있었다.

편지는 잘 읽었다, 이쪽 일정에 맞춰준다면 만나도 좋다, 라는 짐짓 퉁명스러운 내용으로 써서 보냈다. 그러자 마치 기다렸다는 듯 즉각 답장이 왔다. 언제든 어디든 나갈 테니 꼭 만나고 싶다, 라는 것이었다. 그래서 편리한 날짜와 시간을 몇 가지 제시하고, 도쿄라면 어디라도 괜찮으니 장소는 그쪽에서 정해달라, 라는 메일을 보냈다.

잠시 뒤 도착한 치리코의 메일에는 2월 14일, 그리고 도쿄 시내의 프렌치 레스토랑 이름이 적혀 있었다.

내심 노렸던 대로였다. 편리한 날짜 속에 밸런타인데이를 일부러 넣어둔 것이다. 만일 치리코가 둘 사이의 관계를 회복하려는 마음이 있다면 틀림없이 그날을 선택할 거라고 생각했던 것이다.

3

"……그러저러해서 그 소설에도 엄청 감탄할 수밖에 없었어. 어떻게 그런 재미있는 이야기를 생각해내지?" 포크와 나이프를 놀리며 치리코는 말했다.

"그렇게 평가해주니 기쁘다. 그 소설은 나로서도 꽤 자신 있는 편에 속하는 작품이니까. 그나저나 내 소설에 대해 잘 알고 있는데? 정말 다 읽었어?"

"내가 처음에 말했잖아. 거짓말인 줄 알았어?"

"한두 권쯤은 읽었을 거라고 생각했지만 설마 모두 다 읽었을 줄은 몰랐지." 미네기시는 가볍게 머리를 숙였다. "고맙다."

"감사 인사를 해야 할 사람은 나야. 매번 즐거운 독서를 하게 해줬으니까."

"그럼 앞으로 더 열심히 써야겠는데?"

생선 요리는 징거미새우 푸알레와 가리비 무스였다. 미네기시는 화이트 와인을 마셔가며 그 요리들을 열심히 입에 넣었다. 애피타이저도 그렇지만 이 요리도 최고의 맛이었다.

"이 레스토랑에 자주 오는 모양이지?"

치리코는 고개를 살짝 갸우뚱했다. "자주, 라고 할 정도는 아냐. 어쩌다 한 번씩이랄까."

"훌륭한 레스토랑을 알고 있네. 다음에 나도 이용해야겠어."

"마음에 들었다면 다행이야."

"하지만 절대로 가격이 낮지는 않을 것 같은데. 치리코는 요즘 무슨 일을 하지? 내 소설 이야기만 하느라 치리코에 대해서는 아무것도 듣지 못했어."

"그냥 회사원이야. 인재 파견이 주 업무야. 사람을 거칠게 다루는 상사와 건방진 부하 직원 틈새에 끼여 날마다 허덕허덕 뛰어다니고 있어."

"흠, 어쩐지 치리코의 이미지와는 딴판인데? 좀 더 깔끔한 직업일 거라고 생각했어. 비서라든가 호텔리어라든가."

"10년 전 이미지로 지금을 상상하지 말아줘." 치리코는 콧잔등에 주름을 잡았다. "그보다 마음에 좀 걸리는 게 있어."

"뭐지?"

"『심해의 문』, 그 소설은 어떻게 된 거야?"

아, 하고 미네기시는 저도 모르게 얼굴을 찌푸렸다. "힘든 일을 떠올리게 하는구나."

"힘든 일이야? 그래도 그다음 스토리가 궁금해서 견딜 수가 없어."

"그런 것까지 다 읽었어? 그건 월간지 연재소설인데."

"글쎄 내가 전부 다 읽었다고 말했잖아. 그 소설, 왜 연재가 중단된 거야? 혹시 어디 몸이 아픈 건 아닌가 걱정했었는데 그렇지는 않은 것 같고, 무슨 사정이라도 있었어?"

"딱히 별다른 사정이 있는 건 아냐. 그저 이쯤에서 잠시 쉬면서 후반부 스토리를 다시 짜보려는 것뿐이야."

"그래? 하지만 지금까지 그런 일은 한 번도 없었잖아."

"그 소설은 좀 특별해서 글을 써 내려가면서 그다음 전개를 고민하고 있어. 그러니 중간에 턱 막히는 경우도 있지, 나도 사람이니까."

"역시 힘든 작업이구나." 치리코는 한숨을 내쉬고 와인 잔에 손을 내밀었다.

그녀가 화제로 삼은 소설은 작년 봄부터 연재에 들어갔다. 하지만 순조롭게 글을 써 내려갈 수 있었던 것은 가을까지였다. 어떻게든 계속 이어가보려고 했지만 도저히 그다음 스토리가 생각나지 않아 결국 휴재休載라는 모양새를 취하게 되었던 것이다. 그 소설에 대해서는 생각하기도 싫어서 출판계 파티 등에서는 담당자와 마주치지 않도록 조심하고 있었다. 공식적으로는 휴재였지만 실은 이대로 중지해버릴 생각이었다.

그건 그렇고 치리코는 언제까지 이런 이야기를 계속할 생각일까. 혹시 이런 식으로 미네기시의 소설에 대한 이야기를 하는 것만으로 족하다는 것인가. 그렇다면 이 만남은 시간 낭비다, 라고 미네기시는 생각했다. 적어도 10년 전에 그녀가 갑작스럽게 자신을 떠나버린 이유 정도는 알아내야 한다.

소믈리에가 다가와 간단한 설명을 한 뒤에 새 잔에 레드 와인을 따랐다. 그러고는 고기 요리가 나왔다. 파이로 감싼 새끼양고기 구이였다.

치리코가 문득 웃음을 내비쳤다.

"정말 엄청난 행운이지 뭐야. 이런 식으로 작가와 마주 앉아 식사하면서 작품에 대한 이야기를 나눌 수 있는 독자는 아마 거의 없을 거야."

"그런가? 아, 그보다 왜 나를 만나고 싶었는지 이제 슬슬 그 얘기를……."

"그녀에게도," 미네기시의 말을 무시하고 그녀는 말했다. "이런 즐거움을 누리게 해주고 싶었어. 그녀도 소설을, 특히 미스터리를, 아주 좋아했으니까." 미네기시를 지긋이 바라보고 있었다.

"……그녀라니?"

"후지무라 에미. 우리 동아리에서 함께했던 후지무라 에미. 미네기시 씨도 만난 적이 있을 거야." 유난히 억양이 없는 어조로 치리코는 말했다.

후지무라 에미―.

그 이름이 미네기시의 머릿속에서 '藤村絵美'라는 한자로 변

환되었다. 동시에 한 여자의 얼굴이 선명하게 떠올랐다. 온몸이 후끈 달아오르면서 심장이 마구 뛰기 시작했다.

"아, 그게," 미네기시는 와인 잔을 끌어당겼다. 하지만 손이 떨릴 것 같아서 잔을 드는 것은 포기했다. "나는 기억에 없는데⋯⋯. 어떤 사람이지?"

"내 동기야. 그 동아리 모임에는 1학년 때 가입했어. 친한 친구라서 자주 만나곤 했어. 3학년에 올라가면서 내가 1년 휴학하고 미국에 가기로 했을 때는 섭섭하다면서 눈물을 흘렸던 친구야. 단발머리에 키가 컸지. 가슴은 아마 E컵 이상. 진짜 기억 안 나?"

"아니, 전혀 기억나는 게 없어. OB모임에서는 못 봤던 것 같은데?" 미네기시는 고개를 갸웃거렸다. 그러면서 치리코가 왜 이런 이야기를 꺼낸 것인지 급히 머리를 굴렸다.

"그래, 우리 둘이 만났던 그해 OB모임에 에미는 참석하지 못했어. 그리고 그 전해의 OB모임에도. 왜냐면 그때 그녀는 이미 이 세상 사람이 아니었으니까." 선고라도 하듯이 말한 뒤, 치리코는 손에 든 나이프로 새끼양고기를 쓰윽 잘랐다. "자기 방에서 목을 맸어. 행거를 가장 높은 곳까지 올려놓고 거기에 밧줄을 걸어서⋯⋯. 내가 미국에서 귀국하기 몇 달 전의 일이었어."

미네기시는 숨을 헉 삼켰다. 그제야 이건 우연한 일이 아니다, 라는 확신이 들었다. 명백히 치리코는 뭔가 목적을 갖고 이 이야기를 꺼낸 것이다. 그렇다면 오늘 저녁의 만남 자체가 그 목적을 위해 마련된 자리라고 생각하는 게 타당할 것이다.

그렇다면 그 목적은 무엇인가.

"왜 그래, 그만 먹으려고? 정말 맛있는데. 식기 전에 먹지, 왜?" 치리코가 물었다. 그녀 자신은 차례차례 고기를 입에 넣고 있었다.

미네기시는 어쩔 수 없이 포크와 나이프를 들었다.

"막 먹으려는 참이었는데 치리코가 그런 얘기를 꺼내는 바람에 식욕이 뚝 떨어졌네. 사람이 죽은 얘기라니."

"겨우 이 정도 얘기에? 미네기시 씨는 좀 더 하드한 소설을 쓰고 있잖아. 의외로 예민한가 보네."

"그건 픽션이니까 그렇지." 미네기시는 새끼양고기 구이를 나이프로 잘라 입에 넣었다. 별다른 생각 없이 먹었다면 그 맛에 감탄했을지도 모르지만 지금은 아무 맛도 느껴지지 않았다. 겨우겨우 기계적으로 씹어 목에 밀어 넣는 게 고작이었다.

"에미가 마지막으로 OB모임에 참석한 건 3학년 때였어. 나는 그때 미국에 있었고. 그 OB모임에 미네기시 씨도 나갔었지? 동아리 모임 기록에 그렇게 남아 있던데."

"내가 그때 나갔던가? 아, 그러면 인사쯤은 했는지도 모르겠네."

치리코는 만족스러운 듯 고개를 끄덕인 뒤, 진지한 얼굴이 되었다. "에미가 세상을 떠난 것은 그로부터 8개월 뒤의 일이었어."

미네기시는 입 안의 고기를 레드 와인으로 꿀꺽 삼켰다.

"자살을 할 정도였으니까 어지간히 심각한 고민이 있었던 모양이지?"

그러자 치리코는 등을 꼿꼿이 세웠다. "내가 자살이라고 얘기했던가?"

"아니, 자기 방에서 목을 맸다면서?"

"분명 경찰에서는 자살이라고 판단하기는 했지. 부검도 하지 않았어. 하지만 미네기시 씨라면 스스로 목을 맨 것처럼 위장한 살인 사건이 과거에 꽤 많다는 것쯤은 알고 있잖아?"

"……타살이라고 의심할 만한 근거는?"

치리코는 미네기시의 얼굴을 빤히 바라보았다. "에미에게는 자살할 동기가 없었어."

미네기시는 피식 웃음을 흘렸다. "그건 본인이 아니고서는 모르는 일이지."

"당시 에미는 사귀는 사람이 있었어. 이름까지는 알려주지 않았지만, 정말 행복해하는 듯한 메일을 나한테 보내주곤 했어. 그 사람과는 말이 아주 잘 통한다고 쓰여 있었어. 하지만 유족에 의하면 그 남자는 에미의 장례식에도 나타나지 않았다는 거야. 어때, 좀 이상하지 않아?"

"그 남자에게 차인 거 아닌가? 그 충격으로 자살했다고 하면 앞뒤가 맞는 얘기가 되지."

"에미는 그렇게 약한 아이가 아니야."

"글쎄 그런 건 본인이 아니고서는 모르는 일이라니까?" 초조한 나머지 저절로 목소리가 날카로워졌다. 미네기시는 헛기침을 하고 "아, 미안"이라고 작은 소리로 말했다.

치리코는 잠시 눈을 내리더니 고개를 끄덕였다.

"그래, 나는 당시에 미국에 있었으니까 그 무렵의 에미에 대해 거의 알지 못하는 건 사실이야. 그래서 귀국 후에 어떻게든 정보를 수집하려고 뛰어다녔어. 유족에게 부탁해 그녀의 유품을 샅샅이 살펴봤고 그녀를 아는 사람들을 하나하나 만나서 많은 이야기를 들었어."

"그 결과는?"

치리코는 고개를 가로저었다. "소용없었어. 아무것도 알아내지 못했으니까. 자살 동기는 여전히 찾을 수 없었지만 타살을 증명할 만한 것도 발견하지 못했어. 에미의 방에서는 누군가와 다툰 듯한 흔적은 없었고 도난당한 물건도 없었어."

"그야말로 씻은 듯이 아무것도 없었구나. 거참, 안타깝네." 미네기시는 요리를 입에 넣었다. 조금쯤 음식 맛을 감상할 여유가 생겼다.

"그렇게 1년 넘게 시간이 흐르면서 점점 내 마음속에서도 그 사건이 흐려져갔어. 그래서 동아리 OB모임 같은 곳에도 나가 진심으로 즐길 수 있었지. 작가로 데뷔한 훌륭한 선배를 만났다고 좋아하기도 하고." 그렇게 말하며 치리코는 의미심장한 시선을 건넸다.

"드디어 이 스토리에 내가 등장하는 모양이지?"

"응, 곧바로 그 선배와 사귀기 시작했어. 정말 즐거운 나날이었어. 그는 친절하고 아는 것도 많은 사람이었으니까. 구상 중이던 소설을 침대에서 이야기해주기도 했어. 하지만 어느 날, 늘 하던 대로 새 작품에 대한 얘기를 듣다가 뭔가 좀 이상한 느낌이 들었어. 그가 들려준 이야기를 어디선가 읽어본 것 같았던 거야. 그럴 리 없다, 내가 착각한 것이다, 라고 생각해서 그때는 아무 말 안 했어. 하지만 나중에야 퍼뜩 생각나더라. 나는 역시 그 소설을 읽었어. 단지 책으로 된 일반적인 소설이 아니야. 그건 프린터로 출력한 것이었어. 어느 아마추어 작가가 쓴 소설. 바로 에미가 쓴 소설. 맞아, 그녀도 소설을 썼어. 언젠가 정식 작가가 되겠다는 꿈을 갖고."

4

소믈리에가 소리도 없이 다가와 미네기시의 잔에 레드 와인을 다시 채워주고 물러갔다. 하지만 그 잔을 집어 들 마음은 나지 않았다.

"내가 아주 중요한 것을 깜빡 잊고 있었던 거야. 에미가 소설

습작을 했었다는 것. 고등학교 때부터 줄곧 습작을 해왔다고 말했어. 장편소설도 써봤고 단편소설도 써봤고, 앞으로 쓸 소설의 아이디어도 잔뜩 있다고 했어. 하지만 부끄러워서 아직 그런 얘기는 어느 누구에게도 한 적이 없다, 작품을 누군가에게 보여준 적도 없다고 말했어. 나는 꼭 한번 읽게 해달라고 부탁했어. 에미는 마지못해 그럼 한 작품만, 이라면서 단편소설을 보여줬지. 그거 읽어보고 깜짝 놀랐어. 스토리가 너무 재미있었거든. 보름달이 뜨는 밤이면 거짓말이 하고 싶어진다는 여고생 이야기였어. 그 거짓말이 점점 커져서 마침내는 엄청난 사태를 불러일으킨다는 스토리야." 거기까지 단숨에 말한 뒤, 치리코는 미네기시에게로 얼굴을 향했다. "그날 밤, 당신이 나한테 들려준 줄거리와 완전히 똑같아."

미네기시는 침을 삼키려고 했지만 입 안이 바짝 말라 있었다.

"서로 모르는 사람이 우연히 흡사한 이야기를 생각해내는 것은 흔한 일이야."

"상황 설정이나 마지막 결말까지 똑같아. 그게 그냥 우연일까?"

"절대 불가능한 일, 이라고는 할 수 없어."

치리코는 고개를 저었다.

"그 두 사람이 전혀 관련이 없다면 그 의견에 동의했을지도 모르지. 하지만 두 사람에게는 접점이 있었어. OB모임에서 만났을 가능성이 있다는 것. 그건 조금 전에 미네기시 씨도 인정했지? 그렇게 되면 우연이라는 것으로 그냥 넘어갈 수는 없어."

미네기시는 그녀를 노려보았다. "대체 무슨 말을 하려는 거지?"

"에미의 방에서 도난당한 것은 아무것도 없다고 말했지만 실은 아주 큰 것이 사라졌었어. 그녀가 고등학교 때부터 차곡차곡 모아두었을 터인 소설과 아이디어를 적은 메모. 그게 어디서도 나오지 않았어. 프린터로 출력한 것도 없었고, 집필에 사용한 노트북에도 없었어. 그런 사실이 밝혀졌을 때, 나는 한 가지 끔찍한 가능성이 퍼뜩 생각난 거야." 치리코는 크게 숨을 들이쉬고 내쉬었다. 가슴이 조용히 오르내렸다. "그것을 범인이 가로채 갔다는 가능성. 에미가 살해된 이유는 바로 그것이었어. 범인은 그녀의 소설과 아이디어 메모를 원했던 거야."

"그 범인이 나라는 건가?"

그 질문에 답하는 대신 치리코는 포크와 나이프를 가지런히 접시 위에 내려놓았다. 어느새 요리는 깔끔하게 비워져 있었다. 미네기시의 접시에는 3분의 1 이상이 남아 있었지만 이미 식사를 계속할 마음은 사라지고 없었다. 그도 포크와 나이프를 내려놓았다.

"에미가 살해된 것은 미네기시 씨의 신인상 수상이 발표되기 3주일 전이었어. 그 시점에 당신에게는 자신의 응모작이 최종 후보에 올랐다는 소식이 들어왔겠지. 문제는 그 응모작이 어떤 내용이었느냐는 거야. 나는 그것도 역시 에미의 작품이었을 거라고 짐작했어. 물론 에미에게는 비밀로 했겠지. 그렇게 생각하면 살해 동기가 좀 더 확실해져. 그냥 가벼운 마음으로 응모해봤는데 뜻밖에 최종 후보에까지 오르는 바람에 당신은 몹시 초조했을 거야. 상을 받게 된 것은 기쁘지만 그러면 결국 에미에게 들통이 날 테니까. 그녀가 묵인해줄 것이라고는 생각할 수 없어. 하지만 그제야 새삼 사실대로 털어놓을 용기도 없었어. 그러니 당신으로서는 에미가 죽어주는 수밖에 없었겠지."

웨이터가 다가와 메인 요리의 접시를 거둬 갔다.

"아무래도……." 미네기시는 말했다. "오늘 저녁 이 자리에 나온 건 실수였던 것 같다. 설마 이런 시시한 이야기를 듣게 될 줄은 몰랐어. 식사 중이지만 이만 실례해야겠다."

"이제 디저트만 남았는데 좀 더 앉아 계시지? 게다가 내가 이런 이야기를 아무에게도 말하지 않았을 거라고 생각해? 변명할 말이 있다면 지금 여기서 해두는 게 좋을 텐데?"

그 말에 미네기시는 엉거주춤 쳐들었던 엉덩이를 다시 의자에 앉혔다. 아닌 게 아니라 그녀의 말이 맞다.

"증거가 있어? 내가 그녀를 살해했다는 증거가 있냐고." 미네기시는 한껏 목소리를 낮춰 물었다.

치리코가 눈썹을 치켜 올렸다.

"그녀? 그 여자가 아니라 그녀라고 했어? 에미라는 사람은 기억에 없다고 했잖아?"

미네기시는 얼굴을 일그러뜨리며 입술을 꽉 깨물었다. 뭔가 대꾸하고 싶었지만 말이 나오지 않았다.

"뭐, 그건 됐어." 치리코가 말했다. "사실 그 시점에는 증거가 아무것도 없었어. 하지만 단 한 가지, 희망이 있었지. 노트북이야. 에미가 쓰던 노트북. 습작 데이터는 모조리 지워지긴 했지만 하드디스크를 복원하는 건 가능할지도 모른다고 생각했거든."

"그, 그래서 복원했어?"

"이래저래 수속이 까다로워서 시간이 오래 걸리긴 했지만 다행히 복원했어. 완전히 복원에 성공한 것은 5년 전쯤이야. 하지만 시간이 걸린 덕분에 증거로서의 질이 더 높아졌어."

"증거로서의 질?"

미네기시가 미간을 좁히며 되물었을 때, 디저트가 나왔다. 초콜릿과 다크 체리의 앙상블이라고 했다. 초콜릿은 하트형으로 만들어져 있었다.

"하드디스크에서 복원해낸 것은 여섯 편의 장편과 아홉 개의 단편, 그리고 수많은 아이디어 메모. 단편 하나는 당신이 베갯머리에서 내게 들려준 것이었고 장편 하나는 당신의 신인상 수상작과 거의 전문이 일치했어. 좀 더 상세히 조사해보니 지금까지 당신이 발표한 작품 대부분이 에미의 습작이나 아이디어를 바탕으로 한 것이었어. 아, 단편을 늘려서 장편으로 고쳐 쓴 것도 몇 편 있었지? 완성도는 크게 떨어졌지만."

미네기시는 테이블 위로 시선을 떨구었다. 하지만 디저트에 손을 댈 마음은 나지 않았다.

모두 다 치리코가 말한 그대로였다.

후지무라 에미를 만난 것은 치리코와 마찬가지로 동아리 OB 모임에서였다. 좋아하는 타입이라서 미네기시 쪽에서 먼저 접근했다. 에미도 그를 마음에 들어 해서 곧바로 교제가 시작되었다.

사귄 지 얼마 안 되어 그녀가 작가가 되기 위해 글을 쓰고 있다는 것을 알고 놀랐다. 왜냐하면 그도 마찬가지였기 때문이다. 하지만 좀 더 놀란 것은 그녀가 습작이라고 내밀어준 작품을 읽었을 때였다.

이게 과연 스무 살 남짓한 나이의 여자가 쓴 소설인가, 하고 화들짝 놀랐다. 문장이 세련되고 등장인물이 생생히 살아 있었다. 무엇보다 스토리가 기발해서 미스터리로서의 매력이 대단했다. 그러면서도 빈틈이나 모순 따위는 거의 없는 것이다. 그가 그때까지 써온 작품과는 하늘과 땅 차이였다.

어느 날, 에미가 샤워를 하는 동안 미네기시는 노트북에 있던 그녀의 습작 파일을 모조리 USB 메모리에 복사했다. 그리 깊은 꿍꿍이는 없었다. 소설을 쓸 때 참고하자는 정도의 생각이었다.

하지만 집에 돌아와 그 작품들을 읽어보는 사이에 한 가지 유혹이 덮쳐들었다. 이 중 한 편을 신인상에 응모해보고 싶다, 라는 것이었다. 미네기시 자신은 몇 번이나 응모했지만 지금까지 기껏해야 예선 통과였다.

그런 마음이 날이 갈수록 점점 커져서 마침내 에미의 작품 하나를 보내고 말았다. 상을 타리라는 건 전혀 생각도 못 했다. 2차 예선을 통과하는 정도면 그 결과를 사람들에게 보여주며 자랑할 수 있다고 생각했던 것이다.

그런데 예상을 뛰어넘어 응모작은 최종 후보작에까지 올랐다. 연락을 해준 편집자는 개인적인 의견이라고 전제한 뒤에 "가장 유력한 작품으로 생각한다"라고 말했다.

초조했다. 이제 새삼 자신이 쓴 소설이 아니라는 말은 차마 꺼낼 수 없었다.

수면제를 먹여 잠들게 한 에미의 목에 밧줄을 감았을 때, 죄책 감은 거의 없었다. 미네기시의 마음속을 지배한 것은 이 여자가 죽으면 그 습작 파일은 모조리 내 것이 된다는 생각뿐이었다. 되돌아보면 USB 메모리에 파일을 복사했을 때부터 그 사악한 생각은 싹트기 시작했는지도 모른다.

에미의 노트북에 들어 있던 데이터는 모조리 삭제했다. 자살로 처리되면 결코 복원될 일이 없을 거라고 생각했었다.

미네기시는 치리코를 정면으로 마주 보았다. 어떻게든 이 여자의 입을 틀어막아야 한다.

"유감스럽게도 그건 증거가 안 될걸?"

"왜?"

"객관성이 없잖아. 내 소설과 비슷한 텍스트데이터가 노트북에 있었다는 것만으로는 내가 그것을 훔쳤다는 증거가 되지 못해. 거꾸로 누군가 내 소설을 훔쳐다 그 노트북에 입력했을 가능성도 있으니까."

그러자 치리코는 여유만만하게 웃으며 실눈을 떴다.

"미네기시 씨가 2년 전에 발표한 소설의 바탕이 된 것으로 보이는 단편소설도 그 노트북에 들어 있었어. 방금 전에 말했다시피 데이터를 복원한 것은 5년 전이야."

"5년 전, 이라는 건 치리코의 일방적인 얘기일 뿐이지."

"아니, 나뿐만이 아니야."

"그 밖에도 증인이 있다? 아, 복원에 협조한 사람들? 치리코와 그자들이 서로 입을 맞춘 게 아니라고 어떻게 단언할 수 있지?"

"감식반은……." 치리코는 한 마디 한 마디 곱씹듯이 말했다. "서로 입을 맞추지 않아."

"감식반?"

그녀는 곁에 놓아둔 가방에서 서류 묶음을 꺼내 테이블에 올려놓았다.

"모두 다 복사하면 엄청난 양이라서 일부만 가져왔어. 감식반의 보고서야. 날짜를 확인해봐. 5년 전으로 되어 있지?"

미네기시는 서류를 집어 들었다. 표지에 경시청 감식반이라는 글자가 찍혀 있었다. 책임자들의 도장도 있었다.

"이, 이게…… 대체 뭐야."

"보고서라니까? 후지무라 에미의 노트북 데이터를 복원한 결과가 적혀 있어."

"설마. 거짓말이지?"

"왜?"

"일반인이 이런 서류를 갖고 있을 리 없잖아. 이건 가짜야." 미네기시는 서류를 테이블에 탁 내던졌다.

치리코는 한숨을 내쉬었다. "조금 전의 그 상자, 이제 열어볼래?"

"상자라니?"

"초콜릿 상자."

"그게 왜?"

"됐으니까, 열어봐."

의아해하면서 미네기시는 종이가방에서 네모난 포장 상자를 꺼냈다. 포장지를 풀어 정사각형에 가까운 납작한 상자의 뚜껑을 열었다. 그 안을 본 순간, 흠칫 놀라 손을 놓쳐버렸다. 상자가 바닥에 떨어지면서 안에 든 것이 밀려 나왔다.

그것은 은빛으로 번뜩이는 수갑이었다. 미네기시는 멍하니 치리코에게로 시선을 옮겼다. 그녀는 뭔가를 손에 들고 있었다. 그

것이 경시청 배지라는 것을 깨닫기까지 잠깐 시간이 필요했다.

"정식으로 자기소개를 할게. 경시청 수사 1과 쓰다 치리코야."

5

치리코는 바닥에 떨어진 수갑을 집어 들었다. "미안해. 이건 좀 악취미였나?"

미네기시는 할 말을 잃었다. 머릿속이 뒤죽박죽 헝클어져 생각이 정리되지 않았다.

"자아, 그러니까," 그녀는 테이블의 자료 다발을 손에 들었다. "이건 진짜야. 정식 수속을 밟아 작성된 거. 재판 자료로서 아무 문제가 없어."

그녀가 자료를 가방에 챙겨 넣는 것을 미네기시는 멍하니 바라보았다.

"설마 치리코가 경찰이 되었을 줄은……." 가까스로 목소리가 나왔다. "아까는 회사에, 인재 파견 회사에 다닌다고 하더니."

"경찰에서는 자신의 직장을 가리킬 때 '회사'라고 하거든. 게다가 인재를 파견한다는 건 사실이야. 탐문 수사라든가 잠복 수사 현장에."

미네기시는 넥타이를 느슨하게 풀었다. 숨이 막혀왔기 때문이다.

경찰은, 이라고 치리코가 말을 이어갔다.

"어릴 때부터 내가 꿈꿔왔던 직업 중의 하나였어. 하지만 결정 타는 역시 에미 사건이었어. 어떻게든 이것만은 내 손으로 해결하고 싶었으니까. 그녀의 노트북을 복원하는 데 몇 년씩 걸린 건 사건의 재수사에 대해 상사와의 사전 협상이 필요했기 때문이야. 경찰학교를 수석으로 졸업했다고 해도 갓 경시청에 들어온 신입 여경이 하는 말에는 좀체 귀를 기울여주지 않아서 마음고생을 좀 했지."

나아가 치리코는 "처음에 준 편지, 그것도 좀 꺼내볼래?"라고 말했다.

미네기시가 말없이 종이가방에서 편지 봉투를 꺼내자 그녀는 확 가로채 안에 든 서류를 꺼냈다. 그리고 그것을 펼쳐 그에게 내보였다. 체포영장이었다.

"미네기시 씨, 당신을 후지무라 에미의 살해 용의로 체포합니다." 담담한 어조였다.

"잠깐만, 나는 범인이 아니야. 나는 에미를 죽이지 않았어."

"변명은 취조실에 가서 하시지."

"내 얘기를 들어봐. 분명 훔쳐 오기는 했어. 에미의 습작 소설을 훔쳤다고. 그건 인정해. 하지만 잠깐 욕심이 나서 그런 것뿐이야. 반쯤 재미 삼아 응모해봤는데 수상작으로 뽑히는 바람에 나도 뒤로 물러설 수가 없었어. 근데 그냥 그것뿐이야. 나는 죽이지 않았어."

"에미의 노트북 데이터를 삭제한 건 언제였지?"

"그, 그건…… 사건 전이야."

"에미가 사망하기 전이라고? 노트북에서 데이터가 사라졌다면 그녀가 가만있었을 리가 없잖아."

"그건 그녀가 미처 눈치채지 못했기 때문일 거야. 아무튼 나는 죽이지 않았어. 죽였다는 증거는 없잖아, 그렇지?"

치리코는 팔짱을 끼고 그의 눈을 지긋이 들여다보았다.

"미네기시 씨에게 꼭 묻고 싶은 게 있어. 당신, 자신의 힘만으로 소설을 쓸 수 있어?"

"물론이지, 쓸 수 있어." 왜 그런 것을 묻는지는 짐작도 가지 않았지만 미네기시는 일단 대답했다. "실제로 지금까지 발표한 소설 중 몇 편은 내가 직접 쓴 거야."

"그래, 그건 나도 알아. 당신 작품은 전부 체크했으니까. 하지만 유감스럽게도 에미의 소설을 바탕으로 한 것 외에는 모조리 실패작이었어. 그녀 작품의 발꿈치에도 따라가지 못해. 그건 당신 스스로도 잘 알고 있지?"

미네기시는 대꾸할 말이 없었다. 그녀의 지적이 옳았기 때문이다. 어떻게든 자력으로 써보려고 했지만 번번이 잘 풀리지 않았다. 요즘에는 완전히 자신감을 잃고 있었다.

"내가 왜 여태까지 미네기시 씨를 찾지 않았을까?" 치리코가 물었다. "데이터를 복원한 것은 5년 전이야. 하지만 나는 오늘 이 시간까지 꾹꾹 참았어. 왜 그랬을 것 같아?"

전혀 감이 잡히지 않는 질문이었기 때문에 미네기시는 말없이 고개만 가로저었다.

"여태까지 기다려왔어. 미네기시 씨가 에미의 아이디어를 모두 다 소진할 날을. 그때가 되면 당신이 분명 그 작품에도 손을 댈 거라고 생각했으니까. 그 금단의 작품에도."

"금단의 작품?"

"살해되던 당시에도 에미는 장편소설을 쓰고 있었어. 하지만 당신은 그 작품을 써먹을 수는 없었지. 왜냐면 그건 아직 미완성이었으니까. 당신은 그 소설의 결말을 알지 못했어. 에미가 어떤 식으로 이야기를 마무리할 생각이었는지 몰랐던 거야. 그래서 여태까지 그 작품만은 사용하지 못했겠지. 그런데 작년 봄에 연재 일거리가 들어오고 어떻게든 새 소설을 써내지 않으면 안 될 상황이 되자 당신은 마침내 그 금지된 수를 써버렸어. 연재를 시작한 당초에는 뒷부분을 당신 스스로 어떻게든 써낼 거라고 생각했을지도 모르지. 하지만 그건 너무 낙관적인 생각이었어. 에미가 써놓은 분량은 점점 줄어드는데 당신은 그다음 스토리가 떠오르지 않은 거야. 그래서 별수 없이 마지막 카드를 던졌겠지. 휴재라는 카드를." 치리코의 눈이 번쩍 빛난 것처럼 보였다. "물론 『심해의 문』에 대한 얘기야. 당신이 턱 막혀버린 연재소설 이야기."

미네기시는 굵은 숨을 토해냈다. 모두 정확히 맞는 얘기였다.

"그게 이 사건과 무슨 관계가 있다는 거지?"

"관계가 있어도 아주 크게 있지. 휴재 직전에 당신이 발표한 것은 에미의 소설이 중단된 바로 그 부분까지야. 그녀가 이 세상에서 마지막으로 쓴 글을 당신이 알고 있었다는 얘기야."

"그게 뭐가…….." 뭐가 어쨌다는 거냐, 라고 말하려다 미네기시는 퍼뜩 깨달았다. 얼굴에서 일시에 핏기가 사라지는 게 스스로도 느껴졌다.

"드디어 내 말을 알아들은 모양이네." 치리코의 입가에 희미한 웃음이 번졌다. "노트북 데이터가 복원된 것뿐만 아니라 각각의 파일이 언제 작성되었는지도 감식반에 의해 명확히 밝혀졌어. 에미가 그 미완성 소설을 마지막으로 썼던 것은 그녀가 살해되던 날이야. 아마도 사랑하는 사람이 오기 직전까지 노트북을 마주하고 글을 썼겠지. 그 마지막 데이터 내용을 알고 있다는 건 당신이 그날 그녀의 집에 있었다는 뜻이야."

"하지만 그 집에 있었다고 해도…….."

"에미에게는 손끝 하나 대지 않았다고 주장할 생각이야? 그녀가 목을 매는 것을 손 놓고 바라만 봤다고? 아니면 당신이 그 집에 갔을 때 이미 목을 맨 뒤였다는 건가? 그런데 그녀의 사체를 놔두고 그 집에서 나와버렸다? 좋아, 그런 진술을 판사가 믿어주기를 빌어보시든지."

더 이상 버틸 수 없어서 미네기시는 자리에서 벌떡 일어섰다. 출구로 향하려고 발길을 돌렸지만, 그대로 얼어붙었다. 여러 명의 남자들이 다가와 그를 둘러쌌기 때문이다. 그들 대부분은 방금 전까지 손님으로 주변 테이블에 앉아 있던 사람들이었다. 그리고 그 속에는 소믈리에의 모습도 보였다. 모두가 예리한 눈빛을 미네기시에게 던지고 있었다.

"이 레스토랑은 우리 아버지가 경영하는 곳이야." 등 뒤에서 치리코의 목소리가 날아왔다. "밸런타인데이는 레스토랑으로서는 한창 대목인 날이지만, 내가 사정을 얘기했더니 마지못해 통째로 빌려주셨어."

미네기시는 뒤를 돌아보았다. "왜 이런 거창한 짓을……."

"왜냐고? 그야 당연한 거 아닌가? 10년 치의 마음을 담아 축배를 들고 싶었기 때문이야. 게다가 미네기시 씨에게도 괜찮은 행사 아니었나? 이제 소설 소재가 끊겼다고 끙끙거리며 고민할 필요 없잖아. 더 이상 소설가인 척하지 않아도 돼. 어깨를 짓누르던 무거운 짐이 사라진 거야."

그녀의 말에 미네기시는 대꾸할 수 없었다. 범행이 발각된 데 절망하면서도 마음 한구석에 뭔가 후련한 느낌이 있었던 것은 사실이었다.

"데려가요." 치리코의 냉철한 목소리가 울렸다.

건장한 남자 둘이 양옆에서 다가와 미네기시의 팔을 잡았다. 단지 그것뿐인데도 그는 더 이상 꼼짝달싹할 수 없었다.

"팀장님은?" 소믈리에 차림의 남자가 물었다.

"나는 좀 더 있다가 갈게. 아직 디저트가 남았으니까." 그렇게 말하고 치리코는 초콜릿을 입에 넣었다.

오늘 밤은 나 홀로 히나마쓰리

今夜は一人で雛祭り

1

사부로가 집에 도착한 것은 오후 11시 가까운 시각이었다. 혼자 사는 살림인 만큼 단독주택 창문으로 새어 나오는 불빛도 없이 집 전체가 깜깜했다. 물론 그건 항상 그렇지만 오늘 밤만은 유난히 쓸쓸하게 느껴졌다. 녹슨 대문을 밀자 금속이 삐걱거리는 소리가 울렸다. 그것조차 적적하게 들렸다.

집에 들어서면 가장 먼저 하는 일은 욕실에 들어가 손 씻기와 양치질이다. 딸 마호가 어렸을 때 모범을 보여주려고 부부간에 시작한 일인데 그대로 습관이 되어버렸다. 그 효과가 있어서 그런지는 모르겠으나 일단 인플루엔자에는 걸린 적이 없다.

넥타이를 풀고 양복 상의를 벗고 거실 소파에 앉았다. 피곤이 왈칵 밀려드는 느낌이었다. 목이 말랐지만 주방에 마실 것을 가지러 가기도 귀찮았다.

한숨을 내쉬며 바로 옆에 있는 거실장 위로 시선을 던졌다. 사진 액자 속에 아내 가나코의 웃는 얼굴이 있었다. 장례식 때 영정 사진으로 쓴 것이다.

―여보, 어떻게 생각해?

사부로는 하늘나라의 아내에게 물었다.

물론 사진 속의 가나코는 대답해주지 않는다. 하지만 그녀 특유의 침착한 간사이 사투리로 "아이, 뭐 어때? 우리 마호가 괜찮다는데"라는 목소리가 들리는 것 같았다.

―그래, 당신은 참을성이 강한 사람이니까. 그러니 그런 시어머니하고도 그럭저럭 잘 살아냈지. 하지만 마호까지 그렇게 참고 살라고 하고 싶지는 않아.

사부로는 오늘 저녁의 일을 다시금 돌아보았다. 그래봤자 점점 더 우울해질 뿐이겠지만, 뭐든 조금이라도 좋은 소재거리를 찾아내고 싶었던 것이다.

몇 시간 전, 그는 딸 마호와 함께 도쿄 시내 고급 요정으로 향했다. 그곳에서 기다리는 사람들을 만나기로 했기 때문이다. 다름 아닌 마호의 약혼자 기다 슈스케의 양친이었다.

솔직히 말해 마음이 영 무거웠다. 회사에서 기술직으로 일해온 사부로는 처음 만나는 사람과 식사할 기회가 거의 없었기 때문에 그런 자리에는 서툴렀다. 게다가 상대는 앞으로 딸의 시부모가 될 사람들이다. 당연히 긴장할 수밖에 없는 자리였다. 가고 싶지 않다, 어떻게든 좀 미뤄볼 수 없나, 라고 생각하는 동안에 오늘이라는 날이 닥쳐온 것이다.

애초에 마호의 결혼 자체가 사부로로서는 예상 밖이었다. 물론 언젠가는 결혼을 해야지 안 그러면 그것도 난처한 일이겠지만, 그건 아직 한참 나중 일이라고 막연하게 생각해왔다. 그래서 처음 슈스케를 소개받았을 때도 어차피 1, 2년 사귀다 헤어질 게 틀림없다고 생각했다. 지금까지도 내내 그래왔기 때문이다.

그런데 이번에는 그렇지 않았다. 올 정월에 찾아온 슈스케가 "저희, 결혼하기로 했습니다"라고 느닷없는 얘기를 꺼낸 것이다. 사부로는 마시던 맥주를 푸웃 뿜었다.

두 사람에 의하면, 크리스마스 날 밤에 슈스케가 프러포즈를 했고 그 자리에서 마호는 그걸 받아들였다고 한다. 사부로로서는 그야말로 아닌 밤중에 홍두깨 같은 얘기였다.

딱히 반대할 이유가 생각나지 않아 불쑥 입에서 튀어나온 것은 "그래, 거참 잘됐구나"라는 얼빠진 대사였다. 머릿속으로는, 낭패한 얼굴을 내보이면 아비로서 꼴사납다, 라는 생각밖에 없었다. 그러고는 나중에야 이래저래 혼자 끙끙거렸다. 생각하면 할수록 속속 불만스러운 점이 튀어나오는 것이었다.

—대체 뭐야, 그 녀석? 결혼하기로 했습니다라니, 말본새하고는. 보통 그런 경우에는 결혼을 허락해주십시오, 하고 머리를 숙

여야 하는 거 아닌가. 그 말은 전혀 부탁하는 투가 아니었다. 단순한 보고다. 누굴 바보로 아나? 마호도 그렇다. 아직 이십 대 아닌가. 서른 살까지 이제 몇 년 안 남았는지도 모르지만 그래도 이십 대는 이십 대다. 요즘은 다들 결혼을 늦게 하는 추세여서 이십 대에 결혼하는 여자가 부쩍 줄었다지 않은가. 뉴스에도 인터넷에도 그런 얘기가 심심찮게 오르내린다. 그렇건만 왜 그토록 서둘러 결혼하려는 것인가. 3년 전에 제 엄마가 지주막하출혈로 세상을 떠났을 때는, 혹시라도 아버지에게 무슨 일이 생기면 제가 돌봐드릴 테니 아무 걱정 말고 편히 눈감으세요, 라고 영정 사진을 향해 말했지 않은가. 그건 그럼 거짓말이었는가.

하고 싶은 말은 산더미 같았다. 하지만 사부로가 그런 말을 입에 올리는 일은 없었다. 결국 하나밖에 없는 딸을 내주고 싶지 않은 것뿐이다, 라고 스스로 깨달았기 때문이다.

결혼 이야기는 순조롭게 진행되는 모양이었다. 그런저런 사정을 사부로는 최근에야 듣게 되었다. 마호는 대학 졸업 후에 출판사에 취직했고 근무시간이 몹시 불규칙한 탓에 취업과 동시에 혼자 따로 나가 살기 시작했다. 어쩌다 전화는 해줬지만 직접 얼굴을 보는 일은 웬만해서는 없었다.

기다 슈스케에 관해서도 아직 잘 알지 못했다. 본가는 도호쿠에 있고, 그 자신은 레지던트로 도쿄의 병원에서 일하고 있다, 라는 정도다. 집안이라든가 어떤 대학 출신인지 등의 얘기는 했던 것도 같은데 사부로는 기억에 없었다. 내 딸 마호가 결혼한다, 라는 것만으로도 화들짝 놀라서 어쩔 줄 모르는 상태였는지도 모른다.

그래서 오늘 저녁 요정으로 향하는 길에 그 집안에 대한 얘기를 마호에게서 들었을 때는 크게 놀랐다. 도호쿠 지역에서 손꼽히는 종합병원을 경영하고 있고 부친이 그 병원의 원장이라는 것이었다.

"그렇게 대단한 집안이었어?" 저도 모르게 발을 멈췄다.

"내가 말 안 했나? 얘기했던 것 같은데?"

"부친도 의사라는 얘기라면 들었던 것 같긴 한데……."

그러자 마호는 잠깐만요, 라면서 스마트폰을 터치하기 시작했다. 그러고는 이거, 라고 화면을 내밀었다.

그곳에 표시된 것은 병원의 공식사이트였다. 건물 외관을 보고 입이 떡 벌어졌다. 단순한 병원이 아니었다. 그야말로 대형병원이다. 게다가 관련 시설을 살펴보고는 눈이 휘둥그레졌다. 노인 요양시설이며 보육원까지 경영하는 모양이었다.

"뭐야, 이거? 엄청난 자산가잖아."

"응, 그런 모양이야. 그 사람과 동향인 사람이 우리 출판사에 있는데, 기다 집안이라고 말했더니 금세 알더라고. 그 지역에서는 꽤 유명한 명문가인가 봐." 마호는 제 엄마를 닮은 어련무던한 어조로 말했다.

"어허, 남의 일처럼 얘기할 상황이 아니지. 그렇게 굉장한 집 안일 줄은 생각도 못 했어. 이것 참, 큰일이네. 우리처럼 가난한 집안과는 전혀 어울리질 않잖아."

"우리 가난한가? 보통 수준인 거 같은데."

"그 집안에서 보면 그렇다는 얘기야. 허 참, 이거야 원."

점점 더 내키지 않는 걸음이었지만 이제 와서 도망칠 수도 없어 약속한 요정으로 향한 것이었다.

그리고 약속 장소인 요정 앞에서 사부로는 또다시 멈칫 서버렸다. 여태껏 한 번도 가본 적이 없는 최고급 요정이었기 때문이다. 마치 시대극에나 나올 법한 중후한 분위기가 감돌았다. 왜 또 하필 고르고 골라 이런 곳인가.

"기다 집안에서는 도쿄에 올라올 때마다 이 요정을 자주 이용하는 모양이야." 마호가 말했다. "이 요정의 선대 주인이 슈스케 씨의 할아버지와 절친한 사이였대."

사부로는 한숨을 내쉬었다. 얼굴을 마주하기 전부터 압도당하고 있었다.

요정에서 슈스케와 함께 기다리던 사람은 작은 몸집인데도 침착한 관록이 느껴지는 남자와 예스러운 미인형 얼굴의 여성이었다. 정식으로 인사를 나눈 뒤, 사부로와 마호도 자리에 앉았다.

처음에 오고 간 얘기는 거의 생각도 나지 않는다. 하는 일이며 건강에 대한 것 등을 물어보길래 적당히 대답한 것 같다. 나중에 마호가 아무 말 없었던 것을 보면 아마 이상한 말은 하지 않은 모양이었다.

기다 부부의 옷차림에 대해서는 또렷이 인상에 남아 있다. 맞춤인 듯한 기다 씨의 양복은 몸에 착 맞아떨어지고 옷감이 은은한 광택을 내뿜었다. 부인이 입은 블라우스는 아마 실크일 것이다. 생선회를 먹을 때 간장이 튀기라도 하면 어쩌려고 저런 옷을 입고 나왔나, 라는 쓸데없는 걱정을 해버렸다.

식사가 중반에 접어들 무렵부터 사부로도 좀 침착하게 대화를 하게 되었다. 그것을 눈치챘는지 부인이 두 사람의 결혼에 대한 얘기를 꺼냈다. 즉 결혼 후의 생활에 대해 어떻게 생각하느냐, 라는 것이었다. 질문의 취지를 잘 알 수 없어서 "네에, 그건 본인들에게 맡겨두면 되지 않겠습니까?"라고 대답했다.

그 즉시 그쪽 부모의 얼굴이 환해졌다.

"그럼 그 일은 아버님께서도 양해해주신 것으로 생각해도 되겠지요?" 부인이 확인하듯이 물었다.

"그 일이라고 하시는 건⋯⋯."

무슨 일인지 몰라 사부로가 고개를 갸웃거리자 "아, 그건요"라고 마호가 옆에서 말했다. "아빠에게는 아직 자세한 내용까지는 말씀드리지 못했어요."

"어머, 그러니? 하지만 방금 본인들에게 맡기겠다고 하셨잖아. ⋯⋯그렇지요?" 부인은 사부로에게 웃음을 건네며 말했다.

"아, 저기, 그게 무슨 말씀이신지……." 사부로는 예의상 마주 웃으며 머리를 긁적였다.

그러자 부인은 "너희가 직접 말씀드리는 게 어떻겠니?"라고 아들을 채근했다.

네, 라고 대답하고 슈스케가 사부로에게로 얼굴을 향했다. 그리고 그가 꺼낸 이야기는 사부로의 머릿속을 한순간에 하얗게 만들어버렸다.

머지않아 슈스케의 레지던트 기간이 끝날 예정이라서 그 뒤에 결혼하겠다. 그와 동시에 고향으로 돌아가 본가에서 경영하는 병원에서 근무하겠다, 라는 것이다. 물론 마호도 그를 따라간다.

"응? 아니, 그래도……." 사부로는 마호를 보았다. "얘, 출판사는 어떻게 하려고?"

"아, 그건 그러니까……." 딸은 말을 어물거렸다.

"직장은 이제 좀 어렵지 않을까요?" 부인이 웃으면서 거들고 나섰다. "설마 통근을 할 수도 없잖아요. 게다가 의사 일이라는 게 워낙 중노동이라서 역시 가정을 지켜줄 사람이 있어야지요."

"그래도 넌 괜찮아?" 마호에게 물었다.

응, 하고 그녀는 고개를 끄덕였다. 어쩔 수 없다고 체념한 것처럼 보였다.

"저희 지역에서 다들 목을 빼고 기다리고 있습니다." 기다 씨가 말했다. "한시바삐 슈스케가 병원에 와서 자리를 잡아줘야 안

심이 된다는군요. 아마 제가 털썩 쓰러질 날이 그리 머지않다고
들 생각하는 모양이에요." 와하하핫 하고 웃었다.

그 뒤에도 대화가 이어졌지만 사부로는 아무 생각도 없었다.
마호가 결혼하는 것뿐만이 아니라 먼 곳으로 가버린다는 것에
큰 충격을 받았기 때문이다.

2

냉장고에서 꺼내 온 캔맥주를 마시면서, 아니, 아니지, 하고 사
부로는 고개를 저었다.

마호가 먼 곳으로 가는 것 자체가 충격인 게 아니다. 그건 그것
대로 유감스러운 일이지만 마호가 그걸 원한다면 아비로서야 얼
마든지 포기할 수 있다. 말할 수 없는 불안감이 가슴속에 번져간
것은 일이 그렇지 않은 것처럼 생각되었기 때문이다.

마호는 어려서부터 책 읽기를 좋아했다. 날씨 좋은 날에도 밖
에 뛰어나가 노는 일도 없이 늘 방에서 책을 읽었다. 그래서 출판
사에 취직하겠다고 했을 때는 전적으로 응원했다. 멋진 책을 만
드는 것이 꿈이라고 자주 말했었기 때문이다.

그런데 그 꿈은 이제 어떻게 되는가. 그만 끝인가. 지금 하는
일이 재미있고 아주 흡족하다, 라고 말하지 않았던가. 자신의 꿈

과 직장을 그렇게 쉽게 내버려도 괜찮은 건가.

역시 사부로의 입장에서는 딸 마호가 좋아하는 남자를 위해 무리를 하고 있다는 생각을 억누를 수 없었다. 큰아들이니 병원을 물려받아야 한다는 건 알겠다. 하지만 꼭 지금 당장 고향으로 내려가야 하는 건 아닐 것이다. 뭔가 다른 타협안은 없었던 것이냐고 한마디쯤 불만을 토로하고 싶었다.

기다 집안이 그 지역 명문가라는 것도 마음에 걸렸다. 실은 식사 후에 혼자가 되었을 때, 사부로는 스마트폰으로 기다가를 검색해보았다. 그랬더니 그 집안에 관한 정보가 줄줄줄 이어졌다. 그 지역 기업의 대부분에 어떤 형태로든 관여하고 있었다.

그런 곳에 마호 혼자 뛰어들어도 과연 괜찮을까. 집안 친지들 중에는 입이 험한 사람도 있을 것이다. 도쿄에서 시집온 장남 며느리에게 이래저래 트집을 잡는 건 아닐까.

마호는 어느 쪽인가 하면 고분고분한 편이고 자신이 하고 싶은 말을 쑥쑥 내뱉는 타입은 아니다. 그래서 주위 사람들에게 어떻게든 맞춰나가려고 할 터였다. 단기간이라면 그래도 괜찮지만 그게 길게 이어지면 결국 정신적으로 지쳐버리는 게 아닐까. 슈스케라는 인물 자체는 예의 바르고 좋은 청년이라고 생각했지만, 과연 그런 때 우리 마호를 지켜줄 수 있을까.

생각하면 할수록 우울해졌다. 사부로는 벽에 걸린 달력을 훑어보았다. 2월도 이제 끝나가려 하고 있었다. 결혼식 날짜는 아직 정하지 않았지만 올가을로 예상하고 있다는 얘기였다.

정월이 바로 얼마 전이었던 것 같은데 벌써 3월인가.

이런 식이면 금세 가을이 닥칠 것이다. 그리고 마호는 먼 곳으로 떠나간다.

캔맥주를 들고 다시 소파에 앉았다. 살풍경한 집 안을 바라보고 있는 사이에 문득 히나 인형에 대한 것이 생각났다. 마호가 태어난 그다음 해, 사부로의 모친이 사다 준 것이었다. 마호가 중학생이 될 무렵까지 해마다 히나마쓰리* 때가 되면 그 인형들로 방을 꾸며주곤 했다.

히나마쓰리가 지나는 대로 인형을 정리해야지 안 그러면 딸아이가 늦게 결혼한다─. 어머니는 곧잘 그런 말을 했었다. 이럴 줄 알았으면 인형을 되도록 느지막이 정리할 걸 그랬네, 라는 시답잖은 생각이 들었다.

그 히나 인형들은 어디에 넣어뒀을까.

내버렸을 리는 없다. 아내 가나코가 세상을 떠난 뒤, 그녀의 짐을 정리하다가 어딘가에서 본 듯한 기억이 났다.

캔맥주를 내려놓고 일어섰다. 일단 마음에 걸리면 확인하지 않고서는 성이 차지 않는 성격이다.

---

* 딸아이의 건강과 행복을 기원하기 위해 매년 3월 3일에 치르는 일본 전통 축제. 집 안에 왕가의 혼례식 모습을 본뜬 인형을 여러 단 진열하고 감주와 과자, 삼색 떡 등을 차려 낸다.

침실 벽장을 열어보니 눈에 익은 상자가 있었다. 옆에 매직으로 '히나 인형'이라고 적혀 있었다. 뭘 좀 찾으려면 영 보이지 않는데 이번에는 웬일로 단박에 눈에 들어왔다.

상자는 두 개였다. 거실로 옮겨 와 먼지를 떨어내고 뚜껑을 열었다. 인형이며 장식물이 하나하나 꼼꼼히 종이로 포장되어 있었다. 상당한 숫자다. 세어보니 인형만 해도 열다섯 개나 되었다.

멍하니 바라보는 사이에 한번 장식해볼까 하는 마음이 들었다. 조금쯤 화사한 기분을 느껴보고 싶었던 것인지도 모른다.

우선 장식대를 조립했다. 다섯 단이다. 깔개의 빨간색은 선명함이 그대로 유지되어 있었다.

뒤를 이어 인형이며 장식물의 포장을 풀었다. 모두 다 보존 상태가 나쁘지 않았다.

자아, 그러면…….

그렇게 인형을 제자리에 앉히려는 참에 사부로의 손이 문득 멈췄다. 어디에 어떻게 앉히는지, 그 방법을 잘 알지 못하는 것이다. 상자 안을 살펴봤지만 설명서 같은 건 눈에 띄지 않았다.

무릎을 따악 치면서 벌떡 일어섰다. 앨범을 보면 되는 것이다. 히나마쓰리 사진이라면 몇 장이나 있다.

침실에서 앨범 몇 권을 들고 왔다. 펼쳐보니 온통 마호 사진이었다. 부부간에 찍은 건 거의 없었다.

히나마쓰리 사진도 있었다. 마호는 아직 젖먹이 아기였다. 그래도 전통 예복을 입혔다. 뒤에 전신 거울이 있는 것은 마호 본인의 모습을 보여주기 위한 것이리라. 철이 들기 전부터 예쁘게 단장하는 것을 좋아하던 아이였다.

내친 김에 자세히 알아보자 싶어서 해마다 치른 히나마쓰리 사진을 확인했다. 그랬더니 해마다 거의 똑같은 구도였다. 마호의 모습만 쑥쑥 성장해갔다.

사부로는 한숨을 내쉬었다. 이런 시절도 있었는데. 그대로 시간이 멈췄다면 좋았으련만, 이라는 둥의 생각을 했다.

머리를 내젓고 다시 작업에 들어갔다. 앨범 속에는 히나 단을 찍어둔 사진도 있었다. 그걸 참고해가며 인형과 장식물을 한 단한 단 진열해나갔다. 그러는 사이에 모친에 대한 기억들이 머릿속에 되살아났다. 히나 인형을 진열하는 것은 어머니의 일이었기 때문이다.

사부로의 어머니는 기가 센 분이었다. 아버지가 일찍 돌아가신 탓에 혼자 일을 하면서 자식들을 키워야 했지만 한 번도 나약한 말을 내비친 적이 없었다. 사부로에 대해서도 엄격했다. 학교 성적이 떨어지면 된통 혼이 났고, 싸움 끝에 엉엉 울고 들어오면 "사내라면 맞받아치고 와야지!" 하고 쫓겨났다.

당연한 듯 며느리에게도 엄격한 시어머니였다. 이 집은 돌아가신 아버지가 남겨준 것이었고 그래서 어머니에게는 '내 것'이라는 의식이 강했다. 그 집에 시집을 왔으니 모든 건 어머니 자신의 방식대로 맞춰주는 게 당연하다고 생각했다. 조금이라도 마음에 들지 않으면 매서운 말로 질타했다. 밥을 제대로 못 했다고 가나코에게 다시 짓게 하는 것을 몇 번이나 목격한 적도 있었다.

더 이상 두고 볼 수 없어서 너무 심하게 하지 말아달라고 부탁했다. 그러자 어머니는 가나코가 뭔가 얘기하더냐, 하고 눈이 치켜 올라갔다. 그런 게 아니라고 말해도 영 받아들이지 않았다. 네가 그런 식으로 물렁하니까 가나코가 아무리 시간이 지나도 제 몫의 주부가 되지 못한다고 욕을 퍼부었다.

어쩔 수 없이 뒤에서 몰래 가나코에게 사과했다. 따로 나가 살고 싶겠지만 조금만 더 참아달라고 부탁했다.

"아냐, 괜찮아." 가나코는 항상 미소를 지으며 고개를 끄덕였다. 그 참을성 강한 성격에 사부로는 참으로 늘 마음이 든든했다. 그녀가 아니었다면 벌써 어머니에게서 도망쳤을 것이다.

그런 엄한 어머니였지만 손녀에게는 다정했다. 마호가 하는 말은 무엇이든 들어주었다. 히나 인형만 해도 "첫 히나마쓰리인데 쩨쩨하게 허접한 걸 사줄 수는 없잖아"라면서 다섯 단짜리의 번듯한 인형 세트를 갑작스럽게 사 들고 왔다.

마호와 함께 인형과 장식물을 진열하던 어머니의 모습이 머릿속에 떠올랐다. 그런 어머니도 손녀의 성인식을 못 보고 세상을 떠났다. 췌장암이 발견되었을 때는 이미 손쓸 수 없을 정도로 진행된 뒤였던 것이다.

어머니가 떠나고 가나코는 마음이 편해졌을 터였다. 실제로 전보다 즐거운 것처럼 보였다. 하지만 그런 날도 오래가지 않았다. 아무런 전조도 없이 쓰러져 그길로 망자가 되었다.

지주막하출혈이라는 말을 듣고 사부로는 한층 더 암울한 기분이 들었다. 지나치게 일에 시달리던 사람이 그 병으로 쓰러진다고 들었기 때문이다. 발병의 한 가지 원인으로 스트레스가 꼽혔다. 가나코가 오랜 세월 강한 스트레스 속에서 살았다는 것은 쉽게 짐작할 수 있었다. 만일 그것이 원인이라면 자신에게도 책임이 있다고 사부로는 생각했다.

그런 만큼 마호의 일이 역시 걱정스럽다, 라고 생각이 다시 원점으로 돌아왔다. 안 그래도 낯선 타향 땅인데 명문가라는 것으로 수많은 사람들의 주목을 받고 온갖 인맥에 얽매여 살아가지 않으면 안 된다. 분명 큰 정신적 부담을 떠안게 될 터였다.

—내 딸이 가엾다. 어떻게 해결할 방법이 없을까.

생각해봤자 별 뾰족한 수가 없는 것을 또다시 고민하고 있었다.

이윽고 인형 꾸미기는 거의 다 되었다. 하지만 딱 한 가지, 눈에 띄지 않는 부품이 있었다.

사진에 의하면 왕 인형은 한 손에 길쭉한 패 같은 것을 들고 있는데 그것이 어디에도 없는 것이다. 어쩌면 이건 분실되었는지도 모른다.

―뭐, 이 정도면 됐지.

사부로는 히나 인형들을 바라보며 캔맥주를 손에 들었다. 맥주는 완전히 미적지근해져 있었다.

3

며칠 뒤, 사부로는 마호와 함께 도쿄 시내의 모 호텔에 나와 있었다. 마호와 슈스케가 결혼식장 후보로 선택한 호텔이었다. 오늘 이곳에서 피로연 요리 시식회가 있으니 함께 가보자고 부탁한 것이었다. 원래는 슈스케와 둘이서 올 생각으로 예약을 했는데 그가 급한 일이 생겨 올 수 없게 되었다고 한다.

프랑스 요리의 미니 코스를 먹을 수 있다는 말을 듣고 나가볼 마음이 났다. 마호와 둘이서 식사하는 게 벌써 몇 년 만인가 하고 마음이 들떴다.

하지만 호텔에 와보고서야 크게 낙담했다. 기다 부인이 마호와 함께 앉아 있었기 때문이다.

부인 말에 따르면 지난번 모임 뒤에 슈스케에게서 시식회 얘기를 듣고 자신도 참석하기로 한 것이라고 했다.

"평소에 이래저래 신세 진 분들인데 피로연 한 끼나마 편안히 대접하자면 무엇보다 요리가 가장 중요하거든요. 젊은 사람들만이 아니라 나이 드신 분들의 취향이며 세세한 것들을 아이들은 잘 모르는 경우가 많더라고요. 웬만하면 참견하고 싶지 않지만 이런 건 확실히 점검해두는 게 좋겠다 싶어서요. 마호 아버님도 동감이시지요?"

그야말로 청산유수로 부인은 말했다. 사부로는 아, 예에, 하고 애매하게 대답해두었다. 동시에 마호가 시식회에 자신을 부른 이유가 짐작이 갔다. 시어머니 될 사람과 둘이서만 밥을 먹는 자리는 아무래도 어색할 거라고 생각했던 것이리라.

시식회에는 호텔 연회장 한 곳이 사용되었다. 실제 피로연을 연상할 수 있도록 둥근 탁자를 줄줄이 차려놓고 참가자들이 그 자리에 앉아 식사를 하는 것이다. 둘러보니 참가자는 50명쯤 되었다. 당연히 젊은 커플이 많았지만 그 부모인 듯한 사람들의 모습도 간간이 보였다. 따라온 것이 자신들만은 아니라는 것을 알고 사부로는 조금쯤 마음이 놓였다.

이윽고 요리가 나왔다. 오르되브르부터였다. 하얀 접시에 기품 있게 담겨 있었다. 음식을 내온 웨이터가 공손한 말투로 소재며 조리법에 대해 설명해주었다.

"오, 아주 맛있겠네." 사부로는 포크와 나이프를 손에 들었다.

"이건 보리새우라고 했는데." 기다 부인이 웨이터를 올려다보았다. "진짜인가? 설마 흰다리새우인 것은 아니죠? 산지가 어디예요?"

"아, 예에." 침착하기 그지없던 웨이터가 그 즉시 불안한 얼굴이 되었다. "죄송합니다. 확인해보고 다시 오겠습니다." 그렇게 말하고 빠른 걸음으로 물러갔다.

부인은 흥 하고 코웃음을 쳤다.

"요즘 워낙 먹을 것을 가지고 장난들을 많이 치니까요. 아무리 고급 호텔이라도 믿을 수가 없더라고요. 그렇지 않니, 마호?"

네, 라고 마호는 고개를 끄덕였다. 그리고 부인이 요리를 한 입 먹는 것을 보고서야 포크와 나이프를 집어 들었다. 미래의 시어머니보다 먼저 먹어서는 안 된다고 생각해서 내내 기다린 것 같았다.

조금 전의 웨이터가 돌아왔다.

"죄송합니다, 오래 기다리셨지요. 요리장에게 확인해본바, 보리새우는 사가현 아리아케에서 온 것이라고 합니다. 그리고 틀림없이 진짜 보리새우를 사용하고 있사오니 안심하고 드셔도 된다고 전해드리라고 했습니다."

"그래요, 알았어요. 하지만 산지쯤은 그 자리에서 곧바로 대답할 수 있도록 해야죠." 부인은 식사를 계속하면서 말했다. 그 얼굴 표정은 무서울 정도로 냉철했다.

"죄송합니다. 앞으로 조심하겠습니다." 웨이터는 깊숙이 머리를 숙였다.

"좋아요, 그만 가보세요."

실례합니다, 라고 말하고 웨이터는 멀어져갔다. 그 뒷모습을 보며 사부로는, 하필 까다로운 손님을 담당하게 됐다고 속으로 탄식할 거라고 생각했다.

오르되브르를 다 먹고 나자 부인은 가방에서 수첩과 필기도구를 꺼내 들었다.

"직원의 대응 실력은 좀 떨어지지만 요리 맛은 나쁘지 않은 것 같구나. 식기 센스도 그럭저럭 괜찮은 편이고." 그런 말을 해가며 수첩에 뭔가 메모하기 시작했다. 아무래도 그녀 나름대로의 평가를 기록하는 모양이었다.

그 뒤에도 요리가 나올 때마다 부인은 혼잣말을 중얼거리며 메모를 했다. 그리고 번번이 재료며 조리법에 대한 질문을 던졌다. 웨이터는 긴장한 표정으로 거기에 답변을 해나갔다. 사전에 급하게 요리에 관한 지식을 억지로 머릿속에 주입하고 왔을 터라서 사부로는 그가 딱하기만 했다.

부인의 엄격한 평가는 요리나 직원에게만 향하는 것이 아니었다. 주위에 자리한 다른 참가자의 태도도 주의 깊게 관찰하는 것 같았다.

"테이블 매너를 잘 모르는 사람들이 많네. 대체 가정교육을 어떻게 받은 거야." 눈살을 찌푸리며 말했다.

에둘러서 마호를 나무라는 건가, 하고 사부로는 불안해졌다. 딸에게 테이블 매너 따위는 가르친 적이 없었다. 사부로 자신부터 잘 알지 못하는 것이다.

마무리로 디저트와 커피가 나왔다. 그것을 다 먹고 사부로는 겨우 한숨을 돌렸다.

"아, 참 맛있게 잘 먹었습니다. 프랑스 요리도 가끔은 아주 좋군요."

"그럭저럭 괜찮았지요?" 부인도 실눈을 뜨고 웃으며 말했다. "합격점을 줄 수 있을 것 같아요."

"그렇습니까. 사돈께서는 요리에 관해서 실로 박식하십니다. 감탄했습니다." 사부로는 머리를 숙였다. 미운 소리가 아니라 진심에서 나온 말이었다.

"아이, 그렇지도 않아요. 아직도 배우는 중이지요." 부인은 마호에게로 시선을 옮겼다. "마호도 다음 달부터 열심히 해야지?"

네, 라고 대답하는 딸과 부인의 얼굴을 사부로는 번갈아 바라보았다.

"다음 달부터라는 건 무슨 말씀이신지……."

"요리교실이야." 마호가 답했다.

"아, 요리……."

결혼하면 남편을 위해 요리를 하지 않으면 안 된다. 그런 당연한 일이 지금까지 사부로의 머릿속에는 없었다.

"파리에 본거지가 있는 유명한 요리학교예요. 일본에도 각지에 분교가 있답니다." 부인이 말했다. "저도 기다가에 시집오기 전에 그곳에서 요리를 배웠거든요."

"예에, 그러시군요."

"거기서 단단히 공부해서 가족을 위해 맛있는 요리를 차려 내야지?"

네, 라고 마호는 대답했다. 그 고분고분한 모습에 사부로는 왈칵 눈물이 날 뻔했다.

조금 전 웨이터와의 일이 남의 일이 아니라는 것을 깨달았다. 기다가에 시집을 가면 그 역할을 내 딸 마호가 떠맡아야 하는 것이다. 늘 평가를 받고 점수가 매겨진다. 상대는 부인만이 아니다. 기다가의 친척 모두의 시선이 새로 시집온 장남 며느리에게 쏟아진다. 상상하는 것만으로도 숨이 턱 막혔다.

4

시식회장을 나서자 부인이 잠시 화장실에 갔다. 사부로와 마호는 로비에서 기다리기로 했다.

"마호, 너 정말 괜찮겠니?"

"뭐가?"

"뭐냐니, 정말로 해낼 수 있겠어? 억지로 꾹 참고 있는 거 아니야?"

마호는 빙긋이 웃었다. "그런 거 아니야."

"그래도 낯선 지역인 데다 저런 떵떵거리는 집안사람들 틈바구니에서……. 네가 정말 힘들 것 같은데."

"그럴지도 모르지."

"그럴지도, 라니."

"근데 아빠, 걱정할 거 없어. 내가 누구야? 우리 엄마 딸이잖아."

"그러니 그게 참을성이 강하다는 얘기잖아."

"참을성?" 마호는 고개를 갸우뚱한 뒤에 킥킥 웃었다. "아빠는 아무것도 모르는구나?"

"내가 뭘?"

"아마 할머니와의 일을 얘기하는 모양인데, 엄마는 억지로 꾹꾹 참고 있었던 게 아니야."

"그래? 그런 걸 네가 어떻게 알아?"

"내가 좀 알거든, 이래저래."

"이래저래?"

이를테면, 이라면서 마호는 사부로의 등 뒤쪽을 가리켰다. "저거."

사부로는 뒤를 돌아보았다. 그곳에는 거대한 히나 인형이 장식되어 있었다.

"히나 인형이 왜?"

"우리도 해마다 히나 단을 꾸몄잖아. 아빠, 생각나?"

"응, 생각나지." 며칠 전에 그걸 꺼내봤다는 것은 말하지 않았다. "근데 그게 뭐?"

하지만 마호는 대답하지 않고 의미심장하게 웃을 뿐이었다. 이윽고 부인이 돌아오는 게 보였다. 사부로는 초조했다.

"얘, 뭔데? 어서 말해봐." 작은 소리로 재촉했다.

"그다음 얘기는 비밀. 아빠가 직접 생각해봐."

"비밀이라니, 얘……."

"기다리시게 해서 죄송해요." 부인이 다가왔다. 두 사람을 번갈아 보고 나서 마호에게 물었다. "무슨 일이니?"

"아뇨, 아무것도 아니에요. 요리가 맛있었다는 얘기를 하던 중이에요."

"응, 그래, 나쁘지 않았어." 부인은 사부로를 향해 머리를 숙였다. "오늘 함께해주셔서 고맙습니다."

"아뇨, 저야말로." 서둘러 응했다.

마호는 부인을 도쿄역까지 배웅하고 갈 모양이었다. 택시 승차장에서 두 사람을 보낸 뒤, 사부로는 다시 호텔 로비로 돌아와 조금 전의 히나 인형들 앞에 섰다.

일곱 단이나 되는 훌륭한 진열대였다. 인형이며 장식물 하나하나의 규모가 컸다.

—아빠는 아무것도 모르는구나?

조금 전 마호의 말이 마음에 걸렸다. 무엇을 어떻게 모른다는 것인가.

아무리 쳐다봐도 답이 나올 것 같지 않았다. 하지만 그 자리를 떠나려는 순간, 문득 깨달은 것이 있었다. 새삼 히나 단으로 시선을 던졌다.

역시 그거다. 틀림없다.

누군가 담당하는 직원이 있나 하고 사부로는 주위를 둘러보았다. 그러자 검은 정장 차림의 여자가 "무슨 일이십니까?"라면서 종종걸음으로 다가왔다. 가슴팍에 이름표를 달고 있는 것을 보면 호텔 직원인 모양이었다. 입매가 단정한 미인이었다.

"이 꽃의 위치가 좀 이상한 거 아닌가요? 좌우가 바뀐 것 같은데." 위에서 다섯 번째 단의 양끝을 가리키며 물었다. 좌우에 다른 종류의 조화가 장식되어 있었다.

"벚나무와 귤나무 말씀이시지요?"

"맞아요. 벚꽃은 왼쪽이고 귤은 오른쪽인 거 아닌가? '좌 벚나무, 우 귤나무'라는 말도 있잖아요. 교토궁 정원에 그 나무들이 있어서 히나 단 장식은 그걸 본뜬 것이라고 하던데." 사부로가 어머니에게서 들은 이야기다. 며칠 전, 인형을 진열할 때 그 얘기가 생각났다. 어머니는 마호에게도 "그러니 벚꽃은 왼편에, 귤은 오른편에 놓는 거란다"라고 가르쳐주곤 했다.

"옳은 말씀이세요. 그래서 이렇게 놓는 게 맞습니다."

"아니, 하지만 반대잖아요? 오른편에 벚꽃이 있는데?" 사부로는 벚꽃 조화를 가리켰다.

호텔 여직원은 미소를 지으며 고개를 끄덕였다.

"이 경우에 좌우는 마주 보고 정하는 게 아니라 어전 쪽 방향에서 보는 것으로 정해진다고 하네요. 달리 말하자면, 인형들 쪽에서 봐서 왼쪽이냐 오른쪽이냐를 정하는 거예요."

"인형들 쪽에서?" 사부로는 그 자리에서 우향우를 해서 히나단에 등을 향했다. 당연히 좌우는 반대가 된다. "아하, 그렇군요."

"이걸 착각하시는 분들이 꽤 많더라고요."

"맞아요, 우리 어머니도 그랬어. 여태껏 진열을 잘못했었네. 연배도 있는 분이었는데."

"연세와는 별로 관계가 없을 수도 있습니다. 예전에 그 사토 하치로라는 분도 착각하셨다고 하니까요."

"사토 하치로?"

"옛날부터 유명한 히나마쓰리 동요가 있잖습니까? 그 노랫말을 지은 분이 사토 하치로 씨예요."

"아, 그래요? 근데 착각을 했다는 건 무슨 말이지요?"

"히나마쓰리 노래 3절에 '붉은 얼굴의 우대신右大臣'이라는 노랫말이 나오는데, 아시는지 모르겠네요. 그게 바로 저 인형 얘기예요." 호텔 여직원이 가리킨 것은 네 번째 단의 마주하고 오른편에 놓인 인형이었다. 활을 손에 들고 화살 통을 등에 메고 있었다. 하얀 수염을 길렀지만 아닌 게 아니라 얼굴이 조금 붉었다.

"그 노래의 어디가 잘못이라는……, 아하!" 사부로는 입을 헤벌렸다.

"아셨습니까?"

"좌우가 반대니까 그건 우대신이 아니라 좌대신이구나."

"네, 그렇죠. 지금 보시는 대로 오른쪽 인형보다 나이가 많지요? 그 당시에는 오른쪽보다 왼쪽이 직급이 높았기 때문이라고 하네요."

"그렇군요, 우대신보다 좌대신이 더 높은 사람이지."

"네, 그렇습니다. 다만 좀 더 자세히 말하자면, 실은 저 인형은 좌대신도 아니랍니다."

그녀의 말에 사부로는 눈이 둥그레졌다. "엇, 그래요?"

"자세히 살펴보시면 활과 화살을 들고 있지요? 그들은 경비를 담당하는 무관인 것이죠. 좌대신이나 우대신보다 훨씬 더 지위가 낮은 신분이에요."

"오호, 그렇군. 나는 그런 건 몰랐네."

"그 동요가 너무 유명해지는 바람에 요즘에는 다들 우대신, 좌대신인 것으로 알고 있죠." 호텔 여직원은 웃음을 띤 채 다시 좀 더 시선을 올렸다. "실은 사토 하치로 씨가 노랫말에서 또 한 가지 큰 실수를 하셨어요."

"그건 또 뭔데요?"

"왕과 왕비 인형을 노랫말에서는 '오다이리사마와 오히나사마'라고 했는데, 사실은 그런 호칭은 없고 정식으로는 '오비나'와 '메비나', 그리고 그 두 가지를 합쳐 '다이리비나'라고 한다는 거예요."

"오호, 그렇군. 정말 처음 듣는 얘기네. 나도 '오다이리사마와 오히나사마'인 줄만 알았는데."

"노래의 영향력이라는 게 대단하지요? 사토 하치로 씨도 나중에야 잘못되었다는 것을 아시고 크게 후회했다고 하네요. 평생 그 노래를 싫어하셨다나요?"

"흐음, 그분도 딱하기는 하지만 재미있는 얘기군요." 사부로는 왕과 왕비 인형, 즉 '오비나와 메비나'를 바라보며 말했다. 이윽고 뭔가 이상하다는 느낌이 들었다.

"어라, 이상하네? 조금 전에 오른쪽보다 왼쪽이 더 지위가 높다고 했지요? 하지만 왕은 마주하고 왼편, 즉 인형들 쪽에서 보자면 오른편에 앉아 있어요. 이건 어떻게 된 거죠?"

"아주 좋은 점을 지적해주셨어요." 호텔 여직원은 오른손을 살짝 들면서 말했다. "정확한 말씀이세요. 그래서 예전에는 왕 인형을 왼편에 진열했습니다. 지금도 교토 등지에서는 그렇게 하고 있죠."

"그런데 왜 그게 반대가 됐을까요?"

"다이쇼 왕의 영향 때문이라고 하는군요. 일본에서 최초로 혼례식을 올린 게 다이쇼 왕인데, 그 자리에서 오른편에 서셨다고 합니다. 그래서 그때부터 히나 인형의 배치도 이렇게 바뀌었다는 거예요."

"흠, 그렇군. 와아, 그나저나 참 잘 아시네. 완전히 히나 인형 박사예요." 여직원의 얼굴을 새삼 찬찬히 바라보았다.

그녀는 쓴웃음을 지으며 손을 흔들었다.

"천만의 말씀이세요. 그저 벼락치기로 알아본 것뿐이지요. 해마다 히나마쓰리 때가 되면 다시 급하게 찾아보곤 한답니다."

"그렇다고 해도 정말 대단해요. 말이 나온 김에 한 가지만 더 알려줬으면 좋겠는데, 왕 인형이 오른손에 들고 있는 저건 뭐지요? 저 길쭉한 팻말 같은 거."

"아, 그건 '홀'이에요."

"홀?"

그녀는 주머니에서 수첩을 꺼내 볼펜으로 쓱쓱 글씨를 써서 보여주었다.

"한자로 이렇게 씁니다."

그곳에는 '笏'이라고 적혀 있었다.

"원래 조정에서 왕이 정무를 보거나 의식을 치를 때 꼭 필요한 메모를 붙여둔 것이래요. 말하자면 커닝페이퍼인 셈이지요. 그것이 점차 의식용 장식이 되었다고 합니다."

도저히 벼락치기 공부라고는 생각할 수 없을 만큼 간결 명료

한 설명이었다.

"와아, 그렇구나." 사부로는 왕 인형을 올려다보았다. 역시 우리 집 히나 인형에도 홀을 쥐여주는 게 좋을까, 라고 생각했다.

5

집에 돌아와 손 씻기와 양치질을 마치고 거실로 갔다. 가장 먼저 히나 인형부터 확인했다. 역시 벚꽃과 귤이 호텔의 히나 단과는 반대로 놓여 있었다.

—이게 무슨 일이람, 여태껏 틀리게 진열했던 것인가.

당장 벚나무와 귤나무를 바꿔놓았다. 혹시나 해서 좌대신과 우대신을 번갈아 살펴봤지만 호텔 쪽 인형과는 달리 그 두 개의 인형은 별 차이가 없는 것 같았다.

왕 인형을 살펴보았다. 역시 홀을 쥐고 있지 않으니 뭔가 부족한 느낌이 들었다.

인형이 든 상자는 지난번에 꺼내놓은 채였다. 사부로는 다시 한 번 상자 안을 확인해보았다. 그러자 인형을 싸두었던 포장지속에서 뭔가 휘리릭 떨어졌다. 주워보니 바로 그 홀이었다. 며칠 전에는 그렇게 찾아도 눈에 띄지 않더니 오늘 밤에는 어이없을 만큼 간단히 나타났다.

왕 인형을 손에 들고 그 홀을 쥐여주려고 했다. 인형의 오른손에는 홀을 꽂기 위한 구멍이 뚫려 있었다. 그곳에 끼워 넣기만 하면 되는 것이다.

그런데 그 구멍에 홀이 들어가지 않았다. 이상하다 싶어서 홀을 살펴보다가 원인을 알았다. 뭔가 들러붙은 것이다. 찬찬히 보니 접착제인 것 같았다.

—왜 이런 곳에 접착제가?

사부로는 왕 인형 쪽도 확인해보았다. 그랬더니 왼손에 접착제를 붙인 흔적이 있었다. 이건 대체 어떻게 된 일인가.

호텔 여직원에게서 들은 이야기를 되짚어보았다. 혹시 이 수수께끼를 풀 만한 힌트는 없었던가.

이윽고 번쩍 떠오르는 게 있었다. 사부로는 이 또한 꺼내놓은 채였던 앨범을 펼쳐 히나마쓰리 사진을 찾아보았다.

역시 그렇다. 사진마다 왕 인형은 왼손에 홀을 쥐고 있었다. 인형 자체는 원래 오른손에 홀을 쥐게 만들어졌기 때문에 이건 명백히 이상한 일이다. 즉 누군가 접착제를 사용해 억지로 왼손에 쥐여주었다는 얘기가 된다.

그 누군가는 누구인가. 사부로의 어머니일 리는 없다. 마호에게도 그런 일을 할 동기가 없다. 그렇다면 생각할 수 있는 것은 단 한 사람뿐이다.

사부로는 히나 인형 앞에 양반다리를 틀고 앉았다. 생각을 더

듣어보는 사이에 슬금슬금 웃음이 비어져 나왔다.

─그래, 그런 거였구나.

아내 가나코는 교토에서 나고 자란 교토 토박이다. 그녀가 '좌 벚나무, 우 귤나무'를 알지 못했을 리 없다. 히나 인형의 배치에 대해 시어머니가 틀렸다는 것도 다 알고 있었던 것이다. 하지만 그녀는 그것을 바로잡으려 하지 않았다. 어째서인가. 시어머니 의 기분을 상하게 하지 않으려는 것도 있었으리라. 하지만 그보 다 더 크게는 내심 다른 속셈이 있었기 때문이 아닐까.

사부로는 앨범을 넘겨보았다. 그리고 여러 장의 사진을 확인 하고 자신의 상상이 맞는다는 것을 확신했다.

히나마쓰리 때는 해마다 전통 예복을 차려입은 마호의 모습이 카메라에 담겨졌다. 그리고 그중 한 장씩은 반드시 거울 앞에서 포즈를 취한 사진이 있었다. 좀 더 살펴보면 거울 속으로 히나 단 이 선명하게 보였다. 거울이니 당연히 좌우가 반대다.

반대로 하면 벚나무와 귤나무도 올바른 위치가 된다. 그리고 왕과 왕비의 위치도 제자리가 된다.

─예전에는 왕 인형을 왼편에 진열했습니다. 지금도 교토 등 지에서는 그렇게 하고 있죠.

호텔 여직원의 말이 되살아났다.

마호가 태어나고 첫 히나마쓰리를 맞이했을 때, 가나코는 사 실은 교토식으로 히나 인형을 꾸며주고 싶었는지도 모른다. 하지만 시어머니가 마음대로 사 들고 와버렸다. 당연히 도쿄식이다. 왕 인형은 마주하고 왼쪽이 된다.

그런데 인형을 진열할 단계가 되어 뜻밖의 일이 일어났다. 벚나무와 귤나무를 반대로 놓은 것이다. 그것을 본 가나코는 아무래도 시어머니가 착각을 하는 것 같다고 짐작했다. 그래서 그녀는 접착제를 사용해 왕 인형의 홀을 왼손에 바꿔 들도록 했다. 극히 작은 차이다. 시어머니가 그걸 알아채는 일은 없었다.

그렇게 히나마쓰리 당일을 맞이한다. 축하를 하고 기념 촬영을 한다. 하지만 가나코에게는 은밀한 항례 행사가 있었다. 마호를 거울 앞에 세우고 사진을 찍는 것이다. 그 거울 속에는 히나 인형들이 꼭 비쳐야 한다. 왜냐하면 그것이 가나코로서는 정식 히나 단이었기 때문이다. 자신이 나고 자란 교토의 전통을 이어받는 방식이었다.

자신이 사 들고 온 히나 인형 앞에 손녀딸을 앉히고 사부로의 어머니는 크게 기뻐했다. 하지만 그런 시어머니를 보고 가나코는 마음속으로 혀를 쏙 내밀었는지도 모른다. 어머님, 그 진열 방식은 좌우가 반대예요, 거울 속에 있는 방식이 진짜죠, 라고.

사부로는 거실장 위를 보았다. 사진 액자 속의 가나코와 시선이 마주쳤다.

"당신, 제법인데?" 저도 모르게 입 밖에 내어 말해버렸다.

마호의 말이 다시 귓가에 되살아났다.

—아빠는 아무것도 모르는구나?

그런 것이었나, 라고 납득했다. 아마도 마호는 엄마의 그런 일면을 지켜보았던 것이다. 그래서 딱히 참을성이 강한 게 아니라는 것을 알고 있었다. 참을성 같은 게 아니라 자기 나름대로 즐기면서 힘든 일을 뛰어넘는 방법을 알고 있었던 것이다.

—걱정할 필요 없겠네.

캔맥주를 가져오려고 사부로는 자리에서 일어섰다. 이제부터 나 홀로 히나마쓰리다.

그대 눈동자에 건배

君の瞳に乾杯

1

　오랜만에 화창한 일요일이라서 그런지 장외 마권발매소는 사람들로 북적였다. 어디 패션몰인가 싶을 만큼 세련된 건물이라서 JRA*가 돈을 벌기는 엄청 벌어들이는 모양이라고 새삼 실감했다. 하지만 드나드는 사람들을 보면 역시 시대의 변화를 느끼지 않을 수 없었다. 무엇보다 이제는 인터넷으로 얼마든지 마권을 구입할 수 있는 것이다. 굳이 이런 곳까지 나오는 사람들은 인터넷과는 별 인연이 없는 아저씨 아줌마, 혹은 그 이상의 세대라는 얘기가 된다. 다만 그들의 눈빛에서 나이는 감지되지 않았다. 모두가 오늘은 기필코 한 방 터뜨리겠다는 기백이 넘쳤다.

* 일본 중앙경마회.

혼잡한 출입구와 조금 떨어진 곳에 나는 서 있었다. 한 손에는 경마신문을 들었다. 발바닥이 아픈 것은 운동화 바닥이 슬슬 닳기 시작해서인가. 그러고 보니 새로 산 지 벌써 반년이 되어간다.

하마 씨가 다가오는 게 보였다. 호리호리한 몸을 위아래 추리닝으로 감싸고 꾀죄죄한 배낭을 메고 있었다. 헤싱헤싱한 머리를 7 대 3으로 갈라놓았지만 윗부분은 비라도 내리면 상당히 난감할 것 같다.

"이봐, 우치, 아까 마권 사는 것 같던데 어땠어?" 하마 씨가 작은 소리로 물었다. 큼직한 콧구멍에 삐죽삐죽 코털이 삐져나와 있었다.

"우승 후보만 노렸다가 왕창 깨졌어요."

크크크 하고 하마 씨가 웃었다. "거참, 딱하게 됐네."

"하마 씨는 어디에?"

"노점 같은 데를 좀 들여다볼까 해." 하마 씨는 오른손에 캔맥주를 들고 있었다. "우치는?"

"저는 여기서 좀 더 버텨보려고요."

"그래? 자, 그럼 수고해. 나중에 보자." 손을 하늘하늘 흔들며 하마 씨는 멀어져갔다.

나는 다시 장외 마권발매소로 시선을 던졌다. 여전히 쉴 새 없이 사람들이 드나들고 있었다. 경기가 끝날 때마다 일희일비하는 그들의 표정에서는 그저 바라보기만 해도 드라마가 느껴졌다.

"야, 우치무라!"

갑작스럽게 옆에서 누군가 부르는 소리가 들렸다. 돌아보니 폴로셔츠 차림의 체격 좋은 남자가 서 있었다.

엇 하고 나는 저절로 몸이 젖혀졌다. 상대는 대학 동창이었다. 이름이 '야나기다'다. 졸업한 뒤로 한 번도 본 적이 없으니까 벌써 6년 만이다.

"어, 오랜만이네. 이런 데서 뭐 하고 있어?"

내가 묻자 야나기다는 쓴웃음을 지었다.

"그건 내가 할 소리지. 나는 친구하고 약속이 있어서 거기 가는 중이야. 근데 어딘가 우치무라를 닮은 녀석이 있구나 싶어서 찬찬히 봤더니 역시 너였어. 혼자 뭐 하고 있냐?"

"뭐 하냐니, 보면 모르냐?" 나는 경마신문을 가리켰다.

야나기다는 얼굴을 찌푸렸다.

"그런 거에 빠져서 사냐? 방금 이상한 아저씨하고 얘기하고 있었지? 아는 사람이야?"

하마 씨와의 대화를 지켜본 모양이었다.

"여기 단골이야. 몇 번 드나들다 보니 알게 됐어."

"드나들어? 야, 넌 여기 말고 갈 데가 없어?"

"아냐, 파친코에도 자주 가지."

야나기다는 풀썩 무릎을 꺾었다.

"너, 괜찮냐? 날씨 좋은 일요일에 서른도 안 된 젊은 놈이 지금 뭐 하는 거야. 학생 때는 도박 같은 거 안 했잖아."

"흠, 그랬나?" 나는 머리를 긁적였다. 이런 말을 들으면 상당히 괴롭다.

"그보다 요즘 무슨 일을 하는데? 취직은 했지?" 야나기다는 내 머리를 보며 말했다. 미심쩍은 표정인 것은 내가 머리를 누렇게 염색했기 때문일 것이다.

"취직했지. 광고 관련 회사야."

"어떤 일을 하는데?"

"주로 시장조사 같은 거. 길거리에 나와서 앙케트를 딴다든가."

"그래? 의외로 따분한 업무네." 야나기다는 내심 기뻐하는 눈치였다. 광고회사라는 말에 화려한 이미지를 떠올렸던 것인지도 모른다.

"이 세상 직업의 대부분이 따분하지, 뭐." 나는 말했다.

"하긴 그럴지도 모르겠다. 아 참, 그렇지!" 야나기다는 뭔가 생각난 듯한 표정이었다. "너, 아직 미혼이지?"

"응, 안타깝게도."

"사귀는 여자는? 있어?"

"있으면 이렇게 화창한 날에 이런 곳에 와 있겠냐."

"그건 그렇다. 마침 잘됐네, 며칠 뒤에 소개팅이 있어. 너도 올래?"

"엇, 소개팅?" 나는 눈을 크게 떴다.

"상대는 모델 그룹이야. 참석하기로 했던 친구 한 명이 못 오게 됐어. 그래서 누구를 부를까 망설이던 참이야. 물론 후보자가 줄줄이 있지만, 같은 업계라면 왜 그 친구는 부르고 나한테는 말을 안 했냐느니 뭐니 나중에 잔소리들이 많아. 오랜만에 만난 대학 동창이라고 하면 모나지 않아서 딱 좋다."

퉁명스러운 야나기다의 얼굴이 갑작스레 성스러운 얼굴로 보였다.

"그거, 언제야?"

"이번 화요일. 장소는 롯폰기."

다음 순간, 나는 야나기다의 손을 움켜쥐고 있었다.

"야, 고맙다, 고마워. 시간이야 있지. 나도 꼭 참석하게 해줘라." 진지한 마음을 눈빛에 담았다. 여자친구 없이 보낸 세월이 벌써 8년여에 달하는 것이다.

2

그 가게는 롯폰기 사거리의 바로 코앞에 있었다. 7층짜리 빌딩의 5층으로 태국 요리점이다. 가게 안은 널찍하고 큼직큼직한 테이블이 줄줄이 놓여 있었다. 야나기다 일행의 모습은 가장 안쪽 테이블에 있었다. 그를 포함해 네 명이었다.

야나기다가 다른 세 사람에게 나를 소개해줬다. 모두 직업이 제각각이고, J리그 응원을 통해 알게 된 이들이라고 했다. 나는 인사를 하면서 세 사람의 얼굴을 차례대로 관찰했다. 그들은 무뚝뚝하지는 않지만 나에게는 별 관심이 없어 보였다. 그야 그렇기도 할 것이다. 그들이 이곳에 온 목적은 머리를 누렇게 염색한 남자를 만나보려는 게 아니다.

그리고 잠시 뒤에 여자들이 나타났다. 다섯 명의 여자들은 알록달록한 옷차림이어서 단숨에 자리가 환해졌다. 게다가 모델이라고 하더니 역시나 하나같이 상당한 미인에다 몸매도 빼어났다.

내 맞은편에 앉은 여자는 다섯 명 중에서는 가장 키가 작았다. 일반 여성의 평균치보다 작을지도 모른다. 모델이라고 하면 키가 크다는 이미지가 있지만 역시 다양한 체격의 여자가 있구나 하고 생각했다.

인상적인 것은 눈가의 화장이었다. 검은 눈동자에 갈색이 서린 것은 컬러 콘택트렌즈를 사용했기 때문일 것이다. 게다가 눈동자가 한층 크게 보이는 타입의 렌즈다. 얼굴 생김새에 따라서는 우주인처럼 보이기도 하겠지만 내 앞에 앉은 여자는 아주 잘 어울렸다. 통통한 뺨하며 도톰한 입술하며, 마치 애니메이션의 미소녀 캐릭터 같아서 내 취향에 딱 맞는 여자였다.

빤히 쳐다보다가 눈이 마주쳐버렸다. 불쾌해하는 거 아닌가 걱정했는데 빙그레 웃어주어서 흐뭇했다.

생맥주로 건배한 뒤, 야나기다의 사회로 자기소개가 시작되었다. 우선은 남자들부터. 준비해 온 소재가 제대로 먹혀서 폭소를 이끌어낸 자, 센스 넘치는 말을 하려다 오히려 분위기를 썰렁하게 만들어버린 자 등, 가지각색이다. 나는 짤막하게 끝냈다. 나 자신에 대해 말하는 것은 별로 소질이 없다. 딱히 주목을 끌지도 않았지만 자리를 썰렁하게 하는 일도 없었기 때문에 그럭저럭 괜찮았다고 생각하기로 했다.

다음에는 여자들의 자기소개였다. 모델이라고 해도 텔레비전 등에 나오는 사람들은 아니었기 때문에 그녀들 역시 모두 다 말을 잘하는 건 아니었다. 오히려 무뚝뚝한 인사가 많았다. 우리가 가진 특기는 토크가 아니라 미모다, 라는 자신감이 있는지도 모른다.

내 맞은편에 앉은 여자의 차례가 되었다. 이름은 모모카라고 했다. 아이치현 출신, 나이는 스물네 살, 취미는 애니메이션 감상이라고 소개했다. 그 말을 듣고 가슴이 뛰었다. 나도 애니메이션이라면 아주 좋아하기 때문이다.

각자의 이름을 알게 된 참에 프리토크에 들어갔다. 그렇긴 해도 역시 야나기다의 사회가 필요했다. 텔레비전 예능프로의 사회자처럼 여자들 한 사람 한 사람에게 질문을 던지거나 남자 쪽

발언에 야유를 넣기도 했다. 이 녀석이 학생 때부터 이런 일을 잘했다는 것이 생각났다.

모모카는 그다지 남자들에게 흥미가 있는 것처럼은 보이지 않았다. 주로 옆자리의 마리나라는 여자와 이야기를 주고받았다. 마리나는 다른 세 여자와도 친한 것 같았지만 모모카는 그렇지는 않은지 혼자 고립된 느낌이었다.

저기, 라고 나는 마음먹고 말을 건네보았다. "어떤 애니메이션을 좋아해?"

모모카의 얼굴이 내 쪽을 향했다.

"러브스토리 같은 거?" 나는 다시 물었다.

그녀는 당황하는 기색도 없이 "러브스토리도 좋아해. 하지만 애니메이션이라면 뭐든 다 좋아. 스포츠 쪽이라든가"라고 대답했다.

"그렇구나. 스포츠라면 최근에 〈쿠로코의 농구〉가 괜찮았지?"

"아, 쿠로코, 좋았어." 웃으니 뺨에 보조개가 생겼다.

"똑같은 쿠로黑 쪽으로, 〈흑집사黑執事〉는 어때?"

"진짜 좋지!" 모모카는 양손으로 주먹을 부르쥐었다. "세바스찬, 최고잖아." 주인공의 이름을 입에 올렸다.

"게임에서 파생된 애니메이션은?"

"그런 것도 좋아. 〈페르소나〉라든가."

"〈페르소나〉는 극장에서 봤어. 나는 〈트루 티어즈〉를 추천하는 경우가 많지만."

"응, 그거 진짜 좋았지. 게임하고는 제목만 똑같고 완전히 다른 오리지널 스토리잖아."

"바로 그게 좋은 점이지."

"동감이야. 그럼 〈슈타인즈 게이트〉라고, 알아?"

"당연하지. 애니메이션 마니아라면 반드시 거쳐야 할 작품인데."

"응응, 그렇지?" 그녀는 눈을 반짝였다.

"아, 잠깐, 거기! 무슨 얘기들을 하시나?" 야나기다가 말을 끼웠다. 바라보니 일동의 눈이 이쪽을 향하고 있었다. 아무래도 우리 쪽 목소리가 지나치게 컸던 모양이다.

애니메이션 얘기라고 말했더니 야나기다는 털썩 고개를 떨구었다.

"그래, 알았어. 아무래도 우리는 따라가지 못할 세계인 것 같으니까 그쪽은 그쪽끼리 마음대로 얘기 나눠서. 다만 조금 작은 소리로, 부탁해."

"응, 알았어."

사회자의 허가도 얻었겠다, 그 뒤에도 우리는 애니메이션을 화제로 그야말로 신나게 떠들었다. 그것은 장소를 옮겨 간 2차에서도 마찬가지여서 나는 결국 다른 여자들과는 거의 얘기 한번 못 해보고 두 번째 가게를 나왔다. 아마 모모카도 나 이외의 남자와는 얘기를 못 했을 터였다.

헤어지는 참에 우리는 연락처를 주고받았다. 어쩐지 무척 즐거운 미래가 기다리는 것만 같아서 나는 폴짝폴짝 뛰면서 귀로에 올랐던 것이다.

3

소개팅에서 정확히 일주일이 지난 날 저녁, 나와 모모카는 도쿄 시내의 오코노미야키 집에 와 있었다. 데이트를 청하는 메일을 보냈더니 좋다는 답장이 온 것이다.

그녀는 오늘도 검은 눈동자가 크게 보이는 컬러 콘택트렌즈를 끼고 애니메이션 메이크업도 빈틈없이 하고 있었다. 내 취향에 맞춰준 것인가, 하고 내심 우쭐해지는 기분이었다.

지난번에는 애니메이션 이야기만 하느라 그녀에 대해 거의 아무것도 물어보지 못했다. 오늘 저녁에는 좀 더 이것저것 알아보자고 마음먹었다.

우선은 직업에 대해서다. 요즘에는 어떤 모델 일을 하느냐고 물어보았다.

그러자 "아, 그거 거짓말이야"라고 시원하게 털어놓는 대답이 돌아왔다.

"거짓말이라니?"

"아니, 전부 다 거짓말인 건 아니고. 나 이외의 여자들은 아마 정말로 모델일 거야. 하지만 나는 아냐. 마리나라는 애 있었지? 걔 부탁으로 갑작스럽게 소개팅에 나가게 됐는데 말하기가 번거로워서 나도 그냥 모델이라고 한 것뿐이야." 그렇게 말하고는 "나처럼 키 작은 모델이 있겠어?"라고 덧붙였다.

"그랬구나. 그럼 실제로는 무슨 일을 하지?"

모모카는 생맥주를 꿀꺽 마시고 나서 "클럽"이라고 짧게 답했다.

아하, 하고 나는 고개를 끄덕였다. 클럽에서 일하는 아가씨인 모양이다.

"실망했어?"

"아니, 그렇지 않아. 나 역시 가끔 가기도 하고."

"마리나도 같은 가게에서 일해. 모델 일만으로는 먹고살 수 없나 봐. 다른 세 사람도 다 그런 식일 거야."

"역시 모델 일도 힘들구나. 그래서, 어디야?"

"뭐가?"

"클럽 말이야. 모모카 씨가 일하는 가게. 어디에 있어?"

"롯폰기인데?"

"어떤 이름의 가게지?"

모모카는 눈썹을 찌푸렸다. "그거 알아서 뭐 하려고?"

"아니, 다음에 한번 가볼까 하고."

그녀는 얼굴을 찡그리며 손을 내저었다. "일부러 안 와도 돼."

"왜? 나도 매상 좀 올려주려고 그래. 알려줘."

그러자 모모카는 크게 한숨을 내쉬고는 손에 들고 있던 나무 젓가락을 접시 위에 내던졌다.

"그런 말 할 거면 난 그만 갈래."

"엇, 왜……."

"가게 밖에서는 그쪽 일 생각하고 싶지 않아. 매상 따위, 나하고 상관도 없고."

아무래도 화나게 만든 것 같았다. 나는 당황했다.

"아, 그건 그렇다. 미안, 사과할게. 이제 그 얘기는 절대 안 할게." 꾸벅꾸벅 머리를 숙였다.

"영업하려고 온 거 아니잖아."

"그래, 그렇지. 정말 미안하다." 얼굴 앞에서 손을 맞댔다.

모모카는 약간 토라진 얼굴이었지만 이윽고 나무젓가락을 집어 들더니 기분 전환이라도 하려는 듯이 웃는 얼굴로 돌아왔다.

"애니메이션 얘기나 하자. 그러려고 왔으니까."

"응, 그래, 그러자."

그 뒤 우리는 오코노미야키를 먹고 맥주와 하이볼을 마시며 좋아하는 애니메이션에 대해 신나게 수다를 떨었다. 애니메이션에 대한 것이라면 얼마든지 대화가 가능했다.

"그나저나 모모카, 진짜 대단하다. 나도 애니메이션 쪽으로는 꽤 잘 안다고 생각했는데 도저히 못 당하겠어. 어떻게 그렇게 잘 알지?" 이야기가 일단락된 참에 물어보았다.

그녀는 수줍은 듯 어깨를 움츠렸다.

"왜냐면 애니메이션 보는 것 말고는 재미있는 일이 없어."

"왜, 놀러 나가지 않아? 여행 같은 건?"

"안 해. 그럴 상대가 없는데, 뭘."

"마리나라는 친구는?"

"걔하고는 클럽 안에서만 친하게 지내지. 지난번 소개팅이 특별한 경우였어. 나는 사람 사귀는 데 별로 소질이 없어. 혼자 있는 게 마음 편해. 게다가 바깥에 나다니는 거 좋아하지도 않아. 피곤하기도 하고 돈도 들고."

"쇼핑은?"

"별로. 옷이나 화장품 같은 건 인터넷쇼핑으로 해결해. 애니메이션 DVD도 모두 인터넷쇼핑."

"DVD는 나도 그렇지. 아, 그러면 쉬는 날에도 항상 집에 있어?"

"응, 점심때쯤 일어나서 계속 애니메이션을 보거든. 집 밖에 나오는 건 편의점 갈 때나?"

"사귀는 남자는?" 나한테는 지극히 중요한 사항을 무심한 척 물어보았다.

모모카는 고개를 저었다. "있을 리가 있나. 그런 식으로 사는데."

"다행이다."

일부러 소리 내어 말했지만 그녀는 반응이 없었다. 그 대신 "우치무라 씨는 왜 애니메이션을 좋아해?"라고 물었다.

흠, 글쎄, 라고 나는 신음 소리를 냈다. 그 질문에 대답하는 건 어렵다.

"잘 설명할 수는 없지만, 굳이 말하자면 소거법消去法이랄까."

"소거법?" 모모카는 미간에 주름을 잡았다. 그런 표정도 귀여웠다.

"원래부터 영화를 좋아해서 실사영화를 많이 봤어. 근데 언제부턴가 실사를 보는 게 힘들어지더라고. 그래서 애니메이션을 찾게 된 거야."

"어째서 힘들어졌는데?"

"글쎄, 어째서일까. 아무튼 실제 인간들이 줄줄이 나오는 것을 보면 이제 그만, 이라는 기분이 들어. 사람 얼굴은 현실 세계에서도 지겨울 만큼 보기 때문인지도 모르지."

농담 삼아 한 얘기가 아니었는데 내 말에 모모카는 아하하하하고 웃었다.

"사람 얼굴이 지겨워졌구나? 하긴 그럴 수도 있을 거야. 나도 현실의 사람들과 사귀는 데 지쳐버려서 애니메이션에 자꾸 빠져

드는지도 모르지."

"우리, 뭔가 잘 맞는 거 같은데?"

마음먹고 말해봤더니 그녀는 응응, 하고 고개를 끄덕였다.

"잘 맞는 거 같아. 이렇게 마음 편히 얘기하는 거, 가게에서는 절대로 없어."

"그럼 2차 갈까?"

내 제안에 모모카는 좋아, 라고 힘차게 답해주었다.

4

"잘됐네, 우치무라도 드디어 여자친구가 생겼구나. 거참, 다행이다." 캔커피의 마개를 당기면서 구로사와 씨가 말했다. 체크무늬의 오픈셔츠를 입고 가방을 비스듬히 메고 있었다. 구로사와 씨는 직장 선배다.

"아직 데이트 몇 번 한 것뿐이에요. 여자친구라고 할 수 있을지 어떨지……."

우리는 신주쿠역 근처 인도에 서 있었다. 자판기에서 음료수를 사 들고 길 가는 사람들을 바라보았다.

"몇 번을 만났느냐는 관계없어. 문제는 어디까지 갔느냐는 거지. 그래서, 어때?"

"뭐가요?"

"시치미 떼지 말고. 뽀뽀 정도는 했지? 아니면 훨씬 더 나갔어?"

"아뇨, 그게 좀……."

"뭐야, 아직? 어물어물하다가 타이밍을 놓칠 수 있어."

"아무리 그래도 기회가 없는데 별수 없죠."

"그거야 얼마든지 만들 수 있잖아. 집에 바래다주는 김에, 라든가."

"근데 그게요, 매번 가까운 역까지만 바래다달라고 하고는 끝이에요."

"그게 뭔 소리래? 혹시 집에 딴 사내가 있는 거 아냐?"

"에이, 설마. 사귀는 남자는 없다고 했어요."

"거짓말인지도 모르잖아."

"그런 건 아닌 것 같은데요."

"그럼 아직 자네를 믿지 못하는 거네. 집에 데려다준다면서 늑대로 돌변한 놈이라도 만났던 모양이지."

"예? 그럴 리가."

"아무튼 다양하게 공략해봐. 정신 바짝 차리고." 구로사와 씨는 커피를 마시고 빈 캔을 쓰레기통에 버리더니 내 어깨를 툭툭 두드렸다. "자, 그럼 이따 보자."

멀어지는 선배의 등을 지켜보고 있으려니 애니메이션 중고

DVD 광고 간판이 눈에 들어왔다. 나중에 잠깐 들러볼까, 하고 생각했다.

나와 모모카는 일주일에 한 번꼴로 데이트를 했다. 하지만 매번 식사를 하고 술을 마시면서 애니메이션에 대한 얘기만 할 뿐이었다. 물론 그것만으로도 충분히 즐거웠다. 문제는 내 쪽에서 얘깃거리가 점점 바닥을 보인다는 것이었다. 새로운 얘깃거리를 만들자면 아직 못 본 애니메이션을 보는 수밖에 없을 텐데 유감스럽게도 요즘 그럴 시간이 없었다.

그다음 데이트 때 내가 그런 어려움을 슬쩍 내비쳤더니 "그렇게 늦게까지 일을 해?"라고 모모카가 물었다. "광고 관련 회사랬지? 잔업이 많아?"

"잔업은 아니지만 일거리를 집에 들고 오는 일이 많아서."

"어머, 힘들겠다."

"거의 습관이 되어서 별로 힘들지도 않아. 아무튼 그래서 애니메이션 얘기가 점점 바닥나고 있어. 미안하다."

모모카는 포크를 손에 든 채 "그건 전혀 상관없어"라고 고개를 저었다. 그녀의 접시에는 봉골레 비앙코 파스타가 담겨 있었다. 오늘은 이탈리안으로 정한 것이다. "걱정 마, 꼭 애니메이션 얘기만 해야 하는 것도 아니니까."

"그래? 그럼 오늘은 모모카의 가족에 대한 이야기나 해볼까."

"가족?" 그녀는 마치 낯선 말이라도 들은 것처럼 미간을 좁혔다.

"본가는 아이치현이라고 했지? 부모님은 아직 거기서 사셔?"

"응, 뭐……."

"형제는? 어쩐지 여동생이 있을 것 같은 이미지인데."

"형제는…… 없어." 표정이 조금 침울해진 것처럼 보였다.

"본가에는 자주 가는 편인가? 추석이나 설날에."

그러자 모모카는 나를 흘끗 쳐다보았다. 오늘도 컬러 콘택트 렌즈여서 갈색이 감도는 눈동자가 큼직했다.

"그런 얘기 따분해. 화제 좀 바꿔줄래?"

"엇, 왜?"

"아무튼 싫어. 좀 더 재미있는 이야기를 하자."

가족 이야기는 재미가 없는 건가.

"그래. 음, 그렇다면……."

나는 서둘러 머릿속의 서랍을 뒤져 유튜브의 재미있는 동영 상을 생각해냈다. 그 이야기를 해줬더니 모모카도 좋아했다. 동 영상을 스마트폰으로 검색해 둘이서 배꼽을 잡고 깔깔거리며 웃었다.

나는 모모카의 웃는 얼굴에 안도하면서도 의아하게 생각하지 않을 수 없었다. 그녀는 항상 그런 식이었다. 자신에 대한 것은 거의 아무것도 말하지 않는다. 그런 화제가 나오면 갑작스레 부루퉁해지는 것이다.

어쩌면 예전에 뭔가 힘든 일이 있었는지도 모른다. 이를테면 그리 화목한 가정환경이 아니었다면 본가나 가족에 대한 얘기는 하고 싶지 않을 것이다.

언젠가 나에게 그런 어려움을 털어놓는다면 참 좋겠다, 라고 나는 생각했다.

이탈리안 레스토랑을 나와 항상 2차로 찾아가는 이자카야에서 술잔을 기울였다. 여기서도 둘이 나누는 얘기는 그저 무던한 것뿐이었다. 모모카의 과거로 이어질 만한 화제를 나는 조심스럽게 피하고 있었다.

폐점 시각이 되어서 가게를 나왔다. 데려다줄게, 라고 나는 말했다.

모모카는 손을 홰홰 저었다. "괜찮아. 택시 타고 가면 돼."

"그럼 함께 타고 가자."

"아냐, 반대 방향이잖아."

"상관없어. 집까지 바래다주고 싶어서 그래."

빈 차가 보여서 나는 팔을 번쩍 들었다. 그러자 모모카가 내 팔을 잡았다.

"그러지 마. 필요 없다고."

"필요가 없어?"

"우치무라 씨와 함께 있으면 즐거워. 애니메이션에 대해 이렇게 실컷 얘기해본 적도 없으니까. 하지만 그것만으로 충분해. 그 이상은 필요 없어."

모모카의 말은 대못처럼 내 가슴에 박혔다. 그래도 지지 않고 나는 그녀에게 한 걸음 다가갔다.

"나는 그것만으로는 충분하지 않아. 분명히 말하겠는데, 나는 너 좋아해. 좀 더 너에 대해 알고 싶고 너한테 도움이 되고 싶어. 하지만 너는 전혀 마음을 열어주지 않잖아. 대체 왜 그러지?"

모모카는 괴로운 듯 입을 꾹 다문 뒤, 슬쩍 눈을 들어 나를 보았다.

"그거, 착각이야."

"착각?"

"나를 좋아한다고 착각하는 거야. 그냥 겉모습에 속아 넘어간 거라고."

"아니야!" 나는 입을 툭 내밀었다.

모모카는 피식 입술을 풀며 웃었다.

"스스로 깨닫지 못한 것뿐이야. 우치무라 씨는 나를 애니메이션의 여주인공쯤으로 착각하고 있어."

"그렇지 않아."

"아니, 내 말이 맞아. 이 화장만 지우면 당장 환상이 깨질걸? 꿈에서 깨어날 거라고. 난 다 알아."

그녀의 말에 나는 강하게 고개를 저었다.

"꿈이 아니야. 환상이 깨질 일도 없어!"

모모카는 두 손을 허리에 짚고 어이없다는 듯 한숨을 내쉬었다. 그리고 잠시 침묵한 뒤에 정색을 하고 나를 보았다.

"알았어. 그럼 내가 꿈에서 깨게 해줄게. 잠깐만 뒤로 돌아서 있어."

"뭐? 왜?"

"아무튼 돌아서라니까."

모모카가 대체 뭘 하려는 것인지 알 수 없었지만 나는 그 자리에서 우향우를 했다.

이윽고 이제 됐어, 라는 그녀의 목소리가 들렸다.

돌아보니 그녀가 서 있었다. 조금 전의 모습과 거의 달라진 게 없었다. 하지만 딱 한 군데가 다르다는 것을 나는 알았다.

"어때?" 모모카가 물었다. "뭐가 다른지, 알겠어?"

"……콘택트렌즈를 뺐구나."

"맞아. 렌즈만 뺐는데도 완전히 다르지? 평범하고 밋밋한 얼굴. 애니메이션 여주인공과는 하늘과 땅 차이야. 어때, 이제 알겠어? 꿈에서 깨어났어?"

나는 꼼짝도 할 수 없었다. 말도 나오지 않았다. 이토록 깜짝 놀란 것은 태어나서 처음이었다. 분명 꿈에서 깨어났다. 현실로 되돌아왔다.

그녀 쪽에서 내게로 한 걸음 다가왔다.

"왜 그래, 환상이 깨져서 머리가 돌아버렸어? 뭐라고 말 좀 해봐."

나는 모모카의 눈을 지긋이 바라보며 심호흡을 했다. 그걸로
가까스로 몸이 움직여졌다. 나는 그녀의 두 팔을 잡았다.

"왜?" 그녀가 의아한 얼굴을 했다.

"너를 만나서 다행이다. 너는…… 내가 오랫동안 찾던 사람이
야."

"글쎄 그런 말 좀 하지 말라니까!" 그녀는 손을 뿌리치려고 했
다. 하지만 나는 놓아주지 않았다. 놓아줄 수 없었다.

너한테 물어볼 게 있어, 라고 나는 말했다.

5

파친코점 입구에는 벌써 사람들이 길게 줄을 서 있었다. 그들
의 얼굴은 약속이라도 한 듯 하나같이 부루퉁한 표정이었다. 신
장개업이라니까 분명 한 방 크게 터뜨려주는 기계가 있을 거라
고 다들 기대하고 있는 것은 틀림없지만, 실제로 당첨금이 손에
들어오기 전까지는 별로 신이 나지 않을 것이다. 이곳에 서 있는
자들 중 많은 사람이 이 파친코 도박에 먹고사는 일이 걸려 있는
것이다.

나는 하마 씨와 함께 천천히 줄의 맨 끝을 향해 걸었다. 하마

씨의 옷차림은 오늘도 낡아빠진 추리닝이었다. 나는 셔츠에 찢어진 청바지를 입었다.

"우치가 찾아낸 클럽 아가씨, 별문제 없이 기소가 결정됐다더라." 걸음을 옮기며 하마 씨가 말했다. 우리 팀에서도 나를 '우치'라고 부르는 것은 하마 씨뿐이다.

"그래요? 그 뒤에 어떻게 됐는지 나는 전혀 소식을 못 들었는데." 내 목소리는 음울하게 가라앉았다. 그다지 떠올리고 싶지 않은 에피소드였다.

"나도 조금 전에 들었어. 다행이지 뭐야. 한 달 동안 범인을 하나도 못 찾았었잖아. 과장님이 엄청 칭찬했다면서?"

"네, 그야 그렇지만……."

"어째 떨떠름한 얼굴이네? 아하, 아직도 미련이 남았구나. 하긴 충격이 컸을 거야. 하필이면 사귀던 여자가 지명수배 용의자였다니, 이건 완전 만화 같은 얘기잖아."

"만화는 너무 심하잖아요. 최소한 드라마나 소설 같다고 해주실 것이지."

잡담을 주고받으며 걸음을 옮기면서도 나와 하마 씨의 시선은 파친코점 문이 열리기를 기다리는 사람들의 얼굴로 향하고 있었다. 하지만 절대로 빤히 쳐다봐서는 안 된다. 누군가 바라본다는 것을 상대가 눈치채서는 안 되는 것이다.

"그 클럽 아가씨, 컬러 콘택트렌즈를 끼고 있었다면서?"

"네, 그랬어요. 게다가 검은 눈동자가 유독 크게 보이는 렌즈였죠. 그래서 전혀 못 알아봤어요."

"그래서야 쓰나. 얼굴 사진을 머릿속에 입력할 때는 그런 점도 상정해야 한다고 늘 얘기하잖아. 특히 용의자가 젊은 여자일 경우에는 더 그렇지."

"맞는 말씀이세요. 제대로 한몫을 하려면 저는 아직 멀었어요."나는 진심으로 통감하고 있었다.

"그래도 정말 용케도 잘 찾아냈어. 성형수술도 여간 많이 한 게 아니라던데."

"네, 수술도 했더라고요. 눈매 이외에는 완전히 딴사람이었어요."

줄을 선 사람들의 얼굴, 특히 눈매를 바라보면서도 내 머릿속에는 자꾸만 그날 밤의 일이 되살아났다. 모모카라고 이름을 밝혔던 그녀가 콘택트렌즈를 빼고 내민 얼굴을 보았을 때의 일.

그 순간, 내 등짝에는 전류가 내달렸다. 이어서 머릿속에서 초고속으로 검색이 시작되었다. 엄청난 수의 얼굴 사진이 가로질러 갔다. 이윽고 한 장의 사진을 머릿속 저장고에서 발견했다. '야마카와 미키. 27세. 업무상 횡령. 아이치 현경 오카자키 경찰서'라는 내역이 붙은 사진이다.

나는 그녀에게 신분을 밝히고 그 자리에서 불심검문을 행했다. 그녀는 소스라치게 놀라 달아나려고 했다. 물론 놓칠 수는 없었다. 즉각 주임 하마다 경위에게 연락해 지원을 요청했다. 하마다 경위, 즉 하마 씨다.

나의 진짜 직업은 경찰관이다. 경시청 수사공조과 소속으로 '미아타리 수사'에 종사하고 있다.

미아타리 수사란, 지명수배자의 특징을 기억한 뒤에 역이나 번화가에 잠복해 길거리를 오가는 사람들 속에서 범인을 찾아내는 것이다. 말로 하면 마치 뜬구름을 잡는 얘기 같아서 정말로 그런 게 가능하냐고 의심할지도 모른다. 하지만 의외로 검거율이 높다. 경시청에서는 약 10명의 수사원이 해마다 40여 명을 체포하는 성과를 올리고 있다.

우리가 가진 무기는 탁월한 기억력과 관찰력이다. 항상 소지하고 다니는 파일에는 500여 명의 지명수배자에 대한 얼굴 사진과 특징 및 혐의 사실을 기록한 메모가 빼곡히 담겨 있다. 그것을 종일 확대경으로 들여다보며 머릿속에 입력하는 게 일과다. 파일은 일이 끝난 뒤에도 집에 가져가 틈만 나면 집중해서 들여다본다. 기억의 포인트는 눈매다. 나이를 먹어도, 살이 찌거나 빠져도, 성형수술을 하더라도 눈의 간격이나 크기, 색깔 등은 언제까지나 변하지 않기 때문이다.

범인의 얼굴과 그 특징을 머릿속에 새겨 넣었다면 서너 명씩 그룹을 지어 길거리로 나간다. 차에 타고 내리는 사람이 많은 역 주변은 주요한 활동 장소의 하나다. 지방에서 범죄를 저지른 지명수배자가 대도시에서라면 잠복하기 쉬울 것이라는 생각에 도쿄로 올라오는 일이 많기 때문이다. 우리는 주위의 풍경에 녹아들 듯이 역 앞 거리 모퉁이에 서서 파일 속 얼굴 사진의 인물이 지나가기만을 기다린다. 푹푹 찌는 더위 속에서도, 팔다리가 얼얼해지는 추위 속에서도 바라보고 또 바라본다.

경마장이나 파친코 입구도 주목 포인트다. 도주 중인 범인이 자금을 구하려면 도박이 가장 빠르고 손쉬운 것이다. 대학 동창 야나기다를 만난 날에도 장외 마권발매소에 드나드는 사람들을 바라보고 있었던 것이다.

지나치게 장시간 동안 한자리에 가만히 서 있으면 주위에서 의심할 우려가 있다. 그래서 그날은 눈속임을 위해 실제로 마권을 구입하기도 했다. 그리고 수사원들끼리 이야기를 나눌 경우에도 그 자리의 상황에 어울리는 자연스러운 대화를 할 필요가 있다. 누가 엿듣게 될지 알 수 없기 때문이다. 나와 하마 씨는 경마장에 단골로 드나드는 척하는 연기를 했었다. 야나기다가 의심하지 않은 것을 보면 연기가 그리 서툰 편은 아니었던 모양이다.

행인들의 얼굴을 철저히 관찰한다. 줄줄이 나타나는 얼굴을 순식간에 머릿속 수배자 사진과 대조한다. 그것이 우리가 하는 업무다. 누구라도 할 수 있는 일이 아니다. 미아타리 수사원으로는 경시청에서 적임자가 선발되어 특수훈련을 받는다.

매일같이 그런 일을 계속하다 보면 업무 시간이 아니어도 무의식중에 사람들의 얼굴을 대조하게 된다. 하마 씨는 가까운 친척의 피로연에 참석하러 갔다가 그 호텔 로비에서 지명수배자인 듯한 남자를 발견하는 바람에 진위를 확인하기 위해 한참이나 미행을 계속했다. 그 결과 보기 좋게 딱 맞혀서 뜻하지 않게 업무 외 수훈을 세웠지만, 결국 피로연에는 참석하지 못했다.

하지만 설마 나에게 이런 일이 일어날 줄은 생각도 못 했다.

모모카, 즉 야마카와 미키의 얼굴 사진은 지금도 내 기억 속에 똑똑히 새겨져 있다. 체포한 사람 따위, 깨끗이 잊어버리고 싶지만 그리 쉽게 사라지지 않는다. 미아타리 수사원에게 공통된 고민거리다.

그녀는 업무상 횡령 혐의로 체포영장이 발부되어 있었다. 아이치현 오카자키시의 작은 중고차 판매회사에서 사무직으로 근무했는데 작년에 돌연 행방을 감춰버렸다. 수상하게 생각한 매장 측에서 조사해본바, 거액의 회삿돈을 빼돌린 것으로 판명되었다.

도주 후에는 도쿄에 올라와 성형수술을 받았다. 그리고 새 얼굴로 면접을 통해 클럽에 채용되었다. 클럽 측에서 그녀에게 정식 신분증명서 등을 요구하지 않았던 것이다.

거주지는 위클리맨션이었다. 그러니 집까지 바래다준다는 내 말을 들어줄 수 없었던 것이다. 가족에 대한 것을 포함해 자신의 과거를 일절 말하려 하지 않았던 것도 그제야 수긍이 되었다. 분명 그녀 스스로도 그런 일은 떠올리고 싶지 않았을 것이다.

얼굴을 바꾸고 이름을 속이는 생활이 어떤 것인지 나는 짐작도 가지 않는다. 하지만 아마도 몹시 외로웠을 것이다. 사람 사귀는 데 별로 소질이 없고 혼자 있는 게 마음 편하다고 말했었지만, 사실은 그런 식으로 살아가는 것밖에는 다른 방도가 없었다는 게 맞는 말이 아닐까. 누군가와 자칫 깊이 사귀게 되면 언젠가는 과거를 캐묻게 마련이기 때문이다.

위클리맨션의 무미건조한 방 한 칸에서 하염없이 애니메이션을 보고 있는 그녀의 모습이 눈에 선하게 떠오른다. 실사영화를 보면 인간사회에서 고립된 자신의 처지가 더욱더 실감될 뿐이다. 분명 애니메이션을 보는 수밖에 없었던 것이다.

멍하니 그런 상념에 젖어 있으려니 하마 씨가 옆구리를 쿡 찔렀다. 그 손에는 휴대전화가 쥐어져 있었다.

"구로사와에게서 연락이 왔어. 이 근처 간이 숙박소에서 한 명 발견한 모양이야. 우리도 출동하자."

"네, 알겠습니다."

지명수배자로 보이는 인물을 발견하면 우선 수사원 몇 명이 함께 확인하는 것이 규칙이다. 딱 맞췄을 경우에는 말을 건네게 되는데 그럴 때 여러 명이 주위를 둘러싼다. 저항이나 도주를 방지하기 위한 것이다. 우리는 겉모습만 봐서는 도저히 수사원으로 보이지 않는 차림새이기 때문에 선뜻 믿어주지 않는 범인도

적지 않다. 텔레비전 방송의 길거리 몰래카메라라고 생각한 수배자도 있었다.

우리는 태연한 얼굴로 줄에서 빠져나와 급히 걸음을 옮겼다. 이곳에 있는 어느 누구의 기억 속에도 우리가 남아 있어서는 안 된다. 어느 누구에게도 우리 얼굴을 알려서는 안 된다. 그것이 미아타리 수사원의 철칙이다.

파친코점 앞을 지나갈 때, 애니메이션 미소녀 전사를 그린 간판이 눈에 들어왔다. 만일 구로사와 씨가 발견한 인물이 지명수배 범인이 맞는다면 오늘 밤에는 축배를 들면서 오랜만에 느긋하게 애니메이션이나 한 편 볼까, 하고 생각했다.

야마카와 미키는 나에게 여러 가지 거짓말을 했다. 하지만 나 역시 거짓말을 했다. 다만 애니메이션을 좋아한다는 것은 사실이다. 실사영화를 보기가 힘들어진 게 그 계기였다는 것도 사실이다.

한번 생각해보시기 바란다. 날이면 날마다 헤아릴 수 없이 많은 사람들을 주시해야 하는 것이다. 업무에서 해방된 시간이나마 미소녀 여주인공의 비현실적인 눈동자를 바라보며 위로받고 싶지 않겠는가.

レンタルベビー

렌털 베이비

1

피부는 눈처럼 하얗다. 손끝으로 뺨을 만져보고 에리는 저도 모르게 와아, 굉장하다, 라고 소리를 높였다.

"영락없이 마시멜로 같아. 이거, 정말로 인공피부예요?"

"네, 저희 회사의 최신 기술이 거둔 성과입니다. 타사 제품에는 이만한 질감을 가진 상품은 결코 없다고 단언할 수 있습니다." 담당자로 나선 남자 직원은 자랑스럽게 코를 벌름거리며 말했다.

에리는 새삼 케이스 안을 들여다보았다. 그 안에 누워 있는 것은 제품명 〈휴머노이드 베이비 700-1F〉, 통칭 아기 로봇이다. 지금은 하얀 옷을 입고 눈을 감고 있었다.

"현재 상태는 어때요?" 아키라가 담당자에게 물었다. "눈을 감고 있는데, 기동 가능한 상태입니까?"

"물론입니다." 담당자는 고개를 끄덕이며 품속에서 가늘고 긴 리본을 꺼냈다. 그것을 아기 로봇의 코끝에 대자 하늘하늘 날렸다. 숨을 쉬고 있다는 뜻인 모양이다.

"자는 건가? 어떻게 하면 잠이 깨죠?"

"실제 아기와 똑같아요. 큰 소리를 내거나 세게 흔들면 눈을 뜹니다. 자극의 강도에 따라서는 울음을 터뜨리는 일도 있지요."

"와아, 잠깐 안아봐도 돼요?"

"물론이죠. 두 분 아기인데요."

"아하하, 그러네요." 에리는 작은 로봇의 양쪽 겨드랑이를 잡아 품에 안았다. "아, 꽤 무거워요."

"무게는 8.5킬로그램. 생후 10개월 정도로 설정되었습니다. 이건 고객님의 유전자 정보에서 산출해낸 수치입니다." 담당자가 휴대 단말기에 시선을 떨구며 말했다.

"잘 부탁한다, 아가야." 그렇게 에리가 말을 건넸을 때, 아기 로봇이 살짝 눈을 뜨고 귀여운 웃음을 지었다.

이번 여름에 에리는 장기휴가를 어떻게 보낼 것인가에 대해 고민하고 있었다. 해외여행은 이제 싫증이 났고 고향 부모님과는 영상통화로 늘 얼굴을 마주하기 때문에 굳이 귀성길에 오르고 싶은 마음도 없었다. 레저를 즐기려고 해도 어차피 어디에 가든 인파가 넘쳐나서 피곤하기만 할 것 같았다.

친구들에게 물어보니 이번 기회에 평소에 할 수 없는 것을 체험할 것이라는 대답이 많았다. 어학에 도전하거나 한 번도 해본 적이 없는 스포츠에 도전한다는 것이다. 그것도 나쁘지 않지만, 그렇다면 과연 어떤 것이 좋을까 하고 구체적으로 들어가자 그 즉시 난감해졌다. 호기심 많은 에리는 하고 싶은 것에는 이미 다 손을 댔다. 아직 경험하지 못한 것, 이라고 해도 딱히 생각나는 게 없었던 것이다.

그런 참에 눈에 들어온 것이 유사 육아체험 광고였다. 로봇 아기를 사용해 실제로 키워보면서 육아 과정이 어떤 것인지 몸소 알아본다는 것이다.

정말 재미있는 생각을 하는 사람이 다 있다고 감탄했다. 예전에는 결혼이 점점 늦어지는 만혼晚婚이 문제였지만 요즘은 비혼非婚이라는 단어를 쓰는 경우가 많다. 평생 한 번도 결혼하지 않는 사람이 부쩍 증가한 것이다. 실제로 에리가 그랬다. 남자와 교제하는 일은 있어도 결혼할 마음은 없었다. 거기서 뭔가 메리트를 찾아낼 수 없었기 때문이다. 남자 쪽도 똑같은 생각인지, 지금까지 사귄 사람들에게서 결혼하자는 말은 들어본 적이 없다.

이를테면 아키라는 핸섬하고 일도 열심히 하고 게다가 신사적이고 대화에도 능숙하다. 연인으로서는 나무랄 데가 없다. 그래도 함께 살고 싶은 마음은 없었다.

만일 결혼에서 의의를 찾는다면 역시 아이일 것이다. 태어나는 아이에게는 아빠와 엄마, 둘 다 있는 것이 좋다.

하지만 자신이 아이를 원하는지 어떤지 에리는 잘 알 수 없었다. 여자로 태어난 이상, 평생 한 명쯤은 키워보고 싶다는 마음은 있었다. 한편으로 아이를 둔 친구들을 보면 너무 힘들겠다는 생각도 들었다. 아이가 생긴 다음에야 역시 그만둘 걸 그랬다고 후회해봤자 이미 때늦은 일이다.

그런 식으로 에리처럼 아이를 가질지 말지 고민에 빠진 사람이 분명 적지 않을 것이다. 역시 정확한 포인트를 뚫고 들어간 비즈니스라고 감탄했다.

즉시 신청해서 오늘 드디어 정식으로 아기 로봇을 직접 마주하게 되었다.

집에 데려오자 우선 이름부터 지어주기로 했다. 로봇의 성별은 딸이다. 에리는 1분쯤 생각한 뒤 '진주'라고 하자고 말했다. 진주처럼 하얗고 동글동글하기 때문이다.

"오케이, 진주. 아주 좋아." 아키라도 납득한 듯 고개를 끄덕였다.

그 진주가 칭얼거리기 시작했다.

"왜 그러지? 기저귀가 불편한가?" 에리는 아기의 아랫도리를 들고 기저귀를 살펴보았다. 조금 축축한 것 같았다.

오늘을 대비해 이것저것 준비했다. 기저귀도 사두었다. 이미 지트레이닝도 다녀왔다. 아기 침대와 유모차도 빌렸다.

하지만 실제로 해보니 상당히 손이 많이 가는 일이었다. 아기가 가만히 있지 않는 것이다.

"진주야, 다리 좀 버둥거리지 마. 아키라, 왜 멍하니 서 있어? 다리 좀 잡아줘."

아키라가 옆으로 다가와 진주의 다리를 두 손으로 잡았다. "이렇게?"

"응, 그래."

에리가 기저귀를 엉덩이 밑에 넣었을 때였다. 아기의 엉덩이에서 뭔가 분출해 에리의 얼굴을 덮쳤다. 아차 하면 눈에 들어갈 뻔했다.

"우앗!" 손등으로 얼굴을 닦았다. 철썩 날아든 것의 정체를 알았다. "뭐야, 이거? 똥이잖아."

"그런 것 같아." 아키라가 시들한 목소리를 냈다.

"크윽, 냄새 지독해. 대체 왜 이런 게 나오는 거야!"

"젖먹이 아기잖아. 원래 아기들은 어디서든 가리지 않고 똥을 싸는 거야."

"하지만 이건 로봇이야. 진짜 똥을 싸게 할 것까지는 없잖아."

"그건 안 되지. 육아가 얼마나 힘든지 알기 위해서는 어느 정도 리얼리티가 필요해. 게다가 이건 진짜 똥이 아니야. 냄새와 색깔을 비슷하게 맞춘 것뿐이지."

"아무리 그래도……." 아기가 울음을 터뜨렸다. "아, 시끄러워! 제발 잠깐 기다려." 에리는 욕실로 향했다.

2

침실에서 진주의 울음소리가 들려왔다. 아무래도 잠이 깬 모양이었다. 하지만 에리는 손이 비지 않았다. 저녁 식사를 준비하는 참이었던 것이다. 이제 곧 아키라가 돌아온다. 진주를 데려오는 것과 동시에 그와의 동거생활도 시작되었다. 둘 사이에 아기가 태어났다는 설정이라서 결혼한 게 아니고서는 이상한 것이다.

제발 잠시만 기다려라. 칼질을 하면서 중얼거렸지만 울음소리는 그치지 않았다. 오히려 점점 더 커져갔다. 울음소리라기보다 악을 쓰는 소리였다.

에리는 결국 고개를 내젓고 조리기의 스위치를 껐다. 스튜가 꽤 맛있게 끓기 시작한 것 같았지만 어쩔 수 없었다. 살균 보온기에 병째 넣어둔 합성 분유를 빼 들고 침실로 향했다.

진주는 계속 울어댔다. 에리의 얼굴을 보자마자 그 소리는 한층 높아졌다. 뭔가를 호소하려는 듯했다.

"그래, 맘마 먹자." 에리는 진주를 품에 안고 그 작은 입에 분유병을 대주었다. 하지만 진주는 입에 물려고 하지 않았다. 얼굴이 새빨개진 채 울기만 할 뿐이었다.

분유병을 내려놓고 아기의 아랫도리에 얼굴을 들이댔다. 역시 그거였다. 똥 냄새가 났다.

아기 침대에서 기저귀를 갈아주기로 했다. 아래를 들춰보니 마치 카레를 줄줄 부어놓은 듯한 광경이었다. 엉덩이도 다리도 온통 똥투성이다.

"하아, 말도 안 돼."

더러워진 기저귀를 어떻게 해야 할지 망설이는데 갑자기 진주가 격하게 팔다리를 버둥거렸다. 여기저기 똥이 튀어서 에리의 옷이며 카펫을 더럽혔다. 에리는 절망적인 기분이었다.

그리고 잠시 뒤에 아키라가 돌아왔다. 에리는 요리를 하면서 상황을 설명했다.

"그러고 보니 냄새가 조금 심하게 나네." 그는 코를 쿵쿵거렸다.

"그나마 내가 땀을 뻘뻘 흘리면서 청소한 거야."

"수고했어."

에리는 요란한 한숨을 내쉬며 아기 로봇으로 시선을 던졌다.

"얌전히 자고 있으면 정말 귀여운데."

"내 자식 같은 마음이 좀 들었어?"

"그건 아닌 것 같아. 진짜 내 자식이라면 울어도 똥을 싸도 귀여울 거야. 역시 로봇은 실제와는 다른가 봐."

그녀가 절절히 그렇게 말했을 때였다. 진주의 얼굴이 빨개졌다. 자면서 뭔가 끙끙거리고 있었다. 다음 순간, 뿌직뿌직 요란하게 배설하는 소리가 울렸다.

에리는 머리를 부여잡았다.

"왜 이래? 왜 계속 똥만 싸? 이거, 로봇 설정이 뭔가 잘못된 거 아니야?"

"그럴 리 없어. 아기의 체질이나 특징은 유전자 정보를 바탕으로 프로그램화되어 있어. 쾌변이라는 것도 그중 하나일 거야." 아키라가 담담하게 설명했다. 논리적으로 맞는 말이어서 반론은 할 수 없었지만 그것이 점점 더 에리를 짜증 나게 했다.

"계속 이런 식이면 나는 심한 변비에 걸릴 것 같아." 어깨를 툭 떨구면서 기저귀를 갈기 시작했다.

하지만 쾌변은 아기의 체질로서는 좋은 것이다. 기저귀 갈아주기가 귀찮기는 해도 익숙해지면 별것도 아니다. 에리에게 가장 고민스러운 일은 밤마다 울어대는 것이었다.

새벽 2시를 지날 때쯤이면 진주는 정해놓고 울기 시작했다. 분유를 줘도 기저귀를 갈아줘도 도무지 그치지 않았다. 마냥 울어대는 것이다. 그런 때는 계속 선 채로 품에 안고 요람처럼 흔들어주는 수밖에 없다. 진주가 언제 울음을 그치고 잠들어줄지, 그때가 되지 않고서는 알 수 없었다.

"밤에 우는 것도 프로그램의 결과야?" 에리는 진주를 얼러주면서 물었다.

"아마도." 침대 안의 아키라가 에리에게 등을 돌린 채 대답했다.

며칠이 지나자 진주의 마구잡이 떼쓰기는 점점 더 박차를 가

하듯 심해졌다.

"애써 품에 안고 재워도 침대에 눕히면 금세 또 깨서 울어대는 거야. 쇼핑을 하려고 유모차에 태워도 10미터도 못 가서 울음보를 터뜨리는 바람에 결국 내가 안고 가야 해. 대체 뭐가 마음에 안 드는지 모르겠어. 어떻게 해야 돼?"

식탁 너머에서 아침을 먹던 아키라는 "글쎄"라면서 양팔을 으쓱 펼쳐 보였다.

"아 참, 나 오늘 밤에 좀 늦을 거야. 아마 10시쯤?"

"어라, 내가 미용실 예약했다고 말했잖아. 오늘은 당신이 7시까지 들어오기로 약속했었는데?"

"갑작스러운 업무가 생겼어. 회사에서 빅 프로젝트에 착수했다고 얘기했었지? 나만 빠져나올 수는 없어."

"어렵사리 밤늦게까지 영업하는 미용실을 찾아 예약했는데." 에리는 입을 툭 내밀었다.

아키라는 포크와 나이프를 손에 든 채 몸을 쑥 내밀었다.

"내가 가정보다 일을 우선한다는 것은 진주를 키우기로 결정할 때 당신이 원했던 방침이야."

아닌 게 아니라 그랬다. 대꾸할 말을 찾지 못하고 에리는 입을 꾹 다물었다.

그때였다. 옆방에서 울음소리가 들려왔다.

"당신 찾는 모양이야."

"알아, 나도." 난폭한 소리를 올리며 에리는 의자에서 벌떡 일어섰다.

3

진주를 데려오고 일주일이 지났다. 에리는 노이로제에 걸릴 것만 같았다. 종일 쉴 새 없이 기저귀를 갈아주고 분유를 먹여야 했다. 그뿐만이 아니라 이제 진주는 네 발로 엉금엉금 기어 다니게 되었다. 문득 돌아보면 슬리퍼를 물어뜯고 전기선을 주물럭거렸다. 아무튼 한시도 눈을 뗄 수 없는 것이다. 밤에 우는 것은 조금 가라앉았지만 일단 울음보가 터지면 도무지 그치지 않는 건 여전했다. 그래서 주위 사람들에게 폐를 끼치지 않도록 웬만한 일이 아니면 외출을 삼갔다. 집 밖에 나가는 건 쇼핑할 때뿐이지만 언제 진주가 울음을 터뜨릴지 마음이 조마조마해서 차분하게 물건을 고를 수 없었다.

이러느니 진주를 돌려보낼까 하는 생각도 했지만, 그럴 경우에는 위약금을 물어야 했다. 처음 약정한 기간보다 일찍 돌려보낼 경우에는 남은 날짜 수에 따라 페널티를 지불한다는 계약인 것이다. 육아를 쉽게 생각하지 않도록 한다는 배려에서 나온 규칙인 모양이었다. 또한 육아를 포기했을 경우에는 그 흔적이 고스란히 아기 로봇에 남겨지기 때문에 이 또한 벌금을 물게 되어 있다.

이건 큰 실수였어, 애초에 시작하지 말걸—. 그런 생각을 하면서 진주의 속옷을 세탁하다가 퍼뜩 깨달았다. 오늘은 진주의 울음소리를 아직 못 들은 것이다. 아침에 기저귀를 갈아줄 때도 자고 있었고 분유를 달라고 칭얼거리지도 않았다.

걱정이 되어서 왜 그러는지 보러 갔다. 진주는 침대 안에 있었다. 하지만 잠이 든 건 아니었다. 뭔가 축 늘어진 기색이었다.

그 얼굴을 보고 에리는 흠칫했다. 평소보다 불그레한 것이다. 무슨 일인가 싶어서 뺨을 만져보고 깜짝 놀랐다. 뜨거웠다. 전용 체온계로 재보니 40도 가까이나 되었다.

서둘러 전화를 들고 "아키라!" 하고 소리쳤다. 평소 같으면 화면에 그의 얼굴이 나와야 할 터였다. 하지만 화면에 나타난 것은 '회의 중'이라는 퉁명스러운 글자였다.

에리는 진주를 품에 안았다. 이런 경우에는 어떻게 해야 하는가. 다른 보통 아이라면 병원에 데려갈 것이다. 하지만 진주는 로봇이다.

전화기에 대고 "렌털 베이비 도쿄점!"이라고 외쳤다.

잠시 뒤 진주를 데려올 때 안내해주었던 담당자가 화면에 나타났다. 공손히 머리를 숙이더니 "무슨 일이십니까?"라고 물었다. 에리는 사정을 설명했다.

"그렇습니까, 발열이군요. 그러면 저희 회사로 데려오시겠습니까? 전문 의사가 대기 중이니까요." 담당자의 말투는 침착했다. 흔한 일, 이라고 말하고 싶은 눈치였다.

그나저나 전문 의사라니, 무슨 말일까.

우선 진주를 안고 렌털 베이비 회사로 향했다. 도착하자마자 클리닉센터라는 곳으로 안내해주었다. 평범한 병원과 똑같이 대기실이 있고 여러 명의 엄마들이 순서를 기다렸다. 모두 어린아이를 안고 있었다.

"저 사람들은 분위기를 연출하기 위해 와 있는 것뿐입니다." 담당자가 에리의 귓가에 대고 말했다. "아기가 열이 났을 때는 한시바삐 의사에게 진찰을 받고 싶게 마련이지요. 하지만 실제 병원에서는 반드시 순서를 기다려야 합니다. 그런 때 느끼는 초조함이나 불안감에 익숙해지기 위해 실제처럼 연출한 것이죠."

맞는 말이라고 납득했다. 정말 세세한 부분까지 신경을 써주고 있었다.

30여 분을 기다린 끝에 마침내 진찰실이라는 곳에 불려 갔다. 그곳에서 기다리는 사람은 흰 의사 가운을 입은 남자였다. 간호사 차림의 여자도 있었다.

"발열로 인한 가벼운 탈수 증상이군요. 걱정하실 것 없습니다. 치료용 드링크를 드릴 테니 시간 맞춰 먹여주세요." 의사 설정의 남자는 그럴싸하게 진주의 몸을 진찰한 뒤에 딱딱한 목소리로 말했다.

집에 돌아와 의사의 말대로 진주에게 드링크를 먹이기로 했다. 자꾸 뱉어내는 바람에 무척 힘들었지만 가까스로 정해진 복용량을 먹일 수 있었다.

진주는 곧바로 잠이 들었다. 그 얼굴빛이 조금 회복된 것처럼 보여서 에리는 안도했다. 그런 마음은 벌금 때문에 생긴 게 아니라는 것을 깨닫고 에리는 스스로에게 놀랐다. 어느새 진주를 건강하게 키워내야 한다는 사명감이 싹트고 있었던 것이다.

아키라는 한밤중에야 돌아왔다. 그가 외출복을 벗는 곁에서 에리는 오늘 일을 이야기했다.

"그런 일이 있었어? 진짜 힘들었겠네."

"당신은 연락도 안 되고, 너무 답답했어."

"미안해. 아무튼 오늘은 일이 너무 바빠서 말이지."

"여전히 회사 일이 바쁘구나. 당신도 힘들겠다."

"힘이 들어도 열심히 해야지, 처자식을 거느린 가장인데." 그렇게 말하고 아키라는 침대에 털썩 쓰러져 금세 코를 골기 시작했다. 그 얼굴을 보며 에리는 결혼생활이라는 게 이런 것인가 하고 생각했다.

다음 날도 아키라는 아침 일찍 집을 나섰다. 에리는 진주에게 드링크를 먹이고 때맞춰 기저귀도 갈아주었다. 이상하게도 이제는 똥 냄새가 그다지 거슬리지 않았다.

그리고 저녁나절의 일이었다. 다시 드링크를 먹이려고 했을 때, 침대 안의 진주가 에리를 향해 방긋 웃었다. 그리고 귀여운 목소리로 "엄마"라고 말하는 것이었다.

4

오랜만에 아키라가 휴가를 낸 덕분에 진주를 데리고 온 가족이 쇼핑을 하기로 했다. 유모차를 밀며 대형 쇼핑센터 안을 나란히 걸었다. 난생처음 해보는 경험이었다.

평소에는 피곤하다는 말만 연발하던 아키라도 오늘은 기분이 좋은지 말수가 많아졌다. 그의 센스 있는 농담에 에리는 웃음이 터졌고, 진주 앞에서는 일부러 괴상한 표정을 지어 까르르 웃게 만들기도 했다.

아동복 매장에서는 그야말로 신이 났다. 다양한 아기 옷을 진주에게 입혀보고, 약간 큰 사이즈의 옷을 찾아보면서 성장할 리 없는 진주의 미래를 둘이서 이야기하기도 했다.

결혼도 그리 나쁘지 않은지 모른다, 라고 에리는 생각하기 시작했다. 결혼해서 아이를 낳고 평범한 주부로 하루하루를 보낸다. 그 즐거움을 지금까지는 상상도 못 했지만 이렇게 유사 육아체험을 하고 보니 조금쯤 알 것 같은 느낌이 든 것이다.

아키라가 전화를 받은 것은 장난감 매장에 들어서려던 때였다. 휴대전화를 귀에 댄 그의 얼굴이 점점 심각해지는 것을 에리는 보았다.

"이거 큰일이네." 통화를 마치고 아키라가 말했다. "트러블이 생겼어. 지금 즉시 회사에 가봐야 할 것 같아."

"그래? 오늘은 외식할 줄 알았는데."

아키라는 얼굴 앞에서 두 손을 맞댔다.

"미안해. 이번에 못 한 외식, 다음에 더 좋은 곳에서 꼭 하자."

"어쩔 수 없지. 그래도 오늘은 지금까지 재미있게 놀아줬으니까 용서해줄게."

"고마워. 그럼 진주 잘 부탁한다. ……진주야, 말 잘 들어야 해. 엄마 힘들게 하지 말고." 아키라는 유모차 안에도 한마디 건넨 뒤에 빠른 걸음으로 멀어져갔다.

어쩔 수 없다고 마음을 돌리고 에리는 유모차를 밀며 장난감 매장으로 갔다. 진주에게는 어떤 장난감이 좋을까. 너무 어려서 아직 게임 같은 건 못 할 텐데.

여점원이 눈에 띄어서 상의해보기로 했다.

"이 정도 아기라면 요즘은 홀로그램 점토를 구입하시는 분이 많아요." 젊은 점원이 대답했다.

"홀로그램 점토?"

"네, 이쪽에 있습니다."

그녀가 보여준 것은 입체 영상을 만들어내는 작은 패널이었다. 허공에 떠 있는 점토 영상을 손으로 만지자 자유자재로 형태가 바뀌었다.

"아기의 성장에 맞춰 점토의 단단한 정도를 조절하는 것도 가능합니다."

"와아, 재미있겠네요."

하지만 가격을 듣고는 눈이 휘둥그레졌다. 갓난아이에게 이런 걸 사주는 건가. 적어도 렌털 베이비를 위해 이런 비싼 장난감을 사준다는 건 생각할 수 없었다.

하지만 실제 내 자식이라면 어떨까. 어쩌면 사줄지도 모른다는 생각이 들었다.

점원에게 고맙다는 인사를 하고 홀로그램 점토를 돌려주었다. 그리고 뒤돌아선 순간, 에리는 헉 숨을 삼켰다.

유모차가 사라지고 없었다. 주위를 둘러봤지만 어디에도 없었다.

"진주야!" 이름을 부르며 매장 밖으로 달려갔다. 비슷한 유모차가 눈에 들어와서 급히 달려가봤지만 그 옆에 엄마인 듯한 여자가 있었다. 아기도 진주가 아니었다.

어디로 간 것인가. 유모차는 전동식이지만 마음대로 움직였을 리 없다. 누군가 일부러 끌고 갔다고 생각할 수밖에 없었다.

아키라에게 전화를 걸었다. 하지만 화면에 표시된 것은 이번에도 '회의 중'이라는 글자였다. 혀를 차면서 전화를 끊었다.

이렇게 되면 경찰에 연락할 수밖에 없다, 라고 생각한 참에 머릿속에 떠오른 것이 있었다. 진주를 데려올 때 담당자에게서 들은 이야기다.

"렌털 베이비를 도둑맞거나 누군가 망가뜨렸을 경우에는 신속히 저희 회사로 연락해주십시오. 저희 쪽에서 경찰에 도난이나 기물파손의 피해 신고를 할 테니까요."

그렇다. 이건 유괴 사건이 아니다. 어린아이가 납치된 것이 아니라 기계를 도둑맞은 것이다. 아니, 현시점에서는 도둑맞은 것인지 아닌지도 확실치 않다. 그렇다면 이런 경우에는 분실신고에 들어가는 걸까.

에리는 전화기를 가방에 넣어버렸다. 그런 수속 따위, 아무려나 상관없다. 어찌 됐든 진주부터 찾아야 한다. 도난이 됐든 분실이 됐든, 사람 목숨이 걸린 일이 아니니 경찰은 아마 적극적으로 움직여주지 않을 터였다.

그녀는 달렸다. 길 가는 사람을 붙잡고 유모차를 못 봤느냐고 물어보았다. 대부분의 사람들은 친절하게 아, 그러고 보니, 라면서 애써 기억을 더듬어주었다. 하지만 아이를 잘 낳지 않는 시대라고 해도 유모차는 곳곳에서 눈에 띈다. 못 봤다는 사람이 더 적은 것이다. 그들의 말을 바탕으로 쇼핑센터 안을 사방으로 뛰어다녔지만 진주가 탄 유모차는 찾을 수 없었다.

한 여자가 귀중한 충고를 해주었다. 쇼핑센터 안내방송실에 부탁해보라는 것이었다. 에리는 제 머리를 쥐어박고 싶었다. 그런 방법이 있는데 정작 엄마라는 내가 모르고 있었다니! 여자에게 고맙다고 인사를 건네고 에리는 또다시 달렸다.

쇼핑센터 안내방송실로 뛰어들어 사정을 설명했다. 그 자리에서 즉시 방송을 해주었다. 이러이러한 유모차와 아기를 보신 분은 가까운 직원에게 알려주십시오, 라는 내용이었다.

뭔가 정보가 들어오면 연락해주겠다고 해서 에리는 전화번호를 알려주고 일단 방송실을 나왔다. 흥분되는 머리를 진정시키며 열심히 생각을 굴렸다.

진주는 거의 진짜 아기처럼 보인다. 그래서 누군가 악의를 품은 자가 진짜 아기로 착각하고 유괴한 것이라고 해도 이상하지 않다. 진주를 데려간 다음에 범인은 어떻게 할까. 물론 한시라도 빨리 이 쇼핑센터에서 나가려고 할 것이다.

'아, 자동차!'

퍼뜩 깨달은 에리는 주차장으로 냅다 달렸다. 대형 쇼핑센터인 만큼 주차장 규모도 거대하다. 크고 작은 다양한 종류의 차량이 줄줄이 세워져 있었다. 주위를 집중적으로 살펴보며 통로를 지나가고, 때로는 차와 차 사이를 빠져나가기도 했다. 하지만 어디나 비슷비슷한 구조여서 한참 돌아다니는 사이에 에리는 자신이 어디쯤에 있는지도 알 수 없어서 문득 돌아보면 똑같은 자리를 맴돌고 있기도 했다. 그야말로 거대한 미로였다.

범인은 틀림없이 진주를 이곳으로 데려왔을 것이라고 에리는 확신했다. 계속 매장 쪽에 있었다면 누군가는 반드시 목격했을 터였다. 유괴하자마자 범인은 진주를 주차장으로 데려온 것이다. 틀림없다.

그렇다면 이미 도주한 것일까. 범인이 유모차를 차에 싣고 지금은 어딘가 인근 고속도로를 달려가고 있는 건 아닐까.

어떻게 해야 할지 알 수 없어서 에리는 다시 아키라에게 전화를 걸었다. 그러자 이번에는 어이없을 만큼 금세 그의 얼굴이 나타났다. "무슨 일이야? 쇼핑은 재미있었어?" 그의 느긋한 표정에 에리는 분통이 터졌다.

"지금 그런 말을 할 때가 아니야. 진주가 유괴됐단 말이야!"

"뭐라고?" 아키라의 얼굴도 그 즉시 팽팽히 굳어버렸다.

에리는 짤막하게 상황을 설명했다.

"어떻게 해야 할지 나 혼자 쩔쩔매고 있는 참이야."

"그러면 렌털 베이비 회사에 연락해보는 게 어떨까? 도난이나 분실의 경우에는……"

"무슨 소리야? 이건 유괴야, 유괴! 혹시 진주에게 무슨 일이라도 생기면 어떡해!" 에리는 빠른 말투로 쏘아붙였다.

"그래도……"

"아무튼 지금 바로 이쪽으로 와줘. 둘이서 진주를 찾아봐야지."

"아, 그건 어려워. 아직 트러블이 해결되지 않아서 오늘은 도 저히 회사를 벗어날 수 없어. 내가 자리를 비우면 여러 사람에게 피해가 간다니까. 에리, 미안하지만 당신 혼자서 어떻게든 해봐. 경우에 따라서는 렌털 회사에 해약을 신청하고⋯⋯."

"아니, 됐어. 당신한테는 더 이상 부탁하지 않을 거야." 에리는 전화를 끊었다. 이런 이야기를 하고 있는 것 자체가 시간 낭비로 여겨졌다.

그때였다. 어디선가 아기 울음소리가 들렸다. 에리는 귀를 기 울였다. 틀림없다. 진주였다. 진주가 울고 있었다.

필사적인 심정으로 소리 나는 방향을 찾아보았다. 울음소리가 주차장 전체에 메아리쳐서 좀체 방향을 잡기가 어려웠다. 그래 도 온 힘을 다해 주차된 차량 사이를 이동하며 찾아보았다. 큰 차 량이 많아서 저만치 앞쪽은 내다보기가 힘들었다.

진주야, 대체 어디 있니⋯⋯.

시야 끝에서 뭔가 움직인 듯한 느낌이 들었다. 에리는 그쪽으 로 고개를 돌렸다. 눈에 익은 작은 갈색 유모차가 자동차 사이를 가로질러 획 지나갔다.

"진주야!" 에리는 급히 그쪽으로 뛰었다. 하지만 도착했을 때, 이미 유모차는 사라지고 없었다. 정신없이 주위를 둘러보았다.

그러자 다시 한참 떨어진 곳에서 유모차가 획 지나갔다. 에리는 냅다 뛰었다. 마치 숨바꼭질을 하는 것 같았다. 하지만 거리는 조금씩 좁혀져갔다. 범인이 어떤 자인지는 모르지만 자칫 궁지에 몰리면 이쪽을 공격할지도 모른다. 그래도 에리는 물러서지 않을 각오가 되어 있었다. 진주를 되찾기 위해서라면 세상 그 무엇도 무서울 게 없었다.

마침내 범위가 좁혀졌다. 차량 몇 대의 뒤쪽 어딘가에 범인은 진주와 함께 숨어 있을 터였다. 그 증거로, 이제는 바로 가까이에서 울음소리가 들렸다.

"숨어봤자 소용없어!" 에리는 모습을 드러내지 않는 범인을 향해 말했다. "그만 포기하고 어서 나와! 내 아이를 돌려달라고!" 다리가 벌벌 떨렸다.

이윽고 몇 미터 떨어진 차량 틈새로 유모차가 눈에 들어왔다. 에리는 몸을 긴장시켰다. 유모차를 밀면서 범인도 드디어 모습을 드러낼 거라고 생각했기 때문이다.

그런데―.

범인의 모습은 없었다. 유모차만 움직이고 있는 것이다.

어떻게 된 거지?

에리가 어리둥절해서 멀뚱히 서버린 순간, 유모차가 빙글 방향을 바꾸었다. 게다가 맹렬히 내달리기 시작했다.

"대체 뭐야? 잠깐, 잠깐만!" 그녀는 온 힘을 다해 그 뒤를 쫓아갔다.

주차장 통로를 유모차는 계속 직진했다. 속도를 늦출 기미조차 없었다. 그대로 가다가는 벽에 부딪히고 만다. 처참한 정경이 에리의 머릿속에 떠올랐다.

벽과 충돌하기 직전에 가까스로 에리의 손이 유모차 핸들을 붙잡았다. 그녀는 전동모터의 전원을 끄고 자신의 발로 브레이크를 밟았다. 구두가 바닥에 지이익 끌렸다.

정신을 차렸을 때, 유모차는 멈춰 있었다. 벽까지의 거리는 겨우 2미터였다. 에리는 흐늘흐늘 몸을 일으켜 유모차 안을 들여다보았다.

진주는 울음을 그친 상태였다. 에리의 얼굴을 보더니 "엄마!" 하고 웃었다.

에리는 진주를 끌어안고 엉엉 소리 내어 울었다.

"정말 죄송합니다." 렌털 베이비 도쿄점 담당자가 깊숙이 머리를 숙이고 사과했다.

"대체 어떻게 된 거예요!" 에리는 소리쳤다.

"유모차의 시스템에 문제가 있었던 것 같습니다. 자동조종 시스템이 들어가 있는데 아무래도 그게 오작동을 일으킨 모양이에요. 이런 일은 처음이라서 저희도 크게 놀라고 있습니다."

"뭐예요? 그걸로 그냥 넘어갈 것 같아요? 우리 아이에게 무슨 일이라도 생겼으면 어떻게 할 거냐고요?"

"아뇨, 그 점은 완전히 저희 쪽 실수니까요, 그럴 경우에는 무료로 다른 렌털 베이비를 즉시 준비해드리도록 하겠습니다. 고객님께 피해가 갈 일은 없습니다."

"지금 그런 얘기가 아니죠. 유사 육아체험이라면 아기의 안전 관리도 분명하게 해주셔야지 안 그러면 곤란하다는 얘기잖아요!"

"맞는 말씀이십니다. 지금 즉시 저희가 다른 유모차를 준비하도록……."

"그런 거 필요 없어요. 앞으로는 내가 직접 안고 다닐 테니까." 그렇게 쏘아붙이고 에리는 진주를 품에 안고 렌털 회사를 나왔다.

5

마침내 진주와 헤어질 날이 다가왔다. 즉 오늘이 렌털 기간의 마지막 날인 것이다.

에리는 마지막으로 진주를 돌봐주었다. 분유를 먹이고 기저귀를 갈아주고 손톱과 발톱도 깎아주었다. 욕실에서 몸을 깨끗이 씻기고 예쁜 옷을 입혔다.

많은 일이 있었지만 충실한 하루하루였다. 이번 장기휴가 동안에 완전히 육아에 익숙해졌다. 이제는 진주가 진심으로 귀엽고 사랑스러웠다. 가능하다면 돌려주고 싶지 않은 심정이었지만 그럴 수 없다는 것쯤은 잘 알고 있었다.

"끝나고 보니 눈 깜짝할 사이였네." 아키라가 말했다. 오늘은 그도 함께였다.

집을 나서기 전에 에리는 진주를 꽉 껴안고 다시 한 번 눈물을 글썽였다.

"어떠셨습니까?" 렌털 베이비 도쿄점에 도착하자 담당자가 물었다.

"아주 좋은 경험이었어요. 육아는 훌륭한 일이라는 생각을 갖게 됐죠." 에리는 솔직한 느낌을 밝혔다.

"그렇습니까. 로봇을 확인해봤는데 렌털 기간 중에 애지중지 잘 키워주셨다는 게 눈에 보이더군요. 고객님께서는 지금 당장이라도 어머니가 되실 수 있습니다. 훌륭한 어머니가 되실 거예요."

"그럴까요?" 저도 모르게 웃음이 새어 나왔다. 반쯤은 공치사일 거라고 생각하면서도 내심 흐뭇했다.

실은, 이라고 담당자가 진지한 얼굴이 되어 뒤를 이었다.

"이용하시기 전에는 말씀드리지 않았지만, 이 렌털 베이비 시스템에는 고객님께 몇 가지 시련을 안겨드리는 프로그램이 입력되었습니다."

"시련이라고요?"

"이를테면 아기가 갑작스럽게 열이 나거나 다치거나 밤에 계속 울어대는 것입니다. 돌연 행방불명이 되는 일도 있습니다."

앗, 하고 입이 헤벌어졌다. "그럼 그 유모차 폭주 사건도?"

"네, 그렇습니다." 담당자가 머리를 숙였다. "육아는 소꿉장난이 아니지요. 아이를 가진다는 게 어떤 것인가, 위기관리는 어느정도나 필요한가. 그런 사항들을 착실히 배워나갔으면 하는 것이 저희의 바람입니다. 그래서 돌발적인 사건을 경험할 수 있도록 장치를 해둔 것입니다. 애를 태우는 일도 많으셨겠지만, 모두 저희의 그러한 바람 때문이니 널리 이해해주십시오."

"그랬군요. 어쩐지 이상하다 했어요."

"하지만 고객님께서는 냉철하고도 용기 있는 행동으로 일관하셨습니다. 훌륭한 어머님이 되실 거라고 말씀드린 것은 그런 근거가 있었기 때문이지요."

"그때는 나도 아예 눈에 뵈는 게 없을 정도였으니까요."

"바로 그것이 어머니의 강한 면모입니다. 어떠십니까, 이번 기회에 아이를 갖는 것을 신중하게 생각해보시는 건?" 담당자가 질문을 던졌다.

글쎄요, 라고 에리는 고개를 갸웃했다.

"아직은 결단을 내리기가 어렵군요."

"육아에 자신이 없다는 말씀이십니까? 고객님이라면 잘하실 수 있습니다."

"육아는 훌륭한 일이라고 생각해요. 문제는 그 전 단계죠. 결혼을 해야 할지 말아야 할지, 그걸 아직도…….."

"아, 그렇군요." 담당자가 옆을 보았다. "바로 이 사람이 문제였다는 말씀이신가요?"

그곳에는 아키라가 있었다. 공손한 얼굴로 앉아 있는 것이다.

"기대에 부응하지 못해 죄송합니다." 아키라가 머리를 숙이며 말했다.

"사과할 건 없어요. 당신은 내가 처음에 희망했던 대로 남편과 아빠 역할을 잘해줬어요. 대화도 능숙하고 매사에 합리적이었죠. 회사 일에 전심전력 열정을 쏟았고, 혹시라도 집안일 때문에 직무를 내팽개치는 그런 사람이 아니었어요. 그건 모두 내가 처음에 원했던 일이죠. 당신과는 진주를 만나기 전에 연인 설정으로 교제를 시작했지만 정말 즐거웠어요. 이건 진심이에요."

고맙습니다, 라고 아키라는 미소를 지었다.

그는 렌털 베이비 회사와 계약한 가상 아빠 전문가였다. 유사 육아체험을 하고 싶은데 현재 사귀는 사람이 없는 여성을 위해 회사 측에서 준비해준 남자다. 이 회사에는 20여 명의 가상 아빠가 등록되어 있다고 들었다. 그들은 여성의 취향을 세심하게 분석하고 그 이상에 딱 맞는 사람이 될 수 있는 특수한 재능을 갖고 있다. 분명 아키라도 연인으로서는 이상적인 사람이라고 할 수 있었다.

그가 회사에 다니거나 큰 프로젝트에 도전한다는 것은 모두 설정상의 일이었다. 침대를 함께 쓰는 일은 있어도 성적인 관계를 갖지 않는다는 건 두말할 것도 없다.

"내 경우에는 육아에 남편의 도움이 꼭 필요할 것 같아요. 가끔은 회사 일도 희생해줄 만큼이 아니면 좀 힘들어요. 그런 상대가 나타나지 않는 한, 그다음 단계의 일은 생각할 수 없겠죠."

에리의 말에 담당자는 고개를 끄덕였다. 옆에서 아키라도 똑같이 고개를 끄덕였다. 물론 그가 아키라라는 이름을 사용하는 것도 오늘이 마지막일 것이다.

그렇게 에리의 여름 한 철의 체험은 끝이 났다. 내일부터는 다시 회사 일로 돌아간다. 집에 도착하자 친구에게서 전화가 왔다. 그녀는 스페이스셔틀을 이용해 30분 동안의 우주여행을 하고 돌아온 길이라고 했다.

"무중력 체험 말이지? 난 재작년에 해봤는데 별로 재미없었어. 경치도 한없이 단조롭기만 하고."

"그런 에리는 이번 장기휴가 때 뭘 했는데?"

"후훗, 꽤 재미있는 일?"

에리는 이번 여름에 체험한 일을 이야기했다. 그러자 친구는 텔레비전 화면 속에서 과장스럽게 놀라 보였다.

"에리, 너 아직도 그러고 있어?"

"왜?"

"그래도 이제 나이가 몇인데 아직도 그런 걸 해? 나랑 동갑이니까 올해로 예순……."

"셔럽!"

"셔럽이 아니지. 이제 어지간히 결론을 내지 그래? 아니, 그보다 이제 그만 포기해야 하는 거 아냐?"

"흥, 왜 포기를 해? 냉동 난자를 보관해뒀으니까 상대만 찾으면 언제라도 수정이 가능해. 인공자궁 기술도 진즉에 확립되었잖아. 아무 문제도 없단 말이야."

"에리의 경우는 그렇지 않을 텐데? 여태까지 망설이다가 결국 결혼을 안 했잖아. 이제 슬슬 자신의 운명을 받아들이는 게 좋잖아?"

"아니, 난 가능성이 있는 한 언제까지고 망설여볼 생각이야. 아직 예순인데 뭘. 평균수명의 반밖에 살지 않았다고."

고장난시계 壊れた時計

1

표시된 착신 번호는 모르는 번호였다. 수상쩍은 전화라면 즉시 끊자고 생각하며 받아보니 "아, 다행이다. 아직 이 전화, 살아 있었네?"라고 남자 목소리가 말했다.

상대는 A였다. 지난번에 만난 게 2년 전쯤이었던가.

"잘 지내?" A가 물었다.

"예, 그럭저럭 지냅니다." 나는 대답했다.

"일은?"

"……뭐, 나름대로."

내 대답이 약간 늦었던 것에서 뭔가 눈치를 챘는지 A는 흐흐흐 하고 나지막하게 웃었다.

"여전한 모양이군. 사람이란 그리 간단히 바뀌지 않는 법이야.

어때, 꽤 괜찮은 아르바이트가 생겼는데 해볼래? 매번 그렇지만 약간 위험한 일이긴 해도 보수가 어느 정도인지 얘기하면 고개가 끄덕여질 거야."

"어떤 일인데요?" 나는 물어보았다.

"어려운 건 전혀 없어. 정해준 날짜와 정해준 시각에 정해준 집에 가서 물건 하나를 가져온다. 그것뿐이야. 집 열쇠는 내가 맡아둔 게 있어."

그야말로 간단한 일처럼 A는 말했다. 하지만 그 말을 곧이곧대로 받아들이면 안 된다는 것을 나는 지금까지의 경험을 통해 아플 만큼 잘 알고 있었다.

A는 암거래 중간 브로커였다. 전에 이름을 밝혔지만 본명인지 뭔지는 모른다. 그를 알게 된 것은 약 10년 전이다. 당시에는 아직 몇 군데 존재하던 인터넷 암거래 사이트가 계기였다. '남이 하고 싶어 하지 않는 일을 소개&실행합니다'라는 사이트로, 댓글을 몇 번 올렸더니 그쪽에서 먼저 접촉해 온 것이다. A는 인터넷 댓글만 보고도 적임자인지 아닌지 간파하는 힘이 뛰어난 것 같았다.

처음에는 정말로 간단한 일거리가 많았다. 노인의 집을 찾아가 거짓 신분과 거짓 이름을 대고 작은 물건을 받아 온다, 라는 정도의 일이다. 물건의 내용물이 무엇인지는 알려주지 않았지만, 아마도 현금일 것이고 이 일이 사기의 공범이라는 것도 어렴

풋이 알고 있었다. 하지만 계속 모르는 척해왔다.

이윽고 A는 좀 더 복잡한 일거리도 소개해주었다. 나에 대해서 돈을 위해서라면 어떤 짓이라도 하는 타입이라고 확신했던 것인지도 모른다. 이윽고 암거래 사이트라는 것이 세상에 알려지고 경찰도 주목하기 시작했기 때문에 어디서 굴러먹던 말 뼈다귀인지도 모르는 자들에게 말을 건네기보다는 졸*로서 이미 실적이 있는 자를 써먹는 편이 확실하다고 생각했던 것이리라.

언젠가 소개해준 일은 커다란 짐의 수송이었다. 한밤중, 냉장고 크기의 박스를 고속도로 휴게소에서 낯선 남자로부터 전달받아 수백 킬로미터 떨어진 인터체인지에서 대기하던 다른 인물에게 건네주는 일이었다. 운전을 못하는 편은 아니지만 박스에서 풍기는 썩은 냄새가 보통이 아니어서 겨울인데도 창문을 활짝 열어놓고 달려야 하는 것이 몹시 힘들었다. 그 썩은 냄새의 정체가 무엇인지는 대략 짐작이 갔지만 굳이 깊게 생각하지 않도록 했다. 그때도 A는 "그냥 박스 하나 싣고 가면 돼"라고 간단히 말했던 것이다.

방 청소를 부탁받은 적도 있었다. 열두 시간 이내에 실내를 깨끗이 청소하고 쓰레기를 모조리 처리해달라, 라는 내용이었다. 단 그 방에서 목격한 것은 결코 입 밖에 내서는 안 된다, 라고 못을 박았다.

방에 가보고서야 깜짝 놀랐다. 온통 피범벅인 데다 가구는 부서지고 커튼은 찢기고 조명기구는 깨져 있었다. 그 방에서 무슨 일이 일어났는지 쉽게 상상이 되었지만 깊이 생각하지 않도록 하고 묵묵히 작업을 계속했다. 결국 청소를 마치는 데 열 시간 넘 게 걸렸다. 그래도 사전에 A가 해준 설명은 "그냥 방 청소"라는 것이었다.

"어때, 해볼 거야?" A가 의향을 확인했다.

"그 방에서 가져올 물건이라는 게 뭡니까?" 내가 물었다. "설마 또 대형박스 같은 건 아니죠?" 썩은 내가 진동하는, 이라고 하마 터면 덧붙일 뻔했다.

"걱정할 거 없어, 그렇게 큰 거 아니니까. 와인병 정도 크기의 장식물인데 길쭉한 케이스에 들어 있다더라고. 가져오면 그 케 이스째로 나한테 건네줘. 보수는 그때 줄 테니까."

A는 액수를 제시했다. 그것은 실업 중인 내 처지에서는 눈이 튀어나오는 건 고사하고 혀까지 튀어나갈 법한 숫자였다.

"그 집, 어딘데요?"

"나도 자세한 건 몰라. 당신이 이 일을 하겠다면 의뢰인에게 당신 메일 주소를 알려주고 직접 연락하게 할 거야. 어때, 할래?"

"해보죠." 나는 휴대전화를 움켜쥐며 대답했다. 이걸로 원룸에 서 쫓겨나지 않아도 된다, 라고 가슴을 쓸어내렸다. 실은 임대료 가 석 달 치나 밀려 있었다.

슬쩍슬쩍 돈을 빼돌린 것이 들통나는 바람에 일하던 주점에서 해고된 게 지난달이다. 일할 곳을 찾아야 한다고 생각하면서도 날마다 꾸물꾸물 하루해를 보냈다. 이제 새삼 시골 부모님에게 기댈 수는 없다. 어설피 돈 좀 마련해달라는 말을 했다가는 냉큼 내려오라는 소리나 들을 것이다.

통화한 다음 날, 나는 원룸 근처 공원에서 A를 만났다. 비쩍 마른 몸에 고급 양복을 차려입은 A는 2년 전과 다름없이 위험한 냄새를 풍풍 풍기며 신품 열쇠를 내밀었다.

"세세한 지시는 그쪽에서 메일로 보낼 거야. 거기서 하라는 대로 해."

그럼 잘 부탁한다, 라면서 A는 빠른 걸음으로 사라졌다. 그 등짝은, 나는 어디까지나 중개인일 뿐, 이라고 말하는 것 같았다.

A와 헤어지고 한 시간쯤 지나자 내 휴대전화로 메일이 도착했다. 제목은 '의뢰인'이라고 되어 있었다.

메일에는 이틀 뒤 오후 5시부터 7시 사이에 실행하도록 해달라고 적혀 있었다. 그 시간이면 그 집 사람은 부재중일 것이다. 장소는 도쿄 시내의 타워맨션 중 한 집. 가져올 것은 하얀 조각상으로, A가 말한 대로 세로로 긴 케이스에 들어 있는 모양이었다. 메일에는 조각상과 케이스의 사진, 그리고 맨션 위치를 알리는 지도가 첨부되어 있었다. 조각상은 남미의 민족의상 같은 옷을 입은 여자의 모습이었다. 그리고 메일 끝에는 다음과 같이 적혀 있었다.

'집을 뒤진 흔적이 남는 것은 전혀 아무 문제 없음. 오히려 그 밖에 값비싼 것이 있으면 들고 나와서 단순한 절도로 보이게 하는 것이 바람직함. 또한 범행 일시를 분명하게 알아볼 수 있는 단서를 남겨둘 것.'

2

정해준 날 오후 5시 정각에 나는 A에게서 받은 열쇠로 맨션 입구의 잠금장치를 해제하고 슬쩍 몸을 숙인 채 1층 현관을 통과했다. 방범카메라에 얼굴이 찍히지 않게 차양이 긴 모자를 쓰고 왔지만 여기서는 별로 신경 쓸 일은 없었다. 일단 거대 타워맨션인 것이다. 하루에 도합 수백 명이 통과할 테니 찍혀봤자 그다지 문제 될 것은 없다. 조심해야 하는 것은 엘리베이터 안의 방범카메라다. 내리는 층의 숫자로 누군지 알아내버린다. 그래서 나는 목적지가 33층인데도 일부러 30층에서 내린 다음에 나머지 세 개 층은 계단을 이용했다.

이번 일의 의미를 나는 충분히 이해하고 있었다. 집에 들어가 케이스에 든 조각상을 들고 나오라는 지시였지만, 한마디로 훔쳐 오라는 얘기다. 집 열쇠는 뭔가 수를 써서 입수했든지 아니면 새로 만든 복사키일 것이다. 어떤 것이든 이 집에 사는 사람에게 무단으로 하는 일이라는 건 틀림없었다.

의뢰인은 두 가지 것을 원했다. 첫째는, 다시 말할 것도 없는 일이지만 하얀 조각상이다. 그리고 또 하나는 알리바이다. 범행 일시를 분명하게 알아볼 수 있는 단서를 남겨둘 것, 이라는 주문을 메일에 덧붙인 것이다. 경찰이 절도 사건으로 수사할 때, 만에 하나라도 자신이 의심을 받지 않게 그 시간의 알리바이를 만들어둘 속셈이다.

복도를 걸어가면서 준비해 온 장갑을 점퍼 호주머니에서 꺼내 양손에 꼈다. 지문을 남기지 말아야 한다는 것은 두말할 것도 없다. 나는 교통위반으로 몇 번 지문 채취를 당한 적이 있다.

집 앞에서 걸음을 멈추고 주위를 둘러보았다. 남의 눈이 없는지 확인하고 A가 건네준 열쇠를 구멍에 꽂아 넣었다. 슬쩍 돌리자 달칵하고 잠금쇠가 풀리는 소리가 들렸다.

문을 열자마자 현관이 환해지는 바람에 흠칫 놀랐다. 센서가 작동해 자동으로 켜지는 시스템인 모양이었다. 요즘 새로 지은 맨션에서는 흔히 볼 수 있는 장치지만, 싸구려 원룸에서 사는 처지인 나로서는 심장에 영 좋지 않다.

어차피 단순 절도범으로 보이게 하는 거니까, 라는 생각에 구두를 신은 채 안에 들어가기로 했다. 바로 앞에 있는 문을 열고 장갑 낀 손으로 전등 스위치를 켰다. 실내에 부연 빛이 퍼졌다.

열 평은 넘을 듯한 큰 거실이었다. 소파와 테이블이 줄줄이 자리를 잡았고 대형 텔레비전이 있었다. 테이블은 대리석이다. 주방에 식탁이 없는 걸 보니 이쪽에서 식사를 하는 것 같았다. 테이블 위에는 편의점 도시락을 먹었는지 네모난 플라스틱 빈 용기가 방치되어 있었다.

미닫이문이 반쯤 열려 있어서 옆의 방이 보였다. 그쪽은 침실인 모양이었다.

거실 한가운데 서서 빙글 둘러보았다. 장식품 따위는 일절 없어서 살풍경한 방을 그림으로 그린 듯한 곳이었다. 오래도록 청소를 하지 않아 바닥 구석에는 먼지가 쌓였다. 전형적인 남자 혼자 사는 집이다.

대충 둘러본바, 조각상도 길쭉한 케이스도 없었다. 그것이 들어 있을 만한 가방이나 수납가구도 없었다.

작은 옷장 몇 개가 있어서 차례대로 문을 열었다. 어떤 선반에나 물건이 가득 차 있었다. 절도범으로 보이기 위해서는 돈이 될 만한 것을 물색할 필요가 있지만 우선은 목표물인 그 조각상이 먼저다.

옷장을 한바탕 살펴봤지만 조각상은 눈에 띄지 않았다. 나는 수색 장소를 거실에서 옆방으로 옮기기로 했다. 침실에는 싱글 침대와 책상, 그리고 책장이 나란히 놓여 있었다.

여기에도 옷장이 있어서 우선 거기서부터 찾아보았다. 양복이 주르륵 걸렸고 다수의 박스와 용기들이 몹시 어지럽게 처박혀

190

있었다. 그런 것을 하나하나 열어봤지만 안에 든 것은 잡동사니로밖에는 보이지 않는 것들뿐이었다.

결국 침실 옷장에서도 조각상은 발견되지 않았다. 시계를 보니 6시가 조금 지난 시각이었다. 나는 슬슬 초조해지기 시작했다. 제한 시간이 다가오고 있었다.

침대 아래며 책상 서랍도 살펴봤지만 쓸데없었다. 나는 침대에 털썩 앉아 팔짱을 꼈다. A에게 연락을 할까 말까 망설였다. 시계를 보니 6시 20분이었다. 뭔가 돌발 상황이 발생했을 경우에는 A에게 전화하기로 되어 있다. 목표물인 조각상이 발견되지 않았다는 것은 역시 돌발 상황이라고 해야 하리라.

연락을 하려고 휴대전화를 꺼내려던 참에 손을 멈췄다. 아직 주방을 뒤져보지 않았다는 게 생각난 것이다. 소중한 물건이라면 허를 찌르는 곳에 감춰뒀을 가능성이 높다.

주방으로 나가 우선은 냉장고 안을 확인했다. 3도어 타입의 냉장고였지만 어디를 열어봐도 찾는 물건은 눈에 띄지 않았다.

붙박이 찬장 속, 싱크대 밑, 모두 다 허탕이었다. 나는 한숨을 내쉬었다. 그다음은 화장실과 욕실 정도가 남았지만 과연 그런 곳에 물건을 감출 만한 장소가 있을까. 고개를 갸웃거려가며 주방을 나왔다.

그런데―.

그곳에 낯선 남자가 서 있었다.

양복을 입은 마흔 살가량의 남자였다. 작은 몸집에 안경을 썼다. 안경 너머의 눈이 휘둥그레져 있었다. 종이가방을 손에 든 채 멍하니 나를 보고 서 있었다.

너무도 큰 충격에 나는 꼼짝도 하지 못했다. 둘이서 서로를 쳐다보았다. 기묘한 침묵의 시간이었다. 아니, 실제로는 한순간의 일이었으리라.

남자의 입이 크게 벌어졌다. "뭐야, 당신! 여기서 뭐 하는 거야!" 갈라진 목소리로 외쳤다.

나는 대답보다 먼저 몸이 움직였다. 자세를 낮추고 남자에게 돌진해 럭비 선수처럼 태클을 걸었다. 운동신경과 강한 체력에는 나름대로 자신이 있었다.

둘이 포개지듯이 쓰러졌다. 쿵, 하는 엄청난 소리가 들렸다. 나는 잽싸게 상대의 몸에 올라타고 주먹을 부르쥐었다. 두세 번 내리쳐 기절시킬 생각이었던 것이다.

하지만 그 손을 멈췄다.

상대가 이미 움직이지 않았기 때문이다. 안경 너머에서 눈이 허옇게 뒤집혀 있었다.

잘됐다, 기절시키는 수고를 덜었네, 라고 생각한 것도 잠시였다. 바닥에 엄청난 양의 피가 번져가기 시작했다.

"으아아앗." 나는 소리를 지르고 있었다.

문득 보니 대리석 테이블 귀퉁이에 피가 묻어 있었다. 남자가 넘어지는 참에 그곳에 뒤통수를 세게 찧은 것 같았다.

멈칫멈칫 남자의 입가에 손을 대봤다. 남자는 숨을 쉬지 않았다. 손목을 잡고 맥을 짚어봤지만 멈춰 있었다.

큰일이다.

사람을 죽이고 말았다.

뒷걸음질을 치다가 털썩 엉덩방아를 찧었다. 허릿심이 탁 풀리는 것 같았다. 어떻게 해야 하나. 아무튼 한시라도 빨리 달아나는 수밖에 없다. 그렇게 생각했을 때, 그것이 눈에 들어왔다.

남자가 들고 있던 종이가방이다. 그 안에 세로로 길쭉한 케이스가 있었다.

3

전화는 곧바로 연결되었다. 무슨 일이냐고 묻는 A의 목소리에는 평소의 건들거리는 느낌은 없었다.

큰일이 터졌다고 나는 말했다. 빠른 말투로 상황을 설명했지만 긴장한 탓인지 입이 제대로 돌아가지 않아 몇 번이나 혀를 깨물 뻔했다.

이야기를 듣고 난 A는 잠시 아무 말이 없었다. 일방적으로 전화를 끊는 게 아닌가 하고 겁이 났다.

하지만 A는 그런 일 없이, 알았어, 라고 답했다. 그 말투가 너무도 침착해서 나는 당황스러웠다.

"그 케이스는 거기 있는 거지?"

"예, 있어요." 나는 테이블 위에 시선을 던졌다. 케이스가 든 종이가방을 그곳에 올려두었다. 바닥에 그대로 두면 피가 묻을 것 같았기 때문이었지만, 출혈은 이제 서서히 멈추는 것 같았다.

"내용물은 확인했어?"

"예, 했어요. 사진의 조각상이 틀림없습니다."

좋아, 라고 A는 짧게 대답했다.

"그렇다면 됐어. 그다음은 모두 예정대로 실행하면 돼."

"예정대로라니……."

"조각상을 케이스째 들고 나온다. 그리고 약속 장소에서 나한테 건네준다. 그거야."

"사체는요? 사체는 어떻게 해요?"

"아무것도 할 거 없어. 그대로 놔둬."

"그래도……."

"그래도 뭐?"

"난처한 거 아니에요? 큰 사건이 되었잖아요."

A는 후우 숨을 토해냈다.

"분명 그렇긴 한데, 단순한 절도 사건이 강도 살인으로 바뀐 것뿐이야. 경찰이 움직일 것이라는 점은 처음부터 상정했었어.

집주인이 사망해서 신고가 늦어질 테니까 오히려 잘된 일일 수도 있어. 죽은 사람은 혼자 살던 회사원이야. 신고는 빨라야 내일 이후야. 그자가 회사에 가지 않으면 누군가 그 집에 찾아가 사체를 발견할 거고 그다음에야 신고가 들어갈 테니까. 그때쯤이면 당신은 자기 집에서 느긋하게 축배나 들면 되는 거라고."

"들키지 않을까요?"

"왜 들켜?"A는 어리둥절하다는 듯한 소리를 냈다. "겁먹을 거 없어. 경찰이 피해자 주변을 아무리 조사해봐도 당신 이름은 나오지 않아. 아, 방범카메라는 조심했지?"

"시키신 대로 했어요."

"지문은 남기지 않았을 거고."

"예, 내내 장갑을 끼고 있었어요."

"그렇다면 문제없어. 뭔가 증거를 남기지 않게 조심해서 그 집을 나오라고."

듣고 보니 A의 말이 맞는 것 같았다. 점차로 마음이 차분해졌다.

"그건 어떻게 할까요? 범행 일시를 특정할 수 있는 단서를 남겨두라는 지시가 있었는데요."

여기에서도 A는 콧방귀를 뀌었다.

"큰 단서가 남겨졌잖아. 피해자의 사체 말이야. 맨션의 방범카메라를 확인하면 일단 그자가 언제 집에 돌아왔는지 알 수 있어.

게다가 요즘 과학수사에 걸리면 사후 경과 시간 같은 것도 정확히 밝혀질 테니까 범행 시각쯤이야 금세 나오지."

"아, 예……."

"쓸데없는 위장은 하지 않는 게 좋아. 일부러 꾸며놓은 듯한 처리는 금물이야. 알겠지?"

알겠습니다, 라고 말하고 나는 전화를 끊었다. 역시 A는 여간내기가 아니다. 지금까지 얼마나 많은 아수라장을 건너왔을지 생각하니 무서워질 정도였다.

나는 테이블 위에 놓아둔 종이가방을 손에 들고 주위를 둘러보았다. 뭔가 떨어뜨린 것은 없는지 확인한 것이다.

마지막으로 사체에 시선을 던졌다. 딱하기는 했지만 어쩔 수 없다. 죽이고 싶어서 죽인 것이 아니다. 애초에 죽일 마음 따위, 없었다. 무슨 사정이 있었는지는 모르겠으나 예정 밖의 시간에 귀가한 것이 잘못이다. 나는 청부받은 일을 완수하려고 했을 뿐이다. 먹고살기 위해서는 무슨 짓이라도 할 참이다.

어라, 하고 생각한 것은 남자가 차고 있는 손목시계를 봤을 때였다. 6시 30분을 가리키고 있었다.

내 시계를 보았다. 이쪽은 6시 40분이다. 남자의 시계가 10분 늦는 것인가.

다시 시선을 집중해 남자의 손목시계를 보고 흠칫했다. 커버 유리에 금이 간 것이었다.

혹시나 하고 가까이 다가가 찬찬히 들여다보니 초침이 멈춰 있었다. 조금 전 넘어진 충격에 시계가 고장 난 모양이었다.

마침 잘됐다, 덕분에 범행 시각이 더 확실해졌다, 라고 생각했지만 곧바로 또 다른 생각이 머릿속에 떠올랐다.

오래전에 본 텔레비전 드라마가 생각난 것이다. 허접한 스토리의 두 시간짜리 서스펜스였다. 그 속에서 사용한 트릭이 바로 '고장 난 시계'였다. 살인범은 범행 시각을 위장하려고 피해자의 시곗바늘을 전혀 엉뚱한 시각에 맞춰놓고 망가뜨려버린 것이다. 그것을 보고 나는 생각했다. 시계란 그리 쉽게 망가지는 게 아니다. 사체의 시계가 망가져 있으면 도리어 트릭으로 의심하는 게 일반적이 아닌가―.

일부러 꾸며놓은 듯한 처리는 금물이라고 했던 A의 말이 머릿속에서 재생되었다.

나는 멈칫멈칫 남자의 손목에서 시계를 풀어냈다. 오래된 기계식 시계다. 역시 바늘은 6시 30분에 멈춘 채였다. 흔들어보고 두드려봤지만 초침이 움직일 기미는 없었다.

나는 생각해보았다. 이 시계를 이대로 남겨둔다면 경찰은 어떻게 생각할까. 범행 때 우연히 시계가 고장 나서 그 시각을 가리키고 있을 뿐이라고 순순히 받아들일까.

아니, 그럴 리 없다, 라는 생각이 자꾸 들었다. 보면 볼수록 고장 난 시계라는 건 어쩐지 수상쩍다. 지나치게 부자연스러운 것이다. A가 말했던 '일부러 꾸며놓은 듯한 처리'로 보일 수 있다. 이런 것을 남겨두고 간다면 '몇 가지 상황증거는 범행 시각이 6시 30분경인 것으로 나오지만 이건 범인에 의한 트릭이 아닐까. 실제 범행 시각은 다르다는 반증이 아닌가'라고 경찰의 의심을 살 것 같았다.

머리가 지끈거렸다. 트릭도 아닌데 트릭이라고 의심받을 것을 걱정해야 하다니, 이보다 더 번거로운 일도 없다.

나는 결국 그 고장 난 시계를 점퍼 호주머니에 쑤셔 넣었다. 이대로 남겨둘 수 없다면 가져가는 수밖에 없다.

자리에서 일어나 종이가방을 들고 다시 한 번 실내를 둘러본 뒤에 현관으로 향했다.

들어올 때와 마찬가지로 방범카메라를 특히 유의하면서 맨션을 나왔다. 걸음을 옮기며 나 자신의 행동을 돌아보았다. 실수는 없었을 테지만 역시 손목시계 건은 마음에 걸렸다.

4

오후 7시 반, 약속 장소에서 A를 만났다. 맨션 근처의 공원이다. 케이스에서 조각상을 꺼내 살펴보더니 A는 만족스러운 듯 몇 번이나 고개를 끄덕였다.

"잘했어. 모든 게 완벽해. 역시 당신은 내가 점찍은 인물다운 데가 있어. 일 처리가 확실하고 믿을 만하지." 그러더니 품속에서 큼직한 봉투를 꺼냈다.

나는 그것을 받아 안을 확인해보고 숨을 헉 삼켰다. 만 엔짜리 지폐가 가득했다. 이른바 손이 베일 듯 빳빳한 신권이었다.

"그 조각상이 그렇게 가치 있는 물건이에요?"

A는 조각상을 케이스에 다시 넣으면서 빙긋이 웃었다. "쓸데없는 질문은 안 하는 게 좋아."

"아, 예, 그렇죠."

"서로를 위해서야."

"알아요. 하지만 설마 일이 이렇게 될 줄은. 살인자라니……."

A는 내 어깨를 툭 쳤다.

"다 운명이야. 그자가 운이 없었지. 그뿐이야. 신경 쓸 거 없어. 빨리 잊어버리라고."

"사체를 그대로 놔둬도 정말 괜찮을까요?"

"괜찮다니까. 아까도 전화로 말했지? 경찰이 항상 하던 대로 수사를 하면 당신 이름은 절대로 알아내지 못해. 우선은 얼굴 아는 자들의 범행을 의심해보는 게 정석이거든. 이 물건을 원했던 의뢰인에게도 경찰이 틀림없이 찾아갈걸?" A는 종이가방을 들어 올리며 말했다. "하지만 의뢰인은 오늘 저녁 시간의 완벽한 알리바이를 준비했어. 모든 게 차질 없이 진행될 거라는 얘기야.”

“경찰이 정확한 범행 시각을 알아낼까요?”

내 말에 A는 몸을 뒤로 젖혀 보였다.

“어허, 무슨 그런 걱정을 해? 쓸데없는 짓만 안 했다면 괜찮아. 경찰을 믿어보라고.”

쓸데없는 짓─. 나는 점퍼 호주머니를 슬쩍 더듬어 그 시계의 감촉을 확인했다.

“왜, 뭔 일 있었어?” A가 물었다.

시계에 대한 얘기를 할까 말까 망설이다가 나는 말없이 고개를 저었다. 여기서 얘기해봤자 별수 없다고 생각했다.

“자, 그럼 또 보자. 좋은 일거리 생기면 연락할게. 아, 그 집 열쇠는 당신이 적당히 처리해.” 그런 말을 남기고 A는 빠른 걸음으로 사라져갔다.

나도 천천히 그곳을 떠났지만 가슴속에는 여전히 께름칙한 마음이 남아 있었다.

사체에서 손목시계를 빼 온 것이 정말로 정답이었을까. 시계가 없어졌다는 것을 머지않아 경찰은 알아차릴 게 틀림없다. 혹시 그것에 의문을 품는 건 아닐까. 범인이 딱히 고급품도 아닌 손목시계를 왜 가져갔는가, 라고.

거기까지라면 그나마 괜찮다. 문제는 거기서부터 이상하게 상상을 키워가는 것이다.

시계를 가져간 걸 보면 이번 사건은 시간이 열쇠인 게 아닌가, 라는 식으로. 그리고 밝혀진 범행 시각에도 의심의 시선을 던질지 모른다. 뭔가 트릭이 감춰져 있는 게 아닌가 하고.

생각하면 할수록 불안해졌다.

다시 갖다 놓고 올까, 라고 생각했다. 손목시계를 사체의 손목에 다시 채워놓는 것이다. 다행히 그 집 열쇠는 아직 내가 갖고 있다. 지금이라면 늦지 않을 것이다. 나는 호주머니에서 시계를 꺼냈다.

아니, 하지만―.

여전히 6시 30분을 가리킨 문자판을 보자 역시 거짓말 같다는 생각이 드는 것이었다. 범행 시각을 위장하려는 것으로밖에는 보이지 않는다. 이런 것을 현장에 남겨둘 수는 없다고 새삼 생각했다.

어떻게 해야 할지 답을 찾지 못한 채 고민에 빠져 걸어가다가 누군가와 턱 부딪쳤다. 어헛 하고 부르짖으며 상대가 넘어질 뻔했다. 나는 급히 그 팔을 잡았다.

상대는 백발의 여윈 노인이었다. 죄송합니다, 라고 사과했다.

"아니, 아니, 괜찮아." 노인은 온화한 얼굴로 손을 흔들었다. "나도 잠깐 한눈을 파는 바람에."

아마 가게 셔터를 내리는 참이었던 모양이다. 바로 옆의 점포를 보고 나도 모르게 눈이 둥그레졌다. 시계방이었기 때문이다.

게다가 요즘에는 찾아보기 힘든 옛날 그대로의 소매점이었다. '전지교환 즉시 가능'이라는 알림 종이는 직접 손으로 써서 붙인 것이었다.

머릿속에 번쩍 생각나는 것이 있었다.

"왜 그러슈?" 가게 주인인 듯한 노인이 내게 물었다.

나는 호주머니에서 그 시계를 꺼냈다. "이거, 수리 가능합니까?"

몸을 부딪친 사람이 갑작스레 손님으로 돌변한 탓인지 노인은 뜻밖이라는 표정으로 시계를 받아 들었다. 하지만 시계에 눈을 떨구더니 그 즉시 직인의 얼굴이 되어 찬찬히 들여다보았다.

"글쎄 이건 열어보지 않고서는 모르겠네." 그렇게 말하며 노인은 시계를 손에 들고 가게 안으로 들어갔다. 나도 그 뒤를 따라갔다.

자그마한 가게 안 구석에 있는 작업대를 마주하고 노인은 작업을 시작했다. 이중렌즈 안경을 끼고 기구를 사용해 시계 뒤쪽 뚜껑을 열더니 안을 들여다보았다. "아하, 이 부품이 떨어졌구먼." 혼잣말처럼 중얼거렸다.

"고칠 수 있겠습니까?"

"응, 이거라면 금세 고쳐질 것 같은데?"

노인은 등을 웅크리고 본격적으로 수리에 들어갔다. 시계를 고정하고 양손으로 다양한 도구를 사용하는 모습이 믿음직스럽게 보였다.

잠시 뒤, 노인은 등을 쭉 펴고 납득한 듯 고개를 끄덕였다. "됐어, 이제 괜찮을 거야."

"고쳐졌어요?"

"우선은 됐어. 근데 금이 간 커버 유리는 시계회사 쪽에 따로 주문하는 수밖에 없어."

"시곗바늘은 움직이는 거예요?"

"움직이고말고."

"그러면 커버 유리는 괜찮습니다. 제가 지금 시간이 좀 급해서요."

커버 유리에 금이 갔어도 바늘만 잘 움직이면 문제는 없다.

"그래? 자, 그럼 이대로 시각을 맞춰줄게." 노인은 시계 뒤 뚜껑을 닫았다.

수리비를 내고 시계방을 나왔다. 걸음을 서둘러 조금 전의 맨션으로 향했다.

그 집에 들어설 때는 역시나 긴장했다. 이미 사체가 발견된 건 아닌가 하는 불안이 머릿속을 스친 것이다. 하지만 그랬다면 경찰이 달려왔을 터였다.

집 안의 상태는 내가 떠날 때 그대로였다. 남자의 사체는 마지막으로 봤을 때와 똑같은 모습으로 쓰러져 있었다.

장갑 낀 손으로 남자의 왼쪽 팔목에 손목시계를 채웠다. 시곗

바늘은 현재 시각, 즉 8시 23분을 가리키고 있었다. 초침의 움직임도 힘차다.

이걸로 됐다. 나는 안도하고 그 집을 나왔다.

5

사건이 보도된 것은 범행으로부터 나흘이 지난 뒤였다. 텔레비전 뉴스에 나온 것이다. 여자 아나운서에 의하면, 무단결근인데다 전화 연락도 되지 않는 것을 이상하게 여긴 회사 동료가 피해자의 집을 찾아가 관리사무소에 사정을 말하고 문을 열어달라고 한 끝에 사체를 발견한 모양이었다. 방범카메라 영상으로 피해자가 그 전날 저녁나절에 귀가한 것이 밝혀졌고, 집 안이 어질러진 흔적 등을 통해 경찰은 귀가한 피해자가 누군가에게 공격을 받았을 가능성이 높다는 견해를 밝혔다고 한다.

좋아, 라고 나는 텔레비전 앞에서 승리의 포즈를 취했다. 보도된 내용만 보자면, 경찰은 범행 시각에 대해서는 의심하지 않는 것 같았다. 이걸로 의뢰인의 알리바이도 살릴 수 있다. A도 만족했을 것이다.

나는 냉장고에서 캔맥주를 꺼내다 텔레비전 앞에 다시 책상다리를 틀고 앉아 마시기 시작했다. 저절로 콧노래가 흘러나왔다.

다른 채널의 뉴스도 들어보려고 리모컨을 누르는데 도어폰이 싸구려 벨소리를 연주했다. 누군가 찾아올 예정도 없고 택배도 올 만한 게 없었다. 분명 뭔가 팔러 온 사람일 거라고 생각하고 못 들은 척하고 있었더니 이번에는 쾅쾅쾅 하고 거칠게 문을 두드리는 소리가 났다. 게다가 내 이름을 부르기 시작했다.

"안에 있죠? 잠깐만 열어봐요. 집주인이 전해주라는 게 있어요." 귀에 익지 않은 남자 목소리가 말했다.

집주인이라는 말을 듣고 의아했다. 밀린 임대료는 어제 다 냈던 것이다.

어쩔 수 없이 몸을 일으켰다. 도어체인을 걸어둔 채 자물쇠만 풀고 문을 빼꼼 열었다.

아휴, 안에 있었네, 라면서 살살거리는 웃음을 지은 사람은 둥근 얼굴의 중년 남자였다. 숱이 약간 줄어든 머리를 짧게 깎았다. 회색 양복 차림에 두 손에는 상자를 안고 있었다.

"누구세요?"

"글쎄 집주인 심부름 온 사람이라니까. 이걸 갖다 주라고 해서."

상자는 크지는 않았지만 문 틈새로 받을 수 있을 만큼 작지도 않았다. 나는 슬쩍 혀를 차고 일단 문을 닫았다가 체인을 풀고 다시 열었다.

"에구구구." 혼자 중얼거리면서 둥근 얼굴의 남자는 안으로 밀고 들어왔다.

"뭡니까, 마음대로 들어오지 말아요."

"에이, 아무렴 어때? 자아, 여기." 남자는 내게 상자를 들이밀었다.

받아 들고 보니 유난히 가벼웠다. 그 자리에서 열어보고 입이 떡 벌어졌다. 종이 한 장이 들어 있을 뿐이었다. 어제 낸 임대료의 영수증이었다.

왜 이런 걸 상자에, 라고 생각하는 것과 동시에 불길한 예감이 몰려왔다. 나는 남자를 노려보았다. 당장 나가라고 말하려고 했다.

하지만 그 전에 남자는 잽싸게 뭔가를 꺼내 들었다. "몇 가지 물어볼 게 있어. 잠깐 괜찮겠지?"

남자가 내민 것은 경찰 배지였다.

말문이 턱 막혀 우두커니 서 있자 형사는 내 등 뒤로 시선을 던졌다.

"어라, 텔레비전을 보고 계셨어? 게다가 대낮부터 맥주도 마시고, 아주 우아하시네. 혹시 여기저기 채널 돌려가면서 뉴스를 보고 계셨나?"

나는 빙글 몸을 돌려 텔레비전 리모컨을 집어 전원을 껐다. 그러고는 정식으로 형사와 마주했다. "무슨 일입니까?"

"그러니까 몇 가지 좀 물어볼 게 있다니까. 우선 이것부터." 형사는 발치에 떨어진 종이를 주워 들었다. 조금 전의 영수증이다. 어느새 떨어뜨린 모양이었다. "당신, 밀린 임대료를 어제 몽땅 내셨다면서?"

"그러면 안 됩니까?"

"아니, 그렇지는 않지. 아주 좋은 일이야. 다만 어떻게 그 돈을 마련하셨는지 궁금해서 말이지. 왜냐면 당신, 제대로 일도 안 하고 있잖아? 근데 그런 목돈을 척 내놓다니, 아무래도 뭔가 좀 이상하다고 생각하는 게 당연하지 않겠어?"

"……빌렸어요."

"오호, 누구한테서?"

"누구한테서 빌렸든 상관없잖아요. 이건 프라이버시예요."

"당신한테 돈 빌려줘도 다시 받을 가망이 없어. 그래도 척척 빌려줄 그런 부처님 같은 사람이 있을까?"

"왜 이러십니까? 사람 귀찮게 하지 말고 나가요, 나가."

파리를 쫓듯이 손을 홰홰 털면서 나는 혼란스러운 머리로 상황을 분석해보려고 했다. 형사가 왜 나를 찾아왔을까. 밀린 임대료를 한꺼번에 냈다고 집주인이 수상하게 생각해 경찰에 신고한 것인가. 하지만 기껏 그런 일로 형사가 집까지 찾아올 것 같지는 않았다.

"그럼 다음 질문으로 넘어가도록 할까." 형사가 양복 안주머니에 손을 넣었다.

"또 있어요?"

"몇 가지 물어보겠다고 했잖아. 자아, 이거 본 적 없어?" 그렇게 말하면서 형사는 사진 한 장을 내보였다.

사진을 보고 소스라치게 놀랐다. 그곳에 찍혀 있는 것은 그 조각상이었다.

형사는 빙긋이 입가를 풀며 웃었다. "아무래도 짐작 가는 게 있는 모양이군."

"아뇨, 없어요. 없습니다." 나는 크게 손을 저었다. "그런 거, 본 적도 없어요."

"오호, 그러셔? 하지만 속으로는 이 조각상에 대해 자세한 내막을 알고 싶은 거 아냐? 과연 어떤 가치가 있는 것인가, 라든가." 형사는 사진을 내 쪽으로 내민 채 얼굴을 지긋이 들여다보았다. 나는 시종 무표정으로 일관할 생각이었지만, 형사는 "역시 내가 딱 맞힌 모양이지?"라고 끈적끈적한 말투로 물었다.

"무슨 얘기를 하는 건지 전혀 모르겠는데요." 나는 고개를 저었다.

"그러시군. 자아, 그러면 여기서부터는 그냥 나의 혼잣말이라고 생각하고 들어봐. 이 조각상은 말이지, 아주 대단한 가치가 있어. 단 미술품으로서 대단한 건 아냐. 가치가 있는 건 바로 소재야. 이게 말이지, 그냥 흰 돌이 아니야. 무엇일 것 같아?"

"모릅니다. 나하고는 관계없는 일이에요." 그렇게 대꾸하면서도 나는 형사의 그다음 말이 몹시 궁금한 것은 사실이었다.

"실은 이게 마약이야. 원래는 흰색 가루인데 특수한 방법으로 돌처럼 단단하게 만든 거라고. 이대로는 물에 담가도 녹지 않아. 냄새도 없어서 마약견이 발견해낼 걱정도 없어. 마약 밀수를 획책하는 자들에게는 그야말로 최상의 물건이지. 며칠 전에 누군가 이걸 국내에 들여왔다는 정보가 경시청에 입수되어서 말이지, 조직범죄 단속반에서 이걸 들여온 인물을 찾느라 눈에 불을 켜고 있었어. 그런데 그저께 엉뚱한 곳에서 신원이 판명된 거야. 나흘 전에 도쿄 시내에서 살인 사건이 일어났는데, 바로 그 피해자더라고. 우리 수사 1과 형사들도 조직범죄 단속반 사람들도 이건 큰 단서를 얻을 수 있겠다고 펄쩍 뛰며 좋아했지. 그런데 집 안을 샅샅이 뒤져봐도 문제의 물건이 나오질 않는 거야. 즉 범인이 가져갔다, 라고 생각하는 게 타당하겠지?"

나는 온몸에서 식은땀이 쏟아지는 것을 억누를 수 없었다. 그 조각상이 그런 굉장한 물건이었던가. 사람이 죽었다는 말을 듣고도 A가 태연한 얼굴을 할 만도 했다. 아마도 배후에는 대규모 범죄조직이 얽혀 있는 게 틀림없다.

"범인은 조각상의 정체를 알고 있고 피해자의 수중에 있다는 것을 파악한 사람, 이라는 얘기야. 우리는 유력한 용의자 몇 명의 목록을 만들었는데 유감스럽게도 그들 모두에게 완벽한 알리바이가 있었어. 그야말로 부자연스러울 만큼 완벽한 알리바이가 말이지. 범행 시각은 나흘 전, 피해자가 집에 돌아온 직후인 오후 6시부터 8시 사이인 것으로 나왔는데, 그들 전원이 그 시간에 멀리 여행을 갔거나 공공장소에서 누군가와 함께 있었거나, 그야말로 확실하더라고. 그래서 우리는 다른 가능성을 의심하게 됐어. 주모자는 이 용의자들 중에 있다. 아니, 어쩌면 그들 모두가 어떤 형태로든 관여되었을 것이다. 하지만 실행범은 따로 있다. 그자는 이번 용의자들과는 전혀 아무 관계도 없는 인물, 즉 용의자들의 인간관계를 아무리 샅샅이 훑어봐도 전혀 잡히지 않을 인물일 것이다, 라고 말이지."

형사의 옅은 웃음에서 시선을 피하면서 나는, 어째서인가, 라고 생각했다.

어째서 경찰은 하필 나를 점찍었을까. 뭔가 단서를 남겨놓고 왔었는가. 방범카메라에는 충분히 주의했다. 아니, 설령 얼굴을 확인했다고 해도 나를 범인이라고 지목할 수 있을 리 없다.

"인터넷 때문에 범죄의 범위가 아주 넓어졌다니까." 형사는 말했다. "만남 사이트에서 인연을 맺는 게 낯선 남녀들만이 아니더라고. 전혀 면식이 없는 범죄자와 범죄자, 범죄자와 범죄 예비군, 범죄 예비군과 범죄 예비군, 범죄 의식이 없는 자와 유쾌범*……. 실로 다양한 조합의 공범관계를 만들어내고 있어. 게

---

* 단순히 쾌감을 맛보기 위해 저지르는 범죄, 또는 그 범죄자.

다가 중간에 브로커가 있는 경우에는 완전히 손을 들 수밖에 없더라고. 서로 관련성을 찾아낼 도리가 없잖아."

그의 말이 맞을 터였다. A도 그렇게 말했었다. 그런데 어떻게 나한테 찾아온 것인가. 그걸 물어보고 싶어서 내심 견딜 수 없었다.

"인간관계에서 범인을 알아낼 수 없게 되면 그 즉시 우리 형사들이 하는 일은 따분한 것이 돼." 둥근 얼굴의 형사는 말을 이었다. "인근 탐문 수사나 현장에 남겨진 유류품을 샅샅이 조사하는 거야. 나한테 떨어진 일이 무엇인지 알아? 피해자가 귀가하기까지 그 족적을 더듬는 것이었어. 명령이니까 따르기는 했지만 솔직히 힘이 쭉 빠지더라고. 아니, 그렇잖아, 범행 시각은 피해자의 귀가 직후인 것으로 이미 밝혀졌어. 범인은 그 집에 숨어서 기다렸거나 아니면 집 안을 뒤지던 중에 피해자와 덜컥 마주쳤을 거라고. 그중 어떤 것이든 피해자가 귀가하기 전에 어디서 뭘 했느냐는 것 따위, 사건과 관계가 있을 리 없어. 그야말로 재수 없는 패를 뽑았구나 싶었지."

형사의 미묘한 표현에 나는 저절로 시선을 슬쩍 들어 올려 눈치를 살피고 말았다. 결과적으로 재수 없는 패가 아니었다, 라고 이 남자는 말하고 싶은 모양이었다. 그건 어째서인가.

"근데 말이야, 시간이 영 맞지를 않는 거야. 그날 피해자는 몸이 안 좋아서 예정보다 두 시간 일찍 회사를 나왔어. 구체적으로는 오후 5시 30분경이었지. 회사에서 피해자 맨션까지 아무리 서둘러도 40분 남짓이 걸려. 맨션에 들어온 게 오후 6시 20분경 이라는 것은 방범카메라에 의해 증명이 됐어."

형사의 말에 나는 더욱더 혼란스러웠다. 5시 반경에 회사를 나와 40분 남짓 걸려 집에 돌아왔다면 6시 20분경에 도착하는 건 자연스러운 것 아닌가.

"시간이 맞지 않다, 라는 말이 아무래도 의아하신 모양이네." 내 마음속을 꿰뚫어 본 듯이 형사가 말했다.

정확한 말이었기 때문에 입을 꾹 다물고 있자 형사는 빙긋이 웃었다.

"회사에서 곧장 집으로 갔다면 그 시간이 맞지. 하지만 그럴 리가 없는 거야. 피해자가 집에 가기 전에 분명 어딘가에 들렀거 든. 어딘가 들른 흔적은 있는데 그 시간이 날아가고 없어. 그래서 우리도 고민깨나 했지. 그 결과, 탐문 수사에서 예상치 못한 얘기 를 듣게 됐어."

"탐문 수사에서 얘기를 들었다니, 어디서?"

그 질문을 기다렸다는 듯 형사는 한껏 가슴을 젖혔다.

"시계방이야. 구체적으로는 옛날 기계식 시계를 수리해주는 가게. 피해자와 시계 사진을 들고 우리가 정말 몇 군데를 헤집고 다녔는지 몰라."

뒤통수를 얻어맞은 듯한 충격이 몰려와 나는 그 자리에 주저앉

앗다. 그제야 비로소 내가 지금까지 서 있었다는 것을 깨달았다.

"시계방에는 왜……." 물어보는 목소리에 힘이 담기지 않았다.

"그건," 형사가 말했다. "시계가 수리되어 있었기 때문이야."

무슨 말인지 알 수 없어서 나는 조용히 눈만 허우적거렸다.

"그날 피해자가 하루 종일 투덜거렸다는 거야. 새벽에 조깅을 하다가 넘어지는 바람에 시계가 고장 났다, 어디서든 수리를 하려고 차고 나왔는데 역시 불편해서 죽겠다, 라고. 회사에서 퇴근할 때까지 시계가 고장 난 채였다는 것은 여러 명이 증언을 했어. 그런데 참 이상한 게 말이지, 사체가 발견됐을 때는 손목시계가 멀쩡히 잘 가고 있었어. 시계가 어쩌다 우연히 고쳐진 건 아니야. 왜냐면 아주 정확한 시각을 가리키고 있었거든. 그렇다면 생각할 수 있는 것은 단 한 가지, 즉 시계를 수리했다는 것이지. 문제는 언제 시계방에 들렀느냐는 거야. 시계를 수리한 사람은 당연히 피해자라고 생각할 수밖에 없었기 때문에 우리는 그 시간적 모순 때문에 고민했던 거라고. 근데 그 모순이 어느 시계방에서 듣게 된 이야기로 깨끗이 해결됐단 말이지. 사실은 피해자와 전혀 관련이 없는 인물이 고장 난 시계를 수리해 간 거였어."

형사의 말이 내 머릿속을 덧없이 스쳐 지나갔다. 사고가 완전히 정지된 것을 자각하면서도 나는 왠지 망가진 시계의 문자판을 떠올렸다. 6시 30분─. 그건 이른 새벽, 즉 오전 시각을 가리킨 것이었는가.

"시계방 주인이 그 손님에 대해 아주 또렷이 기억하고 있더라고." 형사는 즐거운 추억을 되짚어보듯이 말했다. "오랜만에 기계식 시계를 만져볼 수 있어서 좋았다고 아주 흐뭇해하더라니까. 게다가 그 손님이 신권으로 만 엔을 주고 갔다는 거야. 그 지폐를 아직 갖고 있느냐고 물어봤더니 갖고 있다네? 물론 수사에 협조해달라고 사정사정해서 그걸 받아 왔지. 그야말로 빳빳한 신권이라서 감식반에 보내 조사해봤더니 지문이 똑똑히 남아 있었어. 와아, 전혀 생각지도 못한 형태로 큰 증거를 입수했지 뭐야. 교통위반으로 채취한 지문 등을 포함해 요즘에는 아주 간단히 대조가 가능해. 누가 그 돈을 사용했는지 금세 다 나온다고."

시계방에서 수리비를 낼 때, A에게서 받은 봉투에서 만 엔짜리 지폐를 꺼내 준 것이 생각났다.

"자아, 그렇게 해서," 형사는 품속에서 또 한 장의 사진을 꺼냈다. 내 얼굴 사진이었다. 운전면허증에 붙였던 것이다. "시계방에 그 시계를 가져온 사람이 이 사진 속 인물이라는 게 밝혀졌어. 사건이 났던 맨션의 방범카메라를 조사해본바, 비슷한 인물이 몇 차례 출입했더라고. 일이 그렇게 됐으니 본인의 이야기를 안 들어볼 수가 없지. 응, 그래서 오늘 이렇게 찾아뵌 거야. 수고스럽겠지만, 서까지 함께 가주실까?"

나는 몸을 움직일 수도, 대꾸할 수도 없었다. 그저 멍하니 허공만 바라보고 있었다. 그러자 형사가 뒤를 이어 말했다.

"근데 진짜 알다가도 모르겠어. 내가 처음에 몇 가지 묻고 싶은 게 있다고 말했었지? 실은 정말로 궁금한 건 딱 한 가지야."

형사는 둘째 손가락을 번쩍 치켜들었다. "당신, 왜 그 시계를 수리할 생각을 했지? 우선 나한테만 살짝 얘기해줄 수 없을까?"

나는 형사의 얼굴을 올려다보았다. 그의 눈빛은 호기심으로 가득했다.

왜 고장 난 시계를 수리하려고 했는가—.

어떤 말로 어떻게 설명해야 좋을까, 라고 나는 멍하니 생각했다.

サファイアの奇跡

사파이어의 기적

1

미쿠는 예전에 자신이 작은 동네에 살고 있다고 생각했다. 쇼핑은 근처에서 다 해결할 수 있고, 학교까지는 도보로 10분도 걸리지 않는다. 친구네 집에도 쉽게 오고 갈 수 있다. 동네를 걸어가면 아는 사람이 말을 걸어오지 않는 경우가 오히려 더 드물다.

하지만 5학년이 되면서 그건 단순히 자신의 행동반경이 좁았기 때문이라는 것을 알았다. 아주 조금만 더 나가도 그때까지 본적이 없는 세상을 만날 수 있었던 것이다. 이를테면 그건 큼직한 오피스빌딩이나 입구를 세련되게 꾸민 레스토랑 같은 것이다. 무슨 상품을 파는지 전혀 짐작할 수 없는 가게도 있었다.

의외의 장소에 신사가 있다는 것을 알게 된 것도 5학년에 올라간 다음이었다. 학교에서 돌아오는 길에 잠깐 마음 내키는 대로 평소와는 다른 길을 선택했다. 차들이 빈번하게 오가는 간선 도로를 조금 벗어난 것뿐인데도 그쪽 길은 유난히 한산해서 마치 시간이 멈춰버린 것 같았다. 오래된 민가가 이어지고 드문드문 작은 상점이 나타났다. 하지만 그 상점들 대부분은 셔터 문이 내려진 채였다.

그런 집들 틈새에 파묻히듯이 그 신사는 자리 잡고 있었다. 작은 돌계단이 있고 그곳으로 올라서자 새전함이 놓여 있었다. 굵은 밧줄을 흔들자 머리 위에서 종이 땡그랑땡그랑 소리를 냈다.

"부자가 되게 해주세요." 작은 소리지만 입 밖에 내어 소원을 말했다.

미쿠의 집은 유복하다고는 할 수 없었다. 아버지가 사고로 세상을 떠나고 어머니 혼자 낮에는 슈퍼마켓에서, 밤에는 이자카야에서 일하며 생활을 꾸려나갔다. 값비싼 장난감 따위, 바랄 수도 없었다. 돈이 드는 놀이에 어울리는 것도 안 될 일이었다. 그래서 방과 후에도 미쿠는 혼자 있는 일이 많았다. 다른 아이들이 자꾸 부러워지기 때문이다.

부자가 되었으면 좋겠다고 항상 마음속으로 빌었다. 사치를 하고 싶은 것이 아니다. 항상 지친 기색의 어머니를 조금이라도 편하게 해주고 싶었던 것이다.

새전함 앞에 서서 빌었다. 새전은 단돈 1엔도 넣지 못했지만.

그저 그것뿐이었다면 그 뒤 미쿠가 매일같이 그곳에 드나드는 일은 없었을 것이다. 하지만 집에 돌아가려고 붉은 기둥 문 밑을 지나던 참에 그를 알아보았다.

그는 신사를 둘러싼 돌층계 위에 있었다. 고양이 특유의, 네 개의 다리를 몸 밑에 감추고 한껏 웅크린 자세다. 흡사 철학적 난제를 궁리하는 듯 사려 깊은 표정으로 눈을 가늘게 뜨고 있었다.

연갈색 줄무늬였다. 이마에만 조금 진한 갈색이 몇 줄기 그어졌다. 미쿠는 가까이 다가갔다. 도망치지 않을까 했는데 그는 움직이지 않았다. 흘끗 그녀 쪽으로 눈길을 던졌을 뿐이다.

'왜, 나한테 볼일 있어?'라고 묻는 느낌이었다.

미쿠는 손을 내밀어 그의 몸을 쓰다듬었다. 털은 부드러워서 마치 새 붓 같았다. 그는 그르렁그르렁 목을 울렸다. 좋아해준다는 것을 알고 미쿠는 마음이 놓였다.

이윽고 그는 자리에서 일어나 미쿠 쪽으로 향했다. 그리고 그녀의 손을 날름날름 핥은 뒤, 쿠웅 하고 울었다. 야옹도 아니고 냐옹도 아니고 쿠웅 하고.

'배고파'라고 말하는 것 같았다.

미쿠는 책가방을 열었다. 급식으로 나온 빵을 넣어둔 게 생각났기 때문이다. 그걸 잘게 떼어 그의 코끝에 대보았다. 그는 홱고개를 돌렸다. '뭐야, 이거? 좀 더 괜찮은 거 없어?'라는 듯이.

미안해, 라고 미쿠는 소리 내어 사과했다. "내일은 꼭 더 맛있는 거 가져올게."

그는 코끝을 움찔거렸다. 미쿠는 그것을 '좋아, 기대할게'라는 뜻으로 해석했다.

다음 날 방과 후, 집에 가자마자 냉장고 안을 살펴보았다. 고양이가 좋아할 만한 것이 뭘까. 우메보시, 장아찌, 염교 등의 밑반찬, 그리고 날달걀……. 그 애가 이런 걸 먹을 리는 없잖아.

그러는데 치즈 어묵이 눈에 들어왔다. 한 개를 빼서 호주머니에 챙겨 넣었다.

냉장고에는 그것 말고는 더 이상 눈에 띄는 게 없어서 과자를 넣어둔 찬장을 살펴보았다. 쿠키와 마시멜로가 있어서 그것도 호주머니에 넣었다. 마시멜로는 미쿠 자신이 먹고 싶었던 것이다.

호주머니가 불룩해진 채 신사에 가보았다. 어제 그 자리에 고양이는 없었다. 별수 없이 종을 땡그랑땡그랑 울리고 나서 계단을 내려오자 나무 덤불 사이에서 스윽 그가 나타나 흘끗 미쿠를 올려다보았다.

'너야? 또 왔어?'라고 말하는 것처럼 보였다.

미쿠는 쪼그리고 앉아 호주머니에서 치즈 어묵을 꺼내 비닐을 벗겼다. 잘게 잘라 고양이 앞에 놓자 그는 신중하게 냄새를 맡은 뒤 슬쩍 핥아보았다. 하지만 입에 넣으려고는 하지 않았다.

"왜 안 먹어?"

미쿠가 물어도 고양이는 반응이 없었다. 치즈 어묵을 앞에 두고 지난번처럼 철학자 같은 표정으로 네 다리를 몸 밑에 감춘 채 한껏 웅크리고 있었다.

"그럼 이건 어때?"

이번에는 쿠키를 앞에 놓았다. 하지만 이건 잠깐 코끝을 대보았을 뿐 핥으려고도 하지 않았다. 전혀 자기 취향이 아닌 모양이다.

옆의 돌계단에 앉아 미쿠는 호주머니에서 마시멜로 봉지를 꺼냈다. 하나를 입에 넣고 저 멀리로 시선을 던졌다. 저녁노을로 붉어진 하늘이 아름다웠다.

면바지 무르팍에 뭔가 닿는 감촉이 있어서 흠칫했다. 바라보니 어느새 고양이가 곁에 다가와 그녀의 무릎에 앞발을 올려놓고 있었다. 몸통과 고개를 한껏 내밀어 마시멜로 봉지에 코를 대려 하고 있었다.

"어라, 이거?"

미쿠는 봉지에서 마시멜로를 꺼내 고양이의 코끝에 댔다. 그러자 그는 날름 핥아본 뒤 망설임 없이 덥석 베어 물었다. 우물우물 깨물어 꿀꺽 삼킨 뒤 다시 두 개째를 먹었다. 그것을 몇 번 되풀이하자 마시멜로는 모두 그의 배 속으로 사라졌다. 하지만 그는 아직 만족하지 않은 기색으로 코끝으로 봉지를 툭툭 건드렸다. 미쿠는 또 한 개 마시멜로를 내밀었다.

두 봉지째 마시멜로를 싹 비우고 만족했는지 고양이는 미쿠의 무릎 위에 올라앉아 그대로 동그랗게 몸을 말았다. 마치 어서 빨리 쓰다듬으라고 하는 것 같았다.

미쿠는 그의 몸을 쓰다듬었다. 그러자 그르렁그르렁 목을 울리는 소리가 울렸다. 그렇게 하고 있으려니 미쿠의 마음도 편안해졌다.

그날부터 학교에서 오는 길에 신사에 들르는 것이 일과가 되었다. 학교에 과자를 가져가는 것은 금지되어 있지만 몰래 마시멜로 봉지를 책가방 속에 감춰두었다.

미쿠는 고양이에게 '이나리'*라는 이름을 지어주었다. 색깔이 유부초밥을 꼭 닮았기 때문이다. 신사의 명칭에 이나리라는 글자가 들어 있는 것도 이유 중 하나였다.

이나리에게는 목걸이도 달아주기로 했다. 떠돌이 고양이로 내버려두면 언젠가 보건소에서 데려갈 것 같았기 때문이다. 백엔샵에서 사 온 분홍색 벨트로 목걸이를 만들어 채워주었다. 연한 갈색의 이나리에게 분홍색이 의외로 잘 어울렸다.

미쿠는 이나리와 많은 이야기를 나누었다. 주된 화제는 장래의 꿈이었다. 미쿠의 꿈은 미용사가 되는 것이었다. 다양한 사람들의 머리를 그 사람이 가장 아름답게 보이도록 커트하고 염색하고 때로는 파마를 하고 세트를 말아주는 것이다. 미용실을 나설 때는 딴사람으로 보일 만큼. 그리고 그들은 미쿠에게 감사 인

* 곡식을 관장하는 신. 전하여 유부초밥(이나리 스시)이라는 뜻으로도 쓰인다. 주요 곡식인 쌀을 넣은 가마니와 비슷한 데서 나온 이름.

사를 건넨다. 상상만 해도 가슴이 뛰었다.

물론 소리 내어 말한 것은 아니었다. 이나리의 몸을 쓰다듬으며 마음속으로 속삭인 것이다. 그러면 이상하게도 이나리가 응해주는 말소리가 들리는 듯한 느낌이 들었다.

'거, 꽤 괜찮은 꿈이네.

하지만 그러려면 공부도 열심히 해야지. 수학은 질색이라느니 뭐니 해서는 안 돼. 수학 따위 미용사와는 상관없다고? 그렇지 않아. 잔돈을 잘못 내주면 큰일이잖아. 게다가 역시 고등학교쯤은 졸업해야지. 고등학교에 가려면 수학도 꼭 필요해.'

이나리와 함께하는 시간은 미쿠에게는 다른 무엇과도 바꿀 수 없는 귀중한 것이 되었다. 아무리 힘든 일이 있어도 이나리와 함께 있으면 마음이 치유되었다.

그런데―.

그 이나리가 사라졌다. 여느 때처럼 학교에서 돌아오는 길에 신사에 들렀고 여느 때처럼 굵은 밧줄을 흔들어 새전함 위의 종을 울렸다. 하지만 그것을 신호로 나타났어야 할 이나리가 아무리 기다려도 미쿠 앞에 모습을 드러내지 않았다.

이상하네, 라고 생각하면서 그날은 집에 돌아왔다. 하지만 다음 날 방과 후, 신사에 도착해 찾아봤지만 역시 이나리는 없었다. 다음 날도 그다음 날도 이나리는 보이지 않았다.

신사에는 작은 사무실이 딸려 있어서 사람이 있기도 하고 없기도 했다. 미쿠는 한 번도 말을 나눈 적은 없지만 용기를 내어 그곳에 있던 사람에게 물어보았다. 상대는 백발 머리의 아저씨였다.

"그러고 보니 그 고양이가 요즘 통 안 보이는구나." 아저씨는 이나리의 존재는 인식하고 있는 것 같았다.

"어디로 갔는지 모르세요?"

미쿠의 물음에 아저씨는 쓴웃음을 지었다.

"글쎄다, 떠돌이 고양이니까 어딘가 다른 곳으로 둥지를 옮긴 거 아닌가?"

그럴 리가 없다고 미쿠는 생각했다. 이나리가 마음대로 어딘가로 갈 리는 없다. 적어도 나한테 아무 말도 없이—.

하지만 그 뒤에도 이나리는 눈에 띄지 않았다. 점차 미쿠도 신사에 걸음을 하지 않게 되었다.

그런 식으로 2주일쯤 지났을 무렵이다. 학교에서 돌아오는 길에 간선도롯가의 인도를 걷고 있던 미쿠의 눈에 익숙한 것이 뛰어들었다.

가드레일 기둥 하나에 분홍색 벨트가 묶여 있었던 것이다.

급히 뛰어가 확인했다. 틀림없었다. 이나리에게 채워준 그 목걸이였다. 미쿠가 직접 만든 것이라서 잘못 볼 리가 없었다.

어떻게 된 거지? 어떻게 된 거야?

혼란스러운 머릿속으로 무슨 일이 일어났는지를 생각해보았다. 곧바로 답은 찾아졌지만 그것을 받아들이기를 머리가 거부하고 있었다.

목걸이가 묶여 있던 가드레일 밑에는 꽃이 놓여 있었다.

2

길가에 꽃이 바쳐진 것이 어떤 의미인지 어린 미쿠도 잘 알고 있었다. 뭔가의 원인으로 그곳에서 목숨을 잃은 사람이 있다는 뜻이다. 아니, 반드시 사람에 국한되는 것은 아니다. 아무튼 누군가의 목숨이 상실된 것이다.

미쿠의 하루 일과는 신사에 드나들던 것에서 목걸이가 묶여 있던 가드레일을 지켜보는 것이 되었다. 누가 그곳에 꽃을 바쳤는지 확인하기 위해서였다. 미쿠가 처음 발견했을 때, 꽃은 아직 싱싱한 새 꽃이었다. 어쩌면 정기적으로 꽃을 바치는 사람이 있는 게 아닌가 하고 생각했던 것이다. 다행히 근처에 작은 공원이 있어서 거기에 앉아 문제의 가드레일을 내다볼 수 있었다.

그렇기는 해도 하루 스물네 시간 지키고 있을 수는 없다. 학교에서 돌아오는 길에 한 시간 남짓 벤치에 앉아 책을 읽거나 쉬는 척하면서 상황을 살펴볼 뿐이었다. 이런 짓을 해봤자 쓸데없다, 꽃을 바친 사람은 찾아낼 수 없을 것이다, 라고 미쿠 자신도 생각했다. 단순히 한때의 위안에 지나지 않는 것이다.

하지만 감시를 시작하고 일주일이 지난 날, 예상 밖의 일이 일어났다. 공원 옆에 소형 트럭 한 대가 멈춰 서더니 안에서 몸집이 큼직한 운전기사가 내려섰다. 그는 작은 꽃다발을 손에 들었고, 방치되어 있던 시든 꽃을 치우고 대신 그것을 바닥에 내려놓았다. 그리고 뭔가 기원을 올리듯 얼굴 앞에서 손으로 허공을 긋더니 이윽고 발길을 돌려 트럭에 올랐다.

미쿠는 깜짝 놀라 벌떡 일어섰다. 틀림없다, 저 운전기사가 이나리의 목걸이를 가드레일에 묶어둔 것이다.

그녀는 뛰었다. 소형 트럭의 엔진 걸리는 소리가 들렸다. 여기서 놓치면 두 번 다시 만날 수 없을지도 모른다.

슬슬 출발하려는 소형 트럭 뒤를 미쿠는 있는 힘껏 쫓아갔다. 잠깐, 잠깐만요, 라고 큰 소리로 외치며 손을 내저었다.

이윽고 소형 트럭이 속도를 늦췄다. 길가에 붙여 정지하더니 운전석 문이 열렸다. 짧은 머리에 각진 얼굴형의 남자가 의아한 듯 얼굴을 내밀었다. "왜 그러니? 무슨 일이야?"

미쿠는 뛰어가서 숨을 헐떡이며 물었다. "아저씨, 저 꽃은 뭐예요? 저기서 무슨 일이 있었어요?"

운전기사는 미간에 주름을 잡았다. "왜 그런 걸 물어보는데?"

왜냐면, 이라고 미쿠는 말했다. "이나리의 목걸이가……."

"이나리?"

"고양이예요."

운전기사의 눈이 흠칫 놀란 듯 커졌다. "네 고양이였어?"

"아뇨, 제 고양이는 아니지만 친하게 지내던 고양이라서……."

그렇구나, 라고 운전기사는 중얼거렸다. 그리고 소형 트럭의 엔진을 끄고 내려왔다.

지나치게 속도를 올린 것도, 한눈을 판 것도 아니었다, 라고 운전기사는 말했다.

"그냥 보통으로 달렸어. 근데 갑자기 그 고양이가 앞을 가로질러 뛰어나오고……. 미처 피할 새가 없었어. 급하게 브레이크를 밟았는데 퍽 하고 부딪치는 감촉이……. 감촉이라는 건 말이 좀 이상한가? 아무튼 그런 느낌이야. 내려가봤더니 그 고양이가 쓰러져 있었어. 축 늘어져서 전혀 움직이지도 않고……. 어떻게 해야 하나 생각했지만 그냥 내버려둘 수도 없고……. 스마트폰으로 검색해보니까 바로 근처에 동물병원이 있길래 거기로 데려갔어. 하지만 역시 소용없었어. 내장이 뭔가 잘못돼서 도저히 살려낼 수 없다는 거야. 사체는 병원에서 처리해준다고 해서 그 목걸이만 받아 들고 돌아왔어. 하지만 아무래도 뒷맛이 씁쓸해서 저렇게 꽃이나마 올려주고 있는 거야."

이야기를 듣는 사이에 미쿠는 울고 싶어졌다. 역시 이나리는 죽어버린 것이다.

운전기사는 이나리를 데려갔던 병원을 알려주었다. 분명 가까운 곳이기는 했지만 걸어서 갈 수 있을 정도는 아니었다.

"가보고 싶다면 내가 태워다줄까?" 운전기사가 말했다. "어차피 지나가는 길이니까."

낯선 사람을 따라가서는 안 된다, 차에 타서는 안 된다, 라고 어렸을 때부터 배웠다. 하지만 미쿠는 고개를 끄덕였다. 차에 치인 고양이가 마음에 걸려 내내 꽃을 바치는 사람이라면 나쁜 사람은 아닐 거라고 생각했다.

운전기사가 안내해준 곳은 하얗고 큰 건물이었다. 미쿠는 동네 작은 동물병원을 상상했었기 때문에 의외였다.

이미 시작한 일이니 내친 김에, 라면서 운전기사는 미쿠와 함께 차에서 내렸다. 병원 접수처 앞에 서서 뭔가 이야기하기 시작했다. 며칠 전 데려온 고양이가 최종적으로 어떻게 되었는지 확인해보는 것 같았다. 역시 나쁜 사람은 아니었다. 피할 수 없는 사고였다는 말도 아마 거짓말은 아닐 것이다.

넓은 대기실에 사람들 여러 명이 앉아 있었다. 모두 개나 고양이를 데리고 와 있었다. 길을 잘 들였는지 어떤 반려동물도 얌전히 주인 곁에 있었다. 어쩌면 뭔가 병이 들거나 부상을 입었기 때문에 힘이 없는 것뿐인가. 어찌 됐건 살아 있으니 그나마 낫다고 미쿠는 생각했다. 이나리는 이미 이 세상에 없다. 돌아올 수 없다.

이나리, 하고 마음속으로 불러보았다. 이제 그 부드러운 털을 쓰다듬을 수 없는가, 라고 생각하니 견딜 수 없이 슬퍼졌다.

이나리—.

그때였다. 미쿠의 마음속에 문득 뭔가 들어오는 기척이 있었다. 그것은 속삭이는 소리 같기도 하고 그리운 냄새 같기도 하고 따뜻한 바람 같기도 했다. 미쿠는 고개를 들어 주위를 둘러보았다.

진찰실로 향하는 문 말고도 또 하나 다른 문이 있고 '간호실'이라고 표시되어 있었다. 그곳에서 부부인 듯한 남녀 두 명이 나오는 참이었다. 출입은 자유로운 모양이었다.

미쿠는 자리에서 일어섰다. 뭔가의 기척이 거기에서 나오는 것처럼 느껴졌기 때문이다.

안에 들어가니 수많은 케이지가 줄줄이 놓였고 입원 중인 것으로 보이는 개나 고양이가 웅크리고 있었다. 좁은 공간에 갇힌 그 모습은 불쌍해 보였다. 미쿠의 모습을 보고 포메라니안이 힘없이 꼬리를 흔들었다.

그리고 그 안쪽에 또 하나의 문이 있었다. '관계자 외 출입금지'라는 공지문이 붙어 있었다. 하지만 미쿠는 그 문에서 시선을 뗄 수 없었다. 그녀의 마음을 수런거리게 하는 것의 정체가 그 건너편에 있는 것만 같아서 견딜 수 없었다.

침을 꿀꺽 삼키고 손잡이를 돌렸다. 열쇠가 잠겨 있지 않아 문은 아무런 저항 없이 열렸다.

어슴푸레한 복도가 이어졌다. 미쿠는 머뭇머뭇 걸음을 옮겼다. 가슴의 수런거림이 점점 더 높아져갔다. 하지만 걸음은 멈추지 않았다.

복도 끝에서 다시 케이지인 듯한 것이 보였다. 이쪽은 상당히 컸다. 특수한 동물을 넣어두기 위한 것일까.

하지만 안에 있는 것은 한 마리의 고양이였다. 털이 긴 종으로, 체격은 중간쯤이었다. 케이지 한가운데 가만히 앉아 있었다.

미쿠는 눈이 큼직해졌다. 그 고양이는 명백히 다른 고양이와는 다른 특징을 갖고 있었기 때문이다. 아니, 그것만이 아니었다―.

다음 순간, 누군가 어깨를 잡는 바람에 하마터면 비명을 지를 뻔했다. 소리를 내지 못한 것은 공포와 놀람이 너무 컸기 때문이다. 돌아보니 하얀 의사 옷을 입은 남자가 서 있었다.

"여기서 뭐 하고 있지?"

남자가 물었지만 미쿠는 대답할 수 없었다. 입만 뻐끔뻐끔 움직였을 뿐이다.

남자는 케이지 앞에 있던 커튼을 급히 닫았다. 그리고 낮은 목소리로 말했다. "이 고양이에 대한 것은 아무에게도 말하면 안 된다."

알았지, 라고 다짐을 하고 그는 미쿠의 얼굴을 지긋이 들여다보았다. 미쿠는 아무 소리도 내지 못한 채 깊숙이 머리를 두 번 끄덕였다.

남자에게 등을 떠밀리듯이 미쿠는 그 자리를 나왔다. 조금 전의 간호실로 돌아오자 남자는 출입금지 공지문이 붙은 문에 열쇠를 채웠다.

대기실에서는 소형 트럭 운전기사가 내내 미쿠를 찾아다닌 모양이었다. 어디 갔었어, 라고 조금 화난 목소리로 말했다.

"죄송해요, 입원 중인 동물들을 보느라……."

"그랬어? 아니, 잠깐 한마디쯤 해주고 갔으면 좋았잖아." 그렇게 말하고 운전기사는 목소리를 낮춰 뒤를 이었다. "그 고양이 말인데, 역시 살려내지 못한 모양이야. 유체는 업자에게 부탁해 화장해달라고 했대. 유골이 어떻게 됐는지는 모른다는구나."

"네……."

"미안하지만 내가 할 수 있는 건 여기까지야. 집이 어디지? 태워다줄게."

미쿠는 고개를 저으며 혼자 갈 수 있다고 대답했다. 그리고 다시 한 번 간호실 쪽을 돌아보았다.

하얀 옷을 입은 조금 전의 의사가 문 앞에 서 있었다. 그는 미쿠에게 차가운 시선을 던지고 있었지만 스윽 얼굴을 돌리고 문을 열더니 그대로 안으로 사라졌다.

3

큰직한 바구니 안을 들여다보고 니시나는 한숨을 내쉬었다. 갓 태어난 아기 고양이 다섯 마리가 밀치락달치락 어미 타바사의 젖을 다투고 있었다. 누가 봐도 귀엽다고 느낄 만한 풍경이지만 니시나의 마음은 착잡했다.

타바사는 암컷 친칠라 실버 고양이다. 혈통도 확실하고 털의 결도 곱다. 이번에 태어난 새끼들은 흰색이 세 마리에 회색이 두 마리. 모두 나름대로 생김새가 예뻐서 아마도 여기저기 알리면 키워줄 사람은 쉽게 찾을 수도 있을 것이다.

"그래도 여기까지가 한계야." 저도 모르게 중얼거렸다.

옆의 소파에서 뜨개질을 하던 아내가 쓴웃음을 지었다. "드디어 포기할 마음이 든 모양이지?"

"딱 한 번만 더 도전해보고 싶은 마음도 있긴 한데……."

"안 돼. 새끼 고양이를 돌봐주는 게 얼마나 힘든 줄 알아? 거둬줄 사람을 찾기도 힘들어."

"그거야 나도 알지. 당신이 고생 많았어." 니시나는 올해 예순이 된 아내 쪽을 돌아보았다. 그녀 옆에서는 실버그레이의 고양이가 자고 있었다. 지난번 타바사의 출산으로 태어난 아이지만 결국 새 주인을 찾지 못해 직접 기르기로 했던 것이다.

근데, 라고 니시나는 강한 미련에 아쉬워하며 말했다. "다음

판에는 꼭 성공할 것 같은 마음이 든단 말이야."

"안 돼." 아내는 손을 멈추고 딱 잘라 말했다. "지금까지 몇 마리 태어났는지 알기나 해?"

니시나는 얼굴을 찌푸렸다.

"그야 알지. 나도 그걸 안 세어본 건 아니야."

"지난번까지 모두 열 마리야. 이번이 다섯 마리였으니까 모두 합해 열다섯 마리. 여보, 내가 자꾸 잔소리하는 것 같지만, 만일 이번에 일곱 마리가 태어나면 어쩌나 하고 내내 걱정했었어."

"글쎄 그럴 걱정은 없다고 말했잖아. 타바사가 저 몸으로 일곱 마리씩 낳을 일은 없어. 실제로 다섯 마리로 끝이잖아."

"어쩌다 운이 좋았던 거 같은데? 아무튼 이번으로 끝이야. 다음에 또 임신하면 한 마리로 끝날 리는 없으니까."

"그래도 그건 어차피 징크스잖아. 괜히 겁낼 거 없을 텐데."

"무슨 소리야? 그런 안이한 생각으로 규칙을 깼던 사람들이 예외 없이 저주를 받았다는 거, 당신도 모르지 않잖아."

"그야 그렇지만……."

"그만 포기해." 아내는 강한 어조로 말하고 다시 뜨개질을 시작했다. "기어코 계속할 거라면 나하고 헤어진 다음에 해. 나까지 그 저주에 휘말리고 싶지 않으니까."

니시나는 입가를 삐뚜름하게 틀고 헤싱헤싱해진 머리를 긁적였다.

"알았어. 그나저나 그렇게 되면 애들 아빠는 어떻게 하지? 우리 집에 놓아둘 수도 없고."

"나는 어느 쪽이건 상관없어. 하지만 계속 기를 거라면 거세해야지."

"아니면 어딘가의 브리더에게 양도하는 방법뿐이네."

"받아줄 사람이 있기나 할까." 아내는 부지런히 손을 움직이면서 고개를 갸우뚱했다. "프로 브리더들 사이에서는 '사파이어의 기적'은 일어나지 않는다는 게 정설이 된 모양이던데."

"반려동물로 받아줄 사람은 있지 않을까? 기르는 것만으로도 자랑거리가 될 텐데."

"2년 전이라면 또 모르지만 지금은 좀……. 나는 우리 집에서 여생을 보내는 게 가장 좋다고 생각해. 지금까지 여러 주인을 전전해왔으니까 이제 슬슬 한곳에 자리 잡게 해줘야지."

"거세하고?"

"그건 물론이야." 아내는 크게 고개를 끄덕였다. "저주받고 싶지 않으니까."

니시나는 끙차 하고 몸을 일으켰다.

"어디 가려고?"

"왕의 심기가 어떠신지 가 보려고."

거실을 나와 옆방 앞에 섰다. 문에는 고양이가 드나들 수 있게 작은 출입구가 만들어졌다. 이곳뿐만이 아니다. 이 집의 모든 문이 그런 것이다. 정년퇴직 후에 취미로 고양이 브리더를 시작했을 때 그런 식으로 개조했다.

하지만 브리더도 이제는 그만둘 때라고 생각했다. 아니, 실은 벌써 몇 년 전에 그만두려고 했었다. 체력적으로 힘들었기 때문이다. 하지만 고양이 한 마리와의 만남이 그 생각을 돌려놓았다. 이 고양이로 마지막에 다시 한 번 꽃을 피우고 싶다고 생각했던 것이다.

문을 열고 안으로 들어갔다. 정원을 마주한 서양식 방이다. 넓은 출창이 달려 있었다. 그곳이 유독 마음에 든 모양이어서 '왕의 방'이라고 부르게 되었다.

그리고 여느 때처럼 그는 그곳에 있었다. 정원 쪽을 향하고 유유히 앉아 있다. 햇빛을 받아 긴 털이 반짝였다.

연한 파란색으로—.

처음 이곳에 왔을 때는 좀 더 선명한 파란색이었다. 2년 전이라면 또 모르지만, 이라고 아내가 말했던 것도 고개가 끄덕여진다. 최근 들어 부쩍 파란빛이 옅어지고 있었다.

수컷 페르시아고양이다. 이름은 사파이어. 물론 그 털 색깔에서 나온 이름이다. 러시안블루, 라는 고양이 종이 있지만 그건 털 색깔이 그냥 회색이어서 공치사로라도 파란색이라고는 할 수 없다. 하지만 사파이어의 털은 완전한 블루였다. 처음 본 사람은 반드시 말하곤 했다. 염색한 거 아니냐고. 하지만 그렇지 않다는 것은 한동안 길러보면 금세 알 수 있다. 새로 생기는 털이 보기에도 선명한 파란색인 것이다.

출생에 대해 상세한 것은 알려져 있지 않다. 이탈리아의 부호가 기르고 있었는데 사업에 실패하고 자살하는 바람에 경매에 나온 것을 일본인 사업가가 낙찰했다, 라는 것이 가장 오래된 기록이다.

하지만 그 일본인 사업가도 급사하고 말았다. 가족과 함께 떠난 여행지에서 승선한 배가 침몰한 것이다. 사파이어는 그의 자식인 여섯 마리 새끼 고양이와 함께 집에 남겨두었기 때문에 무사했다.

그렇다, 사업가는 사파이어의 자손을 만들려고 했던 것이다. 그 마음은 충분히 이해할 수 있다. 파란 털을 가진 고양이 종을 만들어낸다면 반려동물 사업에 일대 혁명을 일으킬 수 있다는 것은 확실했다.

사파이어는 그다음 주인에게로 옮겨져 갔다. 그 주인도 파란 페르시아고양이의 번식을 꾀했다. 하지만 몇 번을 도전해도 태어나는 새끼 고양이는 평범한 털 색깔을 갖고 있을 뿐이었다.

그리고ㅡ.

그 주인도 사망하고 말았다. 산길을 운전하고 가다가 핸들을 미처 꺾지 못해 추락 사고를 일으킨 것이다. 원인은 불명이었다. 운전 실수라고밖에는 생각할 수 없었다.

사파이어가 그 주인에게 간 지 1년째였다. 사고가 일어난 것은 사파이어에게 열일곱 마리째의 새끼가 태어나고 사흘 뒤의 일이었다. 주인은 번식을 위해 세 마리의 암컷 페르시아고양이를 구했다. 하지만 유감스럽게도 어떤 암컷 고양이도 파란색 털의 새끼를 낳지 못했다.

신비한 매력을 가진 파란 페르시아고양이는 그 뒤에도 여러 주인의 손에 넘어갔다. 호사가도 있는가 하면 프로 브리더도 있었다. 어떻든 그들의 목적은 세상에도 희귀한 파란색 털의 혈통을 만들어내는 것이었다. 그 꿈은 어느새 '사파이어의 기적'으로 불리게 되었다. 하지만 많은 사람들이 도전한 끝에 실패하고 사라졌다. 단지 좌절하는 것뿐이라면 그나마 다행이었다. 문제가 중대한 것은 반드시라고 해도 좋을 만큼 주인들이 목숨을 잃었다는 것이다. 이윽고 한 가지 징크스가 전해지게 되었다.

—사파이어의 새끼를 얻으려 한다면 열여섯 마리까지만 하라. 열일곱 마리째의 새끼 고양이가 태어나면 그로부터 며칠 이내에 죽음이 찾아온다.

왜 열일곱 마리인지는 알지 못한다. 하지만 한 가지 설이 있었다. 페르시아고양이의 기원은 16세기에 이탈리아에 건너온 장모종의 고양이라고 전해진다. 그리고 이탈리아에서 17은 불길한 숫자로 여겨진다. 17은 로마숫자로 하면 XVII이고, 이것은 VIXI라고 그 순서를 바꿀 수 있다. 이것은 '나는 살아 있다'라는 의미의 라틴어 VIVO의 과거형으로 '나는 살았었다', 즉 '지금은 죽었다'라는 뜻이 되기 때문이라는 것이다.

일반적으로 징크스란 적당히 꾸며낸 것이 대부분이다. 하지만 '사파이어의 저주'에는 확고한 증거가 있었다. 주인들이 목숨을 잃은 상황은 이 조건에 딱 맞아떨어진다. 목숨을 잃지 않은 주인은 모두 열일곱 마리째의 새끼를 만들기 전에 사파이어를 내놓았던 것이다.

사파이어가 니시나에게 건너온 것은 2년 전이다. 브리더 동료가 번식에 도전했다가 역시 잘되지 않아 단념했다고 해서 그가 양도받기로 했다. 니시나의 집에는 건강한 암컷 페르시아고양이 타바사가 있었다. 은빛 털은 때로는 푸르스름하게 보이는 일도 있었다. 그녀라면 기적을 일으킬 수 있지 않을까, 하고 기대했던 것이다.

하지만 꿈은 이루어지지 않았다. 타바사가 낳은 열다섯 마리의 새끼 고양이는 모두 평범한 페르시아고양이였다. 물론 타바사 때문은 아니었다.

니시나는 손을 내밀어 사파이어의 등을 쓰다듬으려고 했다. 하지만 손끝이 닿을락 말락 하는 참에 파란 털의 왕은 고개를 들어 쓰윽 노려보면서 크윽 하고 낮게 부르짖었다. 마치 마음대로 내 몸에 손대지 말라는 듯이. 이런 때 억지로 만지려 들면 자칫 물리기도 한다.

관상용으로서는 모르겠으나 이 고양이는 애완용으로는 전혀 적합하지 않다. 이전 주인도 "도무지 사람을 따르지 않는 녀석"이라고 말했었다. 품에 안으려 하면 스르륵 빠져나가고, 무릎에 앉히는 일 따위는 아예 불가능했다. 먹이만 해도 접시에 담아준 것 외에는 결코 먹지 않았다. 인간이 손으로 먹여주려고 하면 적의를 드러내며 으르렁거리는 소리를 올렸다.

그 점에 대해서는 두 가지 설이 있었다. 하나는, 이전 주인에게 의리를 지키려는 게 아니냐는 것이다. 첫 주인이자 선박 침몰로 사망한 사업가의 집에서는 사람을 잘 따랐다는 이야기가 전해지고 있기 때문이다. 실제로 주인의 무릎에 기분 좋게 앉아 있는 사진이 남아 있다.

또 한 가지는 질병이 원인이 아니냐는 설이었다. 사파이어는 전에 심각한 지병이 있어 오래 살지 못할 것이라는 얘기가 나왔다. 가까스로 그 병은 이겨냈지만 치료의 영향으로 성격이 변해버린 게 아니냐고들 하는 것이다.

사실인지 거짓인지는 알 수 없었다. 사파이어가 니시나에게 왔을 때, 이미 사람을 따르지 않는 고양이였던 것은 사실이다.

4

니시나에게는 자주 이용하는 동물병원이 있었다. 원장과는 20여 년을 알고 지낸 사이다. 오늘은 사파이어의 거세 수술에 대해 상의하기 위해 찾아가기로 했다. 케이지 안에는 사파이어가 있었다. 얌전히 들어갈 리가 없어서 아내와 둘이 힘으로 밀어 넣었다. 둘 다 손에 가죽장갑을 꼈다. 자칫하면 할퀴려고 덤비기 때문이다.

병원에 도착하자 그새 새로 수리해서 바로 옆에 반려동물 미용실이 문을 열었다. 대기실을 그쪽과 같이 쓰고 있어서 안의 상황을 볼 수 있었다. 미용사인 듯한 젊은 여자가 커다란 개의 털을 깎아주고 있었다.

"그래요, 역시 단념하기로 하셨군요." 체격 좋은 조수의 힘을 빌려 사파이어의 혈액을 채취한 뒤, 백발 머리의 원장은 절절한 어조로 말했다. "파란 털의 새끼 고양이, 좀 보고 싶었는데 안타깝네요."

"기적이란 그리 쉽게 일어나지 않는다는 뜻이겠지요." 니시나는 케이지 안을 보며 말했다.

"그건 어때요, 클론을 만든다는 건? 자손은 아니지만 불린다는 점에서는 똑같잖아요."

니시나는 그만 질렸다는 얼굴로 손을 내저었다.

"이전에 도전한 사람이 있었어요. 돈을 엄청 들여서. 그런데 낳아놓고 보니 그냥 흰 고양이였답니다. 유전자가 똑같아도 반드시 색깔이 똑같이 나온다고 할 수 없는 모양이에요. 세계 최초의 클론 고양이도 삼색 고양이의 유전자를 물려받았는데 색깔은 두 가지였다나 어쨌다나."

"그렇습니까. 아닌 게 아니라 기적은 쉽게 일어나지 않는 모양이군요." 원장은 어깨를 움츠렸다.

혈액검사 결과를 본 뒤에 수술 타이밍을 정하자고 해서 니시나는 일단 진찰실을 나왔다. 대기실에서 차례를 기다리고 있으려니 옆의 미용실에서 젊은 아가씨가 나왔다. 아직 스무 살이 안 되었을 것이다. 면바지에 트레이너 차림이었다.

그녀는 니시나 앞을 지나가던 참에 발을 멈추고 옆에 놓인 케이지 안을 들여다보았다. 깜짝 놀란 듯 눈을 둥그렇게 뜨고 있었다.

"희한하지, 파란색 고양이? 미리 말해두겠는데, 이건 염색한 게 아니야."

하지만 니시나의 말이 귀에 들어오지 않은 것처럼 그녀는 진지한 표정으로 케이지를 들여다보았다. 아무래도 호흡까지 조금 거칠어진 것 같았다. 그리고 조그맣게 "이나리……"라고 중얼거렸다.

"응?"

저어, 라고 그녀는 니시나 쪽을 향했다. "잠깐 안아봐도 될까요?"

"아니, 안 하는 게 좋을 거야. 이 녀석, 성격이 워낙 까다로워서 사람을 따르지 않는다고 할까 포악하다고 할까……."

"그래도 안아보고 싶어요. 안아보게 해주세요." 그녀는 머리를 숙였다.

"이것 참, 난처하네. 나야 괜찮지만 자칫하면 물릴 수도 있다니까. 게다가 케이지에서 한번 나오면 다시 넣기가 보통 힘든 게 아니야."

"그때는 저도 도와드릴게요. 부탁합니다."

이렇게까지 간절하게 부탁을 하니 도저히 안 된다고 거절할 수 없었다. 상대는 동물을 다루는 데 익숙한 사람이다. 뭐, 괜찮겠지, 라는 마음이 들었다.

"그러면 잠깐만 안아봐요. 처음 손을 댈 때 특히 조심해야 돼."

네, 라고 대답하고 그녀는 케이지의 투명 문을 열었다. 그러고는 망설이는 기색도 없이 두 손을 안에 넣었다. 금세라도 사파이어가 성을 내며 그녀의 손을 깨무는 건 아닐까 하고 니시나는 조마조마했다.

하지만 그런 일은 없었다.

아가씨의 품에 안긴 상태에서도 사파이어는 지극히 얌전했다. 그녀는 옆의 의자에 앉아 무릎 위에 사파이어를 앉혔다. 그래도 사파이어는 전혀 날뛰는 기색이 없었다. 그러기는커녕 그녀가 등을 쓰다듬어주자 그르렁그르렁 목을 울리는 것이었다.

"흐흠, 믿을 수가 없네." 니시나는 저절로 신음 소리가 흘러나왔다. "아무리 동물을 다루는 데는 프로라고 해도 이 녀석이 금세 이렇게 잘 따르다니……."

아가씨는 뭔가 생각이 난 듯 얼굴을 들었다. 그리고 니시나에게 물었다.

"여기에 좀 더 계실 거예요?"

"응, 딱히 급한 일은 없어."

"그럼 잠시만 기다려주세요." 그렇게 말하고 그녀는 사파이어를 의자에 앉혔다. 그러고는 "얌전히 기다려야 해?"라고 한 뒤 종종걸음으로 사라져갔다.

이 또한 놀랄 일이었다. 그녀가 하라는 대로 사파이어가 의자 위에 예의 바르게 앉아 있는 것이었다. 그녀가 간 쪽을 지긋이 쳐다보고 있었다.

이게 어떻게 된 일인가 싶어서 니시나는 손을 내밀어보았다. 하지만 등줄기의 털에 손이 닿자마자 사파이어는 홱 돌아보며 캬앗 하고 위협했다. 당장에라도 덤벼들 것 같아 급히 손을 거둬들였다.

조금 전의 아가씨가 돌아왔다. 손에 하얀 봉지를 들고 있었다. 그러자 뭔가를 알아본 것처럼 지금까지 얌전히 앉아 있던 사파이어가 의자 위에서 몸을 일으켰다. 나아가 쿠웅 하고 울었다. 니시나가 여태까지 들어본 적이 없는, 어리광을 부리는 듯한 귀여운 소리였다.

아가씨가 봉지에서 뭔가를 꺼내 들었다. 마시멜로였다. 그것을 사파이어의 얼굴에 가까이 댔다.

그러자 더욱더 믿을 수 없는 일이 일어났다. 사파이어가 고개를 길게 빼고 냄새를 맡는가 싶더니 그 마시멜로를 덥석 입에 문 것이다. 그뿐만이 아니었다. 몇 번이고 몇 번이고 거듭 받아먹어서 마침내 마시멜로 한 봉지를 다 먹어치웠다.

이럴 수가 있나, 라고 니시나는 말했다.

"마시멜로를 먹는 것도 놀랍지만 무엇보다 사람이 손으로 주는 것을 덥석 받아먹다니. 아가씨, 무슨 마법을 쓴 거야?"

하지만 그녀는 대답하지 않았다. 그 대신 눈 주위가 순식간에 붉어졌다.

"역시 그렇구나. 이나리였어. 역시 이나리였어." 그러고는 감개무량한 듯 눈물을 주르륵 흘리며 사파이어를 끌어안았다. 파란 털의 왕은 여기에서도 날뛰는 일이 없었다. 그러기는커녕 그녀의 뺨을 할짝할짝 핥기 시작했다.

5

그 병원은 니시나가 사파이어의 거세 수술을 받으려고 했던 동물병원과는 건물 크기도 부지 면적의 넓이도 근무하는 사람 수도 전혀 달랐다. 애초에 병원이 아니었다. 정식 명칭에 '연구소'라는 단어가 들어 있는 것이다. 동물 치료도 하지만 그건 어디까지나 연구의 일환으로서 하는 모양이었다.

그 연구소의 응접실에서 니시나는 한 사람을 마주하고 앉았다. 하얀 피부에 얇은 입술이 약간 냉철한 인상을 빚어내는 인물이었다. 의학박사 학력이 들어간 명함에 의하면 이름은 안자이였다.

"니시나 씨가 보내주신 편지를 보고 상당히 놀랐어요." 안자이가 이야기를 시작했다. "그 고양이의 정체를 알아보는 사람이 있으리라고는 생각을 못 했으니까요. 어린아이는 역시 감수성이 뛰어나군요. 현대 과학으로는 설명할 수 없는 뭔가가 분명히 있는 모양입니다."

"어린아이라고 해도 열여덟 살의 아가씨예요. 올해 고등학교를 졸업했다고 하던데."

바로 그 동물 미용실의 아가씨다. 이름은 '미쿠'라고 했다. 원래는 사람 머리칼을 손질하는 미용사가 되고 싶었는데 고등학생 때 동물 미용사에 대한 것을 알고 방향을 전환했다고 한다.

"제가 만났을 때는 아직 어린애였죠. 출입금지 구역에 몰래 들어와 사파이어를 목격한 모양이에요. 그게 사파이어의 수술이 끝나고 한 달쯤 지난 다음이었을 겁니다."

"그 수술이라는 게 바로 그 수술이었군요?" 니시나는 슬쩍 시선을 들어 상대를 보았다.

안자이는 고개를 끄덕였다. "네, 그 수술입니다."

니시나는 들고 온 가방에서 서류 한 장을 꺼냈다. 몇 년 전의 신문기사를 프린터로 인쇄해 온 것이다. 제목은 이런 것이었다.

—고양이의 뇌 전체 이식 기술 확립, 이미 몇몇 사례 성공

"그 동물 미용사 아가씨는 처음 사파이어를 봤을 때 자신이 좋아했던 고양이의 기척을 느꼈다는군요. 아니, 그보다 그 기척에 이끌려 수수께끼 같은 그 병실에 들어갔는데 신기한 파란색 고양이가 있었다는 거예요. 그 얘기만 듣고는 나도 별생각이 없었는데, 병원 이름을 듣고 보니 뭔가 마음에 걸리더라고요. 어디선가 들은 적이 있는 것 같았으니까요. 이윽고 이 기사를 봤던 게 생각났지요. 그래서 이번에 연구 책임자인 교수님에게 편지를 보낸 거예요."

안자이는 한숨을 흘렸다. "멋진 추리력이십니다."

"편지에서도 말했었지만 이 일을 공개적으로 밝힐 생각은 없어요. 그저 진실을 알고 싶을 뿐이지요. 그 동물 미용사 아가씨에게도 알려주고 싶고. 그러니 얘기를 좀 해주시겠습니까?"

안자이는 굳었던 입가를 풀고 웃으면서 팔짱을 꼈다.

"네, 모두 말씀드릴 생각으로 이렇게 만나뵙기로 했습니다. 편지에 의하면, 니시나 씨도 파란 털 고양이 만들기에 뛰어든 적이 있었던 모양이던데요. 그렇다면 사파이어에게 지병이 있었다는 건 알고 계시지요?"

"얘기로는 들었지만 자세한 것까지는……."

안자이는 둘째 손가락으로 자신의 머리를 툭툭 쳤다.

"뇌종양이었어요. 차례차례 침범해서 이곳에 실려 왔을 때는 이미 움직이지도 못하는 상태였습니다. 어떻게든 살려달라고 했지만 우리로서는 이미 손쓸 도리가 없었어요. 단 한 가지 방법만 빼고는."

"그 방법이라는 것이 바로……." 니시나는 서류에 시선을 던졌다.

"네, 뇌 이식입니다." 안자이는 침착한 어조로 말했다. "다른 고양이의 뇌로 바꾸는 것이에요. 사파이어를 구할 방법은 그것밖에 없었습니다. 하지만 문제가 있었어요. 아직 뇌 이식 기술이 확립되지 않았었고, 우리가 실험한 세 가지 사례도 실패였습니다. 그 당시의 주인은 그래도 괜찮으니 일단 수술을 해달라고 하더군요. 비싼 값을 치르고 입수한 고양이인 만큼 자손을 남기기도 전에 보내고 싶지는 않았던 것이겠지요. 그다음 문제는 이식할 뇌를 어디에서 조달하느냐는 것이었습니다. 남겨진 시간도 그리 많지 않았어요. 그 주인이 직접 어디서든 떠돌이 고양이를 잡아 오라고 부하 직원에게 지시했습니다. 하지만 하필 그런 때에 적합한 크기의 고양이가 눈에 띄지 않았던 모양이에요. 말씀드리는 것을 깜빡했지만, 이식을 위해서는 몇 가지 조건이 맞아야 하는데 크기도 그중 하나입니다. 두개골에 들어가지 않을 만큼 너무 커도 곤란하고 너무 작아도 안 되는 것이지요. 이래저래 초조해하던 때에 우연히 뛰어든 것이 차에 치여 빈사 상태에 빠진 고양이였습니다."

"그 미용사 아가씨의 고양이군요."

"목걸이는 채워져 있었지만 주인이 누구인지는 알 수 없었습니다. 내장이 파열되어 살려낼 가망이 없었죠. 하지만 뇌는 기적적으로 무사했어요. 사파이어와의 적합성도 아주 높았고. 우리는 수술을 하기로 전격 결정했습니다."

"결과는 보기 좋게 성공."

안자이는 고개를 위아래로 두 번 크게 끄덕였다.

"네, 기대 이상의 성과가 나왔죠. 수술 후의 상태도 안정적이었습니다. 유감이었던 것은 정식 기록으로 남길 수 없었다는 점입니다. 사파이어 같은 고양이는 이 세상에 없으니까 사진으로 찍으면 당장 정체가 드러나겠죠. 결국 발표하는 것에 대해 주인의 허가를 얻을 수 없었습니다."

안자이에 의하면 두 달간의 입원 끝에 사파이어는 주인에게로 돌아갔다.

"그렇게 된 일이었군요. 이걸로 여러 가지 수수께끼가 풀렸네요. 사파이어의 개성이 어느 시기부터 갑자기 변해버렸던 것도 이제야 이해가 되고."

"고양이에게도 개성은 중요하지요." 안자이는 말했다. "사파이어 같은 경우가 아니었다면 뇌를 바꿔서라도 살리려는 주인은 어디에도 없습니다. 그 밖에 우리가 실시했던 이식 수술은 어디까지나 연구 목적의 것뿐입니다."

"그렇겠죠. 그나저나 그 뒤에 뇌 이식 연구는 진척이 있었습니까?"

"아뇨, 고양이에 대해서는 끝입니다. 우리 역할은 끝났어요."

무슨 말인지 몰라 니시나가 고개를 갸웃거리자 안자이는 비정한 웃음을 보였다.

"최종 목적은 인간의 뇌 이식이에요. 고양이의 뇌는 그 형상이 인간과 아주 흡사하거든요. 그래서 뇌 연구 모델에 적합했던 것이죠."

"인간의 뇌 이식……."

"그게 가능해지면 나이 든 사람이 뇌사한 젊은이의 몸을 빌려 새로운 삶을 살 수 있다는 것도 그저 꿈같은 얘기만은 아닙니다. 뭐, 아직 한참 나중의 일이지만." 그렇게 말하고 안자이는 니시나를 흘끗 보았다. "그나저나 사파이어는 어떻게 됐지요?"

"그 아이는…… 미용사 아가씨에게 보냈어요. 그 아가씨라면 애지중지 잘 길러주겠지요. 무엇보다 그 고양이가 유일하게 잘 따르는 사람이고. 그 녀석에게도 분명 행복한 일일 거예요."

안자이는 그다지 표정을 바꾸지 않은 채 "거참, 다행이네요"라 고만 말했다.

6

니시나가 그 기사를 인터넷에서 보게 된 것은 사파이어를 보 내고 열 달쯤 지났을 무렵이었다. 아내가 "여보, 이것 좀 봐"라면 서 찾아준 것이다.

기사 제목은 '전설의 파란 고양이, 새끼가 줄줄이. 새로운 비 즈니스가 될까?'라는 것이었다.

내용을 읽어보고 깜짝 놀랐다. 사파이어의 피를 물려받은 새 끼 고양이가 속속 태어났다는 내용이었기 때문이다. 게다가 새 끼 고양이들은 모두 부친의 파란색 털을 물려받았다는 것이다.

사파이어의 주인, 즉 그 미쿠라는 아가씨가 인터뷰에 답하고 있었다.

"새끼를 낳게 할 생각은 없었어요. 그런데 어느 날 근처 신사 에서 떠돌이 고양이가 파란색 새끼를 낳았다는 말을 듣고 우리

252

고양이가 아빠라고 확신했죠. 매일같이 그 신사에 드나들었으니까요. 그래서 그 새끼 고양이들을 우리 집에서 기르기로 했는데 결국 모두 다 주인을 찾지 못했어요. 네, 정말 희귀한 고양이니까 꼭 사겠다는 사람도 있었어요. 그 뒤에 다른 암컷 고양이와 교배시켰더니 다시 파란색 새끼가 태어나서……. 그러는 사이에 자기네 암컷 고양이와 교배하게 해달라는 의뢰가 줄을 잇게 됐죠. 한 차례 교배 비용? 그건 비밀인데……. 네, 덕분에 꽤 많은 비용을 받고 있어요. 단 교배에는 조건이 있습니다. 아무래도 페르시아고양이끼리라면 유전자 문제로 파란색 새끼가 태어나지 않는 것 같아요. 그래서 우리 파란색 새끼 고양이는 모두 잡종입니다. 지금까지 태어난 새끼가 몇 마리냐고요? 글쎄요, 아마 50마리는 넘지 않을까요?"

기사를 읽고 니시나는 이마를 탁 쳤다. 그렇구나, 잡종으로 했으면 성공이었던 것인가.

브리더의 상식으로는 페르시아고양이를 다른 종과 교배시키는 것은 생각할 수도 없다. 그 선입견 때문에 여태껏 행운을 놓쳐버렸던 것이다.

미쿠의 얼굴이 떠올랐다. 참 잘 해냈구나, 라고 생각하는 한편으로 이나리에 대한 애정이 기적을 불렀는지도 모른다는 마음이 들었다.

뭐, 됐다―.

미쿠가 파란 털 고양이에게 마시멜로를 먹여주던 광경을 머릿
속에 떠올리며 니시나는 저절로 입가에 웃음이 번졌다.

クリスマスミステリ

크리스마스 미스터리

1

쿠로스는 주위를 둘러보며 남의 눈이 없는 것을 확인한 뒤에 대문으로 다가갔다. 지금까지도 조심해왔지만 오늘은 특히 더 세심한 주의가 필요하다. 그래서 일부러 여태까지 입어본 적이 없는 스타일의 코트를 헌 옷 가게에서 구입했고, 완전히 해가 떨어졌는데도 선글라스를 쓰고 있는 것이다. 만에 하나 누군가의 눈에 띈다고 해도 그 목격 증언을 통해 신원이 밝혀지는 일이 있어서는 안 된다.

가죽장갑을 낀 손으로 인터폰 버튼을 눌렀다. 잠시 시간이 흐른 뒤에 네에, 라고 여자 목소리가 대답했다.

"나야." 쿠로스는 마이크를 향해 말했다. "메리 크리스마스."

야요이가 푸훗 하고 웃는 기척이 스피커를 통해 전해져 왔다.

"응, 들어와."

쿠로스는 소리 나지 않게 조심조심 문을 열고 잽싸게 몸을 부지 안으로 밀어 넣었다. 사소한 소음이라도 가능하면 근처에 사는 사람들의 귀에 들어가게 하고 싶지 않았다. 이 시간에 이 저택에는 아무도 찾아오지 않았던 것으로 해야만 하는 것이다.

발소리를 죽여 현관으로 다가가 미리 받아놓은 여벌 열쇠로 문을 열고 집 안으로 들어갔다. 선글라스를 벗어 호주머니에 넣고 문을 닫은 뒤에 자물쇠를 잠그는데 계단을 내려오는 발소리가 들려왔다.

쿠로스는 뒤를 돌아보았다. 진홍빛 드레스를 차려입은 야요이가 입술에 미소를 띠며 현관홀에 나타났다.

"어서 와. 일찍 왔네?"

"우리 둘만의 시간을 좀 더 오래 갖고 싶어서." 쿠로스는 자신보다 20센티미터쯤 키가 작고 열다섯 살쯤 연상인 여자의 얼굴을 응시하며 말했다. "잘못했나?"

"천만에, 나도 반가워. 들어와." 그렇게 말하며 그녀는 쿠로스의 손에 시선을 던지고는 미간을 좁혔다. "웬일이야, 장갑이라니? 오늘 밤, 그렇게 추웠어?"

"아니, 겨울철에는 유난히 정전기가 심하게 일어나서." 쿠로스는 장갑을 벗어 코트 주머니에 넣었다.

"그 코트도 처음 보는 거네?"

"친구가 주더라고. 나한테 안 어울리나?"

"아니, 그렇지 않아. 당신은 뭐든 잘 어울려. 근데 그건 뭐야?" 그녀의 시선이 쿠로스가 들고 있는 종이가방으로 향했다.

"이건 나중에. 깜짝 선물이야." 쿠로스는 웃음을 건넸다.

"그래? 그럼 더 이상 묻지 말아야겠네."

야요이의 안내를 받아 쿠로스는 복도를 걸어갔다. 안쪽이 거실이다. 한가운데 큼직한 테이블이 있고 그것을 에워싸듯이 소파가 배치되었다.

느닷없이 눈에 뛰어든 것은 출창 한가운데 꾸며놓은 크리스마스트리였다. 높이는 1미터 정도나 될까. 점점이 박힌 장식물이 반짝반짝 빛났다.

"예쁘네. 저거 전부터 있었던 거야?" 코트를 벗으면서 물었다.

"새로 샀어, 오늘 밤을 위해."

"오늘 밤을 위해? 일부러?"

"그렇지. 좀 더 가까이 가서 찬찬히 구경해."

야요이에게 등을 떠밀리듯이 쿠로스는 크리스마스트리로 다가갔다. 창유리에 그의 얼굴이 비쳤다. 그 등 뒤에는 야요이의 얼굴이 있었다. 위에서 내려온 연한 조명 불빛이 얼굴의 주름을 한층 더 깊게 찍어내고 있었다.

창에서 시선을 돌려 쿠로스는 트리를 보았다. 작은 산타클로스가 나뭇가지에 매달려 있었다. 나이도 적지 않은 여자가 웬 소녀취미인가, 라는 속마음은 입 밖에 내지 않았다.

그의 손에 야요이의 손가락이 엉겨들었다. 그녀는 그대로 두 사람의 손을 트리 옆에 얹었다.

"너무 좋다. 크리스마스이브에 우리 둘이서만 이렇게 만날 수 있어서."

"나도 그래."

그렇게 말하면서 쿠로스는 야요이의 손과 포개진 자신의 손을 보았다. 이 부분이 맞닿았다는 것을 똑똑히 기억해두어야 한다. 오늘 밤은 무슨 일이 있어도 이 집에 내 흔적을 남겨서는 안 되는 것이다.

손목시계를 보는 척하며 그녀의 손가락을 풀어냈다. "아, 파티가 몇 시부터였지?"

"8시. 롯폰기의 와인 바라고 했어."

"당신은 몇 시에 집에서 출발할 예정이야? 나는 10분쯤 먼저 가볼 생각인데."

"딱 맞게 가면 돼. 아직 시간은 넉넉해."

"그럼 우선 둘이서 건배하자." 쿠로스는 종이가방에서 병을 꺼냈다. 빨간색과 초록색 리본이 달려 있었다. "당신 마음에 들었으면 좋겠는데."

야요이의 얼굴이 문득 환해졌다.

"쥬브레 샹베르탱이잖아? 정말 근사해. 당신도 이제 슬슬 내 취향을 알게 된 모양이네.”

“칭찬을 해주시니 영광입니다, 라고 하면 되는 건가.”

“아, 잠깐. 지금 오프너하고 잔 가져올게.”

그녀가 옆의 주방으로 사라지는 것을 지켜보고 쿠로스는 한 차례 심호흡을 했다. 아직까지는 순조롭다. 문제는 이제부터다. 실수는 허용되지 않는다.

야요이가 돌아와 두 개의 와인 잔이 얹힌 쟁반을 테이블에 내려놓았다.

“소믈리에 나이프, 쓸 줄 알아?”

“물론이지.”

쿠로스는 야요이에게서 소믈리에 나이프를 건네받아 와인 마개를 뽑는 작업을 하면서 그녀의 움직임을 눈 끝으로 좇았다. 그녀는 다시 크리스마스트리로 다가갔다.

“이 트리, 내가 어릴 때 갖고 있던 것과 아주 비슷해.”

“그렇구나.”

“그래서 가게에서 처음 본 순간, 이건 꼭 사야겠다고 생각했어.”

“아, 그랬구나.”

와인 마개가 뽑혔다. 쿠로스는 야요이 쪽을 보았다. 그녀는 아직 트리를 보고 있었다. 혹시나 해서 창문도 확인했다. 유리에 반사해 자신의 모습이 그녀에게 보였다가는 큰일이다.

"자기, 그거 알아? 크리스마스트리에 십자가를 장식하는 건 금기 사항이라는데?"

"그래? 몰랐네."

유리창도 문제없음. 기회는 지금밖에 없다. 쿠로스는 결단을 내렸다.

상의 안쪽 호주머니에 손을 넣어 작은 비닐봉지를 꺼냈다. 그 안의 하얀 분말을 한쪽 와인 잔에 넣고 재빨리 와인을 따랐다. 혹시 유백색이 되는 건 아닌가 하고 일순 불안한 마음이 들었지만, 약은 금세 녹아버리고 선명한 붉은빛 액체로 잔이 채워졌다.

비닐봉지를 다시 주머니에 넣고 또 한쪽의 잔에도 와인을 따랐다.

"자, 건배하자." 야요이의 등을 향해 말을 건넸다.

야요이가 돌아보았다. 빙긋 웃으며 쿠로스에게로 다가왔다. 그녀는 옆자리에 앉아 하얀 분말이 섞인 잔을 손에 들었다. 또 한쪽 잔은 이미 그가 손에 들고 있었기 때문이다.

"그러면 정식으로, 메리 크리스마스!" 쿠로스는 잔을 내밀었다.

메리 크리스마스, 라고 말하고 야요이는 잔을 마주쳤다. 두 사람은 거의 동시에 와인을 입에 가져갔다.

"와우, 정말 맛있어. 역시 샹베르탱은 와인의 왕이야."

"좋아해줘서 흐뭇하네."

"그럼 나도 보답을 해야겠지?" 그렇게 말하며 야요이는 자신의 등 뒤로 손을 돌려 네모난 상자를 꺼내 들었다. 분홍색 리본으로 묶여 있었다.

"이걸 나한테?" 쿠로스는 자신의 가슴을 툭 치며 물었다.

"응, 열어봐."

"뭐지?" 선물 포장을 풀면서 쿠로스는 야요이의 상태를 살펴보았다. 그녀는 전혀 의심하는 기색 없이 유리잔의 와인을 마시고 있었다.

상자 안에 든 것은 금빛 회중시계였다. 동일한 색깔의 체인이 달려 있었다.

"엇, 굉장하다. 이런 멋진 걸 내가 받아도 돼?"

"마음에 들었어? 회중시계 같은 건 이제 쓸 일이 없나 하는 생각도 들었는데……."

"그렇지 않아. 소중히 간직할게. 고마워."

"그건 뚜껑 장식을 손으로 직접 만든 거야…… 직인이 하나하나……. 어라, 왜 이럴까……." 야요이의 눈은 초점이 맞지 않았다. 게다가 흐느적흐느적 몸이 흔들리는가 싶더니 태엽 끊긴 인형처럼 테이블에 털썩 엎드렸다.

"야요이 씨, 야요이 씨." 쿠로스는 그녀의 몸을 흔들었다. 하지만 전혀 반응이 없었다.

대단하구나, 듣던 대로 효과가 강력해―. 쿠로스는 침을 꿀꺽 삼켰다.

얼핏 보기에 아직 숨은 쉬는 것 같았다. 하지만 이대로 방치하면 호흡 기능이 마비되고 죽음에 이를 터였다.

쿠로스는 자리에서 일어나 자신이 사용한 유리잔을 들고 주방으로 갔다. 유리잔을 살짝 헹궈내고 꼼꼼히 닦아 찬장에 다시 올려놓았다. 이어서 장갑을 끼면서 거실로 돌아와 호주머니에서 꺼낸 손수건으로 테이블이며 소파 등 자신이 만졌다고 생각되는 곳을 닦기 시작했다. 소믈리에 나이프와 와인병은 일단 닦아낸 다음에 야요이의 손을 잡아 자국을 찍어두었다.

크리스마스트리를 장식해둔 출창 쪽도 빠뜨려서는 안 된다. 살펴보니 또렷하게 지문이 찍혀 있었다. 그것도 완벽하게 닦아냈다.

와인병을 담아 온 종이가방과 코트를 회수한 뒤, 회중시계에 시선을 던졌다.

이런 게 여기에 남아 있는 건 재미없다. 누군가가 함께 있었던 게 된다.

딱히 갖고 싶은 물건도 아니었지만 회중시계와 상자, 그리고 포장지와 리본까지 종이가방에 쑤셔 넣었다.

방을 나서기 전에 다시 한 번 실내를 둘러보았다. 뭔가 못 보고 놓친 것은 없을까.

다시금 크리스마스트리 쪽으로 눈이 갔다. 야요이의 말이 갑작스럽게 귀에 되살아났다.

십자가를 장식하는 건 금기라고?

어째서일까, 라고 생각하면서 방을 뒤로했다.

2

쿠로스가 극단 연습실로 돌아온 것은 오후 7시를 조금 지난 무렵이었다. 하지만 입구를 통한 게 아니라 뒤쪽 담을 넘어 부지 안으로 들어갔다. 건물 창문에서는 아직 불빛이 새어 나오고 있었다. 연극 무대 장치와 소도구의 수리 같은 작업을 하는 자들일 것이다.

쿠로스는 자세를 한껏 낮추고 건물과 담장 사이의 틈새를 이동해 목적지인 창문 밑까지 더듬어 갔다. 창문 고리는 미리 풀어놓았다. 소리가 나지 않게 조심조심 창문을 열고 안으로 넘어갔다. 네 평 반 남짓한 연습실로, 그가 연극 각본을 짜거나 대사를 외울 때 사용하는 곳이다. 문밖에 '연습 중'이라는 팻말을 걸어두면 아무도 노크하거나 말을 건네지 않는다. 그는 극단의 간판 배우였다. 연출가조차도 한 수 높게 쳐주고 있었다. 그의 인기 덕분에 이 가난한 극단은 그나마 유지가 되는 셈이다. 그의 말을 거스를 자 따위는 없었다.

상의를 벗고 의자에 앉았다. 조금 전의 코트는 쓰레기봉지에 넣어 이곳에 오는 도중에 내버렸다. 하지만 역시나 회중시계는 버리지 못한 채 그대로 들고 와버렸다. 이걸 어떻게 처리할지 생각해야 한다.

책상 위에서는 노트북이 스피커를 통해 소리를 발하고 있었다.

"드디어 완성되었는가. 바로 이것이라네, 머시. 마왕관 살인 사건의 전체 기록이야. 생각해보게나. 저 지적인 흥분과 긴장감이 가득했던 나날을. 다만 안타까운 것은……." 거기까지 들은 참에 쿠로스는 마우스를 눌러 음성파일을 삭제했다. 알리바이 공작을 위해 녹음해둔 것이었다.

쿠로스는 한 차례 헛기침을 하고 입을 열었다.

"다만 안타까운 것은 예술가로서의 자부심을 가진 범인을 만나본 것이 그게 마지막이었다는 점이라네."

소리를 크게 내질러 대사를 말한 뒤에 노트북을 닫고 자리에서 일어나 일부러 발소리를 크게 내며 입구로 다가갔다. 안쪽 잠금쇠를 풀고 문을 열었다.

바로 옆은 사무실이다. 극단 사무원이자 쿠로스의 매니저이기도 한 시카노 구미코가 흠칫 놀란 듯 얼굴을 들었다.

"그 크리스마스 파티, 몇 시부터라고 했지?"

"롯폰기에서 8시부터예요. 이제 슬슬 나가시는 게 좋겠다고 생각했는데 아직 연습이 안 끝나신 것 같아서……."

"그래? 나도 모르게 몰두해서 까맣게 잊고 있었네. 자, 그러면

서둘러야겠군." 쿠로스는 상의를 걸치고 사무실 옷걸이에 걸려 있던 자신의 코트를 손에 들었다.

시카노 구미코는 운전기사이기도 하다. 그녀가 운전하는 아우디 차를 타고 쿠로스는 파티 장소로 향했다.

"내가 연습실에 얼마나 있었지?"

"두 시간쯤이에요. 연습실에 들어가신 게 5시였으니까요."

"그렇게나 오래 있었어? 연습을 하다 보면 시간이 너무 빨리 간다니까."

"상당히 집중해서 연습하시는 것 같던데요? 대사 치는 소리가 들렸습니다."

"이번 각본, 아무래도 입에 착 감기는 맛이 없어. 그래서 내 나름대로 손을 보려는 거야."

"고생이 많으시네요."

시카노 구미코와의 대화를 마치고 쿠로스는 득의의 미소를 지었다. 연습실에 들어간 뒤, 노트북의 음성파일을 켜놓고 곧장 창문을 통해 빠져나갔던 것이다. 하지만 그녀는 전혀 눈치채지 못한 기색이었다. 이 정도면 그녀는 쿠로스의 알리바이를 충분히 증명해줄 것이다.

수십 분 전의 일이 눈꺼풀에 되살아났다. 자신이 한 일을 되돌아보았다. 괜찮다, 실수는 없었을 터다—.

모미키 야요이는 일본에서도 손꼽히는 여류 각본가였다. 그녀가 손을 댄 텔레비전 드라마는 하나같이 시청률 상위를 차지하고 영화는 최고의 흥행 성적을 올렸다.

무명 배우였던 쿠로스에게 그녀가 각본을 쓴 드라마에 출연 제의가 들어온 것은 7년 전이었다. 그리 큰 역할은 아니지만 기꺼이 출연했다. 그 결과, 크나큰 것 두 가지를 손에 넣었다. 하나는 지명도다. 지명도가 올라간 덕분에 확실하게 일거리가 많아졌다. 배우로서 한 단 높은 무대에 올라섰다는 실감이 있었다.

사실은 그것만으로 만족했어야 할 일이었다. 그런데 쿠로스는 또 한 가지 과실에도 손을 대고 말았다.

모미키 야요이와 남녀관계가 되었던 것이다.

그 작가 선생은 조심하는 게 좋다, 라고 다른 친한 배우들에게서 누차에 걸쳐 얘기는 들었다. 독신이고 화려한 것을 좋아하고 게다가 미남을 좋아한다는 것이다. 여자로서의 섹시함을 어설프게 갖고 있는 바람에 상황이 더 고약하다. 분위기에 휩쓸려 깊은 관계를 맺은 남자 배우가 끊이지 않는다. 관계가 지속되는 동안에는 좋다. 아무튼 이쪽 업계에서 그 이름 하나면 통하니까 남자쪽도 좋은 대우를 받는다. 그런데 관계가 끊겼다가는 그때부터가 큰일이다. 일거리가 뚝 끊기고 눈 깜짝할 사이에 실업자 신세라는 쓰라린 꼴을 당한다, 라는 것이었다.

그런데도 쿠로스는 손을 내밀었다. 그에게는 야망이 있었다. 그녀를 내 편으로 만들어두면 배우로서 한층 더 비약할 수 있다고 생각했다. 지금까지의 남자들은 헤어지는 방식이 좋지 않았을 뿐이다. 자신이라면 잘 해낼 수 있다고 확신했다.

그 계획의 한쪽 편은 적중했다. 쿠로스는 이제 인기인이라고 해도 좋을 정도의 지위를 얻었다. 연속드라마에 빈번하게 출연했고 광고 일도 줄줄이 굴러들어왔다.

하지만 또 한쪽의 계획은 원래 계산대로 풀리지 않았다. 잠시 동안 만남을 피하면 야요이도 자존심이 있을 테니 설마 끈덕지게 매달리지는 않을 것이라고 예상했는데 그게 완전히 만만한 생각이었다. 오히려 그의 인기가 올라갈수록 야요이의 집착도 더 강해지는 것 같았다.

"자기, 이제 슬슬 젊은 여자애들과 놀고 싶은 거 아니야?" 걸핏하면 야요이는 그런 질문으로 사랑을 확인하려 들었다.

그렇지 않다고 쿠로스가 말하면 의미심장하게 입을 다문 채 큭큭큭 웃으면서 대꾸하는 것이었다.

"괜찮아, 무리할 거 없어. 젊은 여자가 더 좋다는 건 사실이잖아. 하지만 그때는 각오하는 게 좋아. 이 업계에서 더 이상 벌어먹고 살 수 없을 테니까. 그건 그렇잖아? 이것도 저것도 다 가지려고 하다니, 그런 뻔뻔스러운 욕심이 통할 리 없지."

새빨간 루주를 바른 크고 도톰한 입술이 움직이는 것을 보며 쿠로스는 자신이 돌이킬 수 없는 짓을 벌였다는 것을 자각했다.

이쪽 업계에서 야요이의 힘이 실제로 얼마나 큰지는 아직 알지 못한다. 어쩌면 그녀와의 관계가 틀어진 정도로 일거리가 끊기는 일은 없을지도 모른다. 하지만 쿠로스는 그녀가 둘의 관계를 공개했을 때, 자신의 이미지가 추락할 것을 우려했다. 지금까지 애써 쌓아온 것들을 인기 각본가에게 몸을 판 대가라는 식으로 생각한다면 분명 큰 타격을 입을 것으로 예상되었다.

게다가 또 다른 일이 쿠로스의 신상에 일어났다. 영화에서 함께 연기했던 여배우와 사랑하는 사이가 되었던 것이다. 아직 어느 쪽 소속사에도 들키지는 않았다. 그러나 쿠로스 쪽은 별문제가 없었지만 상대 여배우는 방어력이 한참 떨어지는 것 같았다. 연예부 기자들이 언제 냄새를 맡고 달려들지 모를 일이었다.

요즘에는 연예인 간의 스캔들 정도로 세상이 시끄러워질 일은 없다. 무서운 것은 야요이였다.

하루빨리 어떻게든 정리해야 한다—.

지난 며칠 동안은 내내 그것만 생각했었다.

3

파티 장소는 빌딩 지하에 자리한 와인 바였다. 텔레비전 드라마 한 편의 녹화가 끝나서 그 뒤풀이를 겸해 크리스마스 파티를 열기로 한 것이었다. 쿠로스도 그 드라마에 준주연급으로 출연했다.

8시 정각에 도착한 쿠로스는 프로듀서며 연출가에게 인사를 건넨 뒤, 이번 드라마를 통해 친해진 배우들과 담소에 들어갔다.

그러자 곁에 있던 스태프들의 대화가 귀에 들어왔다.

"모미키 야요이 선생님이 아직 안 오셨어요."

"그래? 휴대전화로 연락해보는 게 어때?"

"전화했는데 안 받으세요. 호출음은 계속 울리는데."

"이상하네? 오늘 파티에 대해서는 말씀드렸지?"

"그야 물론이죠. 전화로도 말씀드렸고, 혹시나 해서 메시지도 보냈어요."

"그럼 별수 없네. 좀 더 기다려보자. 선생님이 도착하지 않았는데 시작할 수도 없잖아."

쿠로스는 음료를 손에 들고 그 자리를 떴다. 입에서 웃음이 비어져 나오려는 것을 지그시 참았다.

몇 달 전의 일이다. 야요이가 작은 병을 보여주었다. 안에는 하얀 분말이 들어 있었다.

만드라고라의 독, 이라고 그녀는 말했다.

"만드라고라라는 건 식물이야. 뿌리가 영락없이 사람 모습이고 뽑으면 비명을 지른다는 거야. 그리고 그 비명을 들은 자는 결국 미쳐서 죽게 된다는 전설이 있어."

설마, 라고 쿠로스가 말하자 그녀는 희미하게 웃었다.

"그러니 그건 전설이지. 하지만 근거가 전혀 없는 건 아니야. 뿌리에 강력한 독이 포함되어 있어. 이걸 섭취하면 환각과 환청이 들리고 이윽고 죽음에 이르게 돼. 만드라고라의 비명이란 바로 그 환청일 것이라는 설이 있어. 그 독을 추출한 것이 이 하얀 분말이야."

전에 독일을 여행할 때, 지방의 민가에서 입수한 것이라고 야요이는 말했다.

"귀이개 하나 정도의 분량으로 소도 죽일 수 있어. 이건 팩트야. 그 마을에서는 지금도 그렇게 소를 잡고 있어. 실제로 내 눈으로 봤으니까 확실해."

무엇 때문에 그런 독약을 구해 온 것이냐고 쿠로스는 물었다.

야요이는 "미운 사람 죽이려고"라고 말하며 빨간 입술을 삐죽거린 뒤, "아이, 거짓말이야, 거짓말. 농담이라니까?"라고 손을 가로저었다. "딱히 목적은 없었어. 희귀한 것이라서 일단 받아두자고 생각했던 것뿐이야. 하지만 자살할 때는 딱 좋겠다 싶기도 해. 잠드는 것처럼 죽을 수 있을 테니까."

행여 그런 생각은 하지 말라고 쿠로스가 말하자 "고마워. 그렇게 말해주니까 정말 기쁘다"라고 그녀는 실눈이 되어 웃었던 것이다.

그 약병은 야요이의 침실 선반에 보관되어 있었다. 어떻게든 그녀와의 관계를 끊어야 한다고 생각했을 때, 쿠로스의 머릿속에 가장 먼저 떠오른 것이 바로 그 독약이었다.

지난주에 야요이가 취재 여행차 집을 비웠을 때 몰래 들어가 병에 든 분말을 훔쳐 왔다. 문제는 언제 어떻게 그 독약을 먹이느냐는 것이었다. 그런데 그녀 쪽에서 먼저 제안이 들어왔다. 크리스마스 파티에 가기 전에 둘이서만 잠깐 만날 수 있겠느냐, 라는 것이었다.

"파티 끝나고 당신은 어차피 2차, 3차까지 가야 하잖아. 모처럼 크리스마스이브인데 둘만의 시간을 가질 수 없다니 너무 아쉬워. 그러니까 파티 전에 잠깐. 어때?"

나쁘지 않다, 라고 쿠로스는 생각했다. 둘 사이의 관계는 세상에 알려져 있지 않다. 파티 전에 만났을 거라고는 아무도 생각하지 못할 것이다.

찬성, 이라고 쿠로스는 야요이에게 대답했던 것이다.

모든 게 순조롭게 진행되었다. 이제 야요이가 나타나지 않는 것을 수상하게 여긴 누군가가 그녀의 집에 찾아가 사체를 발견해주기만 하면 된다. 유서는 없고 동기도 명확하지 않은 것으로 나오겠지만, 그게 오히려 더 신비로운 느낌을 줄 것이다. 크리스마스이브의 수수께끼 같은 죽음―. 분명 그녀도 저세상에서 만족스럽게 생각할 것이다.

미즈와리 술잔을 비우고 쿠로스가 두 잔째에 손을 내밀려던 때였다. "아, 오셨네"라는 소리가 들려왔다. 그와 동시에 파티장 분위기가 팽팽한 것으로 바뀌었다.

쿠로스는 입구로 시선을 던졌다. 그리고 다음 순간, 비명을 내지를 뻔했다.

빨간 드레스를 차려입고 모미키 야요이가 미소를 지으며 들어오고 있었다.

4

야요이에게 뭔가 달라진 기색은 없었다. 다양한 사람들이 그녀에게 인사를 하러 갔지만, 그들에 대해 여느 때와 똑같이 적당히 상냥하게, 그리고 적당히 오만하게 대응하고 있었다.

다른 배우들도 인사를 하러 줄줄이 다가갔기 때문에 쿠로스만 모른 척하고 있을 수는 없었다. 하지만 대체 어떤 식으로 인사를 건네야 좋을까.

무엇보다 그녀는 어째서 무사한 것인가. 그대로 잠자듯이 죽었어야 하는 게 아닌가.

미처 생각을 정리하지 못한 채 쿠로스는 천천히 야요이에게로 다가갔다. 그녀는 다른 출연자와의 대화가 일단락된 참이었다.

그런 그녀의 눈이 쿠로스 쪽을 향했다. 가슴이 덜컥해서 그는 발을 멈췄다.

"어머, 쿠로스 씨, 수고 많았어요." 야요이가 웃는 얼굴로 손을 흔들었다.

쿠로스는 억지웃음을 지으며 곁으로 갔다. 다행히 지금 그녀 곁에 다른 사람은 없었다.

안녕하세요, 라고 말하며 그는 잔을 내밀었다. 야요이는 들고 있던 와인 잔을 쨍하고 마주친 뒤, 얼굴을 가까이 댔다. "아까는 미안해."

"응?"

"내가 소파에서 잠들어버린 모양이지? 전혀 기억나지는 않지만."

"아, 맞아. 이야기하던 도중에…… 응."

"그랬구나. 깨워줬으면 좋았잖아."

"아, 그게, 너무 기분 좋게 자고 있어서……."

텔레비전 방송국 사람이 다가오는 게 시야 끝에 들어왔다. 야요이도 알아본 모양이어서 두 사람은 동시에 몸을 뒤로 물렸다.

"선생님, 이번에 정말 수고 많으셨습니다. 이래저래 신세를 많이 졌네요." 뚱뚱한 남자가 야요이에게 인사하는 말을 들으면서 쿠로스는 천천히 그 자리를 떠났다.

그렇게 된 거였나—.

그건 독약 따위가 아니었던 것이다. 아니, 어쩌면 조금쯤은 독성이 있는지도 모르지만 야요이가 말했던 만큼 강력한 것은 아니었다. 잠자듯이 죽어가는 게 아니라 그저 잠이 들 뿐인, 즉 강력한 수면제 정도였던 것이리라.

진짜 쓸데없는 짓을 했구나, 라고 쿠로스는 후회했다. 그토록 공을 들이고 신경을 써가며 범행을 감행했는데 그저 푹 자고 일어나게 한 것뿐이라니.

하지만 야요이가 전혀 눈치채지 못한 것은 그나마 다행이었다. 앞으로 기회는 다시 찾아올 것이다. 뭔가 다른 방법을 다시 강구해야 하겠지만.

이윽고 파티가 끝이 났다. 2차로 갈 식당을 잡아둔 모양이어서 많은 사람들이 그쪽으로 이동할 것이라고 했다. 하지만 야요이는 "난 그만 실례할게요"라고 말했다.

"밤샘 작업을 했더니 좀 피곤하네. 여러분은 천천히 즐기다가 가세요."

모두가 나서서 배웅하는 가운데 그런 말을 남기고 야요이는 모범택시를 탔다. 차가 출발할 때, 뒷자리 유리창 너머로 그녀가 쿠로스에게 시선을 보내왔다.

눈이 마주치자 그녀는 의미심장하게 슬쩍 고개를 끄덕였다.

쿠로스도 시카노 구미코가 운전하는 차를 타고 2차 모임 자리로 향하기로 했다. 하지만 차에 타기 직전에 휴대전화가 착신을 알렸다. 걸어온 것은 야요이였다.

차에서 조금 떨어진 곳에서 전화를 받았다. "네."

"미안해. 지금 통화, 괜찮아?"

"응, 웬일이야?"

"오늘 밤 안에 하고 싶은 말이 있어. 미안하지만 지금 우리 집에 잠깐 와줄 수 있을까?"

"지금?"

"실은 아까 얘기할 생각이었어. 근데 잠이 들어버리는 바람에……."

"전화로는 할 수 없는 얘기인가?"

"응, 전화로는 좀……. 무리한 부탁을 해서 미안해."

야요이가 이렇게 정중한 말투로 얘기하는 건 드문 일이었다. 평소 같으면 명령조로 내뱉듯이 지시했을 것이다.

"알았어. 어떻게든 해볼게."

"고마워. 집 앞에 도착하는 대로 전화해줘."

"전화를? 왜?"

"그것도 그때 얘기할게. 부탁이야."

"응, 알았어."

전화를 끊고 차로 다가가 운전석 문을 열었다.

"잠깐 볼일이 생겼네. 자네 먼저 2차 모임에 가 있어. 일 끝나는 대로 나도 그쪽으로 갈 테니까."

시카노 구미코는 석연치 않은 기색이었지만 되묻는 일 없이 "알겠습니다"라고 대답했다. 어쩌면 여자 문제라는 것을 눈치챘는지도 모른다. 하지만 상대가 누군지는 알지 못할 터였다.

쿠로스는 코트 주머니에서 꺼낸 안경을 쓰고 머플러로 입까지 가렸다. 그렇게 하는 것만으로도 배우 쿠로스라고 알아볼 위험성이 줄어든다는 것은 지금까지의 경험으로 잘 알고 있었다.

지나가는 택시를 잡아타고 야요이의 집으로 향했다. 그가 노린 대로 운전기사가 손님의 정체를 알아보는 기색은 없었다.

혹시나 해서 집에서 좀 떨어진 곳에서 택시를 세웠고 거기서부터는 걸어가기로 했다. 집 앞에 도착한 참에 전화를 걸었다.

네, 라는 야요이의 목소리가 들렸다.

"방금 도착했어. 집 앞이야."

"그래? 그럼 대문 지나는 대로 정원 쪽으로 돌아와줄래?"

"정원 쪽으로?"

"응."

별 이상한 짓을 다 하는구나, 라고 생각하면서 대문을 열고 정원 쪽으로 돌아갔다.

저택 창문에서 불빛이 새어 나왔다. 창문 너머를 보고 쿠로스는 흠칫했다. 아까 그 크리스마스트리 장식 옆에 서 있는 야요이의 모습이 보였던 것이다. 그녀는 휴대전화를 귀에 대고 있었다.

"무슨 일이야?" 쿠로스가 물었다.

"미안해. 좀 춥긴 하겠지만 이대로 얘기하게 해줘." 전화를 통해 들려오는 야요이의 목소리가 말했다. "창문 너머가 아니면 도저히 할 수 없는 말이라서 그래. 방에서 우리 둘만 있게 되면 틀림없이 결심이 흔들리고 말 거야."

"……대체 뭔데 그래?"

심호흡을 하는 소리가 들리고 뒤를 이어 그녀가 말했다. "우리, 오늘 밤을 끝으로 헤어지자."

"엉?"

"우리, 꽤 오랫동안 사귀었지? 7년……. 지나고 보니 눈 깜짝할 사이였어."

"야요이……."

"오래전부터 생각해왔던 일이야. 지금 이대로 괜찮은 건가, 하고. 내가 당신의 가능성을 가로막는 게 아닌지, 고민이 많았어. 하지만 드디어 마음이 정해졌어. 이제는 각자의 길을 가는 게 맞아."

쿠로스는 일단 호흡을 가다듬었다. 그리고 자칫하면 웃음이 새어 나올 것 같아서 꾹꾹 눌러 참았다. 생각지도 못한 전개였다. 게다가 최상의 전개다.

"당신이 그런 식으로 고민할 줄은 상상도 못 했어." 묵직하게 말했다.

"미안해. 갑자기 이런 말을 듣고 당황스럽지?"

"놀란 것은 사실이야. 하지만 당신 말도 이해가 되는 것 같아."

"그래?"

"분명 우리는 좀 오래 사귀었는지도 모르겠어. 지금 이대로라면 나뿐만 아니라 당신을 위해서도 좋지 않겠지."

창문 너머에서 야요이가 쓸쓸한 얼굴로 웃었다. "다행이다, 이해해줘서."

"당신에게는 항상 고마운 마음이야. 당신 덕분에 배우로서도 인간으로서도 훌쩍 성장할 수 있었어."

"그렇게 말해주니 기쁘다."

"오랫동안 정말 고마워. 당신과의 추억은 앞으로 소중히 간직할게."

"응, 고마워. 나도 당신과의 나날은 잊을 수 없어. 건강하게 잘 지내."

"당신도."

야요이가 귀에서 전화를 떼는 것이 보였다. 그래서 쿠로스도 전화를 끊었다. 그녀가 살짝 손을 흔들어서 그도 응했다. 이윽고 그녀는 창문을 떠나 안쪽으로 사라졌다. 크리스마스트리의 장식은 변함없이 반짝반짝 빛나고 있었다.

쿠로스는 휴대전화를 주머니에 넣고 문을 향해 걸음을 옮겼다. 가슴은 행복감으로 가득 채워졌다. 만드라고라의 독이 효과가 없었던 것을 신께 감사했다.

5

휴대전화 소리에 눈을 떴다. 침대 시트 속에서 팔만 내밀어 전화를 집어 들었다. 머리가 지끈거리는 것은 간밤의 술기운이 아직 남았기 때문일 것이다. 하지만 이번만은 그런 숙취도 기꺼이 받아들일 수 있었다. 아무튼 어젯밤은 생애 최고의 크리스마스이브였다.

야요이 쪽에서 먼저 헤어지자는 말을 해준 것뿐만이 아니었다. 그 뒤에 달려간 2차 모임에서도 생각지 못한 일이 있었다.

연속드라마의 주연을 맡아주지 않겠느냐, 라고 프로듀서가 의사를 타진해 온 것이다.

"각본은 모미키 야요이 선생이 쓰셨는데, 주연은 꼭 자네에게 맡겨달라고 일부러 얘기하시더라고. 어떤 역할인지는 나도 아직 못 들었지만 자네 말고는 그 역할에 맞는 사람이 없다고 하셨어. 어때, 해볼 거야?"

이런 좋은 이야기를 거절할 바보는 없다. 물론 두 마디째에 당장 승낙했다. 그리고 야요이와의 대화를 떠올리며 가슴이 조금 아파왔다.

그녀도 나름대로 쿠로스의 장래를 진심으로 걱정해준 것이다. 이제 와서 되돌아보니 그를 꽁꽁 묶어두려 했던 것도 젊은 여자와의 스캔들에 정신 파는 일 없이 연기에 전념하도록, 이라는 배려의 표현이었는지도 모른다. 그런 생각을 하다 보니, 그녀의 깊은 마음도 알지 못한 채 망자로 만들어버리려 했던 자신의 어리석음에 스스로가 싫어졌다. 두 번 다시 그런 실수는 하지 말자고 진심으로 맹세했다. 미수에 그친 것이 천만다행이었다.

전화를 한 사람은 시카노 구미코였다. 시각을 보니 이제 곧 오후 2시였다. 잠자리에 든 것이 오전 8시 넘어서였기 때문에 아직 좀 더 자고 싶었다.

"여보세요, 급한 일 아니면 나중에 다시 전화해주면 좋겠는데." 컬컬한 목소리로 말했다. 지독히 갈증이 났다.

"저예요, 시카노입니다. 그런데 그게요, 지금 큰일이……."

"뭐야, 무슨 일인데 그래?"

전화를 귀에 댄 채 쿠로스는 침대에서 기어 나왔다. 냉장고에는 항상 페트병 생수를 채워두었다.

하지만 뒤를 이어 시카노 구미코가 한 말을 듣고 쿠로스는 네 발로 기어가던 자세 그대로 멈칫 굳어버렸다.

"뭐야? 다시 한 번 말해봐."

"그러니까……." 시카노 구미코가 침을 꿀꺽 삼키는 기척이 있었다. "돌아가셨다니까요, 모미키 야요이 선생님이. 방금 전에 자택에서 사체로 발견되었다는 거예요."

6

쿠로스에게 두 명의 형사가 찾아온 것은 야요이가 사망하고 이틀 뒤의 일이었다.

그녀의 죽음에 대해서는 이미 다양한 언론을 통해 보도되었기 때문에 쿠로스도 대략적인 상황은 파악하고 있었다.

사체를 발견한 것은 야요이의 집에 드나드는 가정부였다. 항상 하던 대로 오전에 그 집에 갔다가 거실에 쓰러져 있는 야요이를 발견한 것이다.

한 번도 만난 적은 없지만 가정부를 두고 있다는 얘기는 쿠로스도 들었다. 청소와 빨래, 그리고 아침 겸 점심의 식사를 차려주는 것이 주요한 일인 모양이었다. 밤에 회식 일정이 없는 날에는 저녁을 해주는 일도 있다고 야요이는 얘기했었다.

마음에 걸리는 것은 사망 원인이었다. 보도에 의하면 중독사라고 했다. 게다가 독극물은 와인에 섞여 있었을 가능성이 높다는 것이다.

이건 완전히 그때 상황 그대로 아닌가, 라고 쿠로스는 생각했다. 단 독극물의 종류가 달랐다. 그녀를 죽음에 이르게 한 것은 청산화합물이라고 했다.

대체 어떻게 된 일인가 하고 의아해하던 참에 형사들이 찾아온 것이었다.

나이 든 형사는 미타라고 이름을 밝혔다. 흰머리가 꽤 많아서 상당한 연배로 보이지만 실제는 그렇지 않은지도 모른다. 젊은 형사 쪽도 이름을 밝혔지만 잘 알아듣지 못했다.

사건에 대해 어떻게 생각하느냐, 라는 것이 첫 번째 질문이었다.

쿠로스는 두 팔을 가볍게 펼치고 어깨를 으쓱 쳐들어 보였다.

"대체 어떻게 된 일인지 모르겠다는 것이 저의 솔직한 심정이에요. 형사님도 잘 아시겠지만 크리스마스이브 날 밤에 파티가 있어서 그때 만났었는데 아주 건강해 보이셨거든요. 그런데 왜 자살을……."

미타가 흰 터럭이 섞인 눈썹을 꿈틀했다.

"아직 자살로 정해진 것은 아닙니다."

그 말에 쿠로스는 진심으로 놀랐다. 자살인 것으로만 생각했었기 때문이다.

"자살이 아니면 뭐죠? 엇, 그러면 혹시 타살이라는?"

미타는 빙긋이 웃었다.

"역시 대단하시네요. 그 몸짓과 표정, 그야말로 자연스러운 반응으로 보여요. 도저히 연기라고는 생각되지 않는군요."

쿠로스는 불끈해서 형사를 노려보았다. "무슨 뜻입니까?"

미타는 진지한 얼굴로 되돌아와 수첩을 펼쳤다.

"그 크리스마스 파티 말인데요, 2차 모임에 참석하기 전까지 쿠로스 씨는 어디에 계셨습니까? 매니저의 말에 따르면 볼일이 있다면서 한 시간쯤 따로 움직이셨다고 하던데요."

흠칫했다. 이 형사들은 이미 자신에 대한 탐문 수사를 끝내고 찾아온 모양이었다. 그건 어째서인가.

"잠깐만요. 내 행동이 사건과 뭔가 관계가 있다는 거예요?"

"관계가 없다면 대답하실 수 있겠지요. 어디서 무엇을 하고 계셨습니까?"

"……개인적인 일이에요. 대답하고 싶지 않습니다."

미타는 쿠로스의 얼굴을 지긋이 바라보았다.

"그러면 질문 방법을 바꿔볼까요? 쿠로스 씨는 최근에 언제 모미키 야요이 씨 집에 갔었습니까?"

쿠로스는 저도 모르게 미간을 찌푸렸다. "뭐요?"

"못 들으셨나요? 최근에 모미키 야요이 씨 집에 갔던 것은 언제였느냐고 물었는데요."

뺨이 긴장하는 것을 느끼면서 쿠로스는 고개를 저었다.

"무슨 말이에요? 내가 왜 모미키 야요이 선생 댁에 갑니까?"

그러자 미타는 몇 번 눈을 깜작거리고 다시금 쿠로스의 얼굴을 찬찬히 훑어보았다.

"뭡니까, 그 눈빛은?" 목소리에 노기를 담아 물었다.

"아뇨, 주변 분들이 얘기하는 것과는 상당히 차이가 나는구나 싶어서요."

"뭐가 어떻게 차이가 나죠? 주변에서 뭐라고들 했는데요?"

"다름이 아니라 당신과 모미키 야요이 씨의 관계에 대한 것이죠. 두 분이 교제하셨다고 하던데요."

술술 내뱉은 그 말에 쿠로스는 단박에 마음이 요동쳤다.

"무, 무슨 말이에요? 누가 그런 헛소리를……."

"헛소리인가요? 여러 사람에게서 들었는데요. 당신 매니저에게서도 들었어요. 반쯤은 공공연한 비밀이었다고 하던데."

쿠로스는 할 말을 잃었다. 시카노 구미코의 안경 쓴 얼굴이 머릿속에 떠올랐다. 겉으로는 전혀 모르는 척했으면서 속으로는 쿠로스와 야요이의 관계를 다 알고 있었다는 것인가.

"원래 그렇더라고요. 아무도 모를 거라고 생각하는 것은 본인뿐인 경우가 꽤 많아요. 하지만 모미키 야요이 씨 쪽은 오히려 그런 상황을 즐긴 모양이던데요?"

형사의 말에 더욱더 놀랐다. 야요이는 주위에 알려진 것을 눈치채고 있었던 것인가.

"그러니까 기왕 이렇게 된 거, 솔직히 대답해주시지요. 모미키 야요이 씨 집에는 언제 갔습니까? 그래도 계속 둘이 교제한 적이 없다고 하신다면, 우리로서는 그에 상응하는 조사에 들어갈 수밖에 없어요. 경찰을 만만하게 보시지 않는 게 좋아요. 두 남녀가 사귀었는지 아닌지, 그런 것쯤은 간단히 알아낼 수 있으니까요."

미타의 말이 단순한 협박으로는 들리지 않았다. 경찰이 본격적으로 뛰어든다면 그런 일쯤은 분명 식은 죽 먹기일 것이다.

쿠로스는 한숨을 내쉬었다.

"그래요, 사귄 적은 있었어요. 하지만 그리 깊은 관계는 아니었습니다. 게다가 이미 헤어진 사이예요."

"헤어졌다고요? 언제요?"

"한 달 전쯤…… 이었나?" 대충 둘러댔다.

"한 달? 그건 좀 이상하군요."

"뭐가 이상하죠?"

미타는 옆에 있는 젊은 형사에게 눈짓을 했다. 젊은 형사가 사진 한 장을 꺼냈다.

그 사진을 보고 쿠로스는 숨을 헉 삼켰다. 바로 그 회중시계였다.

"이거, 보신 적 있지요?" 미타가 말했다. "극단 연습실에서 발견했어요. 쿠로스 씨의 전용 연습실. 이것과 똑같은 상품을 모미키 야요이 씨가 크리스마스이브 전날에 구입했습니다. 지갑에 신용카드 영수증이 남아 있었어요. 이 시계, 모미키 씨에게서 선물받은 것이지요?"

그럴싸한 변명 따위, 생각나지 않았다. 쿠로스는 침묵하고 있었다.

"이 선물은 언제 받은 거예요?"

쿠로스는 필사적으로 생각을 굴려가며 대답했다. "……파티 때 받았습니다."

"파티? 그 크리스마스 파티 말인가요?"

"그래요. 둘이만 있었을 때 나한테 건네준 겁니다. 하지만 연인으로서가 아니라 배우 쿠로스를 후원하는 마음에서 주는 선물이라고 하셨어요."

"흠, 배우 쿠로스라……." 미타는 고개를 갸웃거리고 있었다.

"정말이에요. 믿어주십시오."

"모미키 야요이 씨 댁에서 받은 게 아니고요?"

"아니에요. 선생님 댁에는 간 적이 없어요."

"그렇습니까. 간 적이 없으시다?"

미타는 사진을 젊은 형사에게 돌려준 뒤, 손끝으로 뺨을 긁적이며 쿠로스 쪽으로 몸을 쓱 내밀었다.

"아, 미리 말씀드리겠는데 모미키 야요이 씨의 사망은 타살 혐의가 농후합니다. 아니, 농후하고 말고가 아니죠. 분명한 타살이라고 단언할 수 있어요."

"무슨 근거라도 있습니까?"

"여러 가지가 있죠. 우선 첫 번째," 미타는 손을 들어 엄지를 꼽았다. "사망 원인이 된 독극물, 즉 청산화합물인데, 와인 잔에서만 검출된 게 아니라 옆에 있던 와인병 속에서도 검출되었습니다. 자살이라면 독극물을 병에까지 넣지는 않아요. 유리잔에 따른 와인에 넣는 것만으로도 충분하죠. 두 번째, 찬장에 있던 와인 잔 하나에 물기가 남아 있었습니다. 함께 있던 누군가가 유리잔을 사용하고 그것을 씻어서 찬장에 넣어두었을 가능성이 높아요."

설마, 라고 쿠로스는 생각했다. 와인병에 독극물이 있었다는 것에는 전혀 짐작 가는 게 없었지만 유리잔이라면 기억이 났다. 하지만 찬장에 넣기 전에 틀림없이 꼼꼼히 닦아냈다. 물기가 남아 있을 리 없다.

"세 번째," 미타가 말을 이었다. "문손잡이를 비롯해 곳곳에 지문을 닦아낸 흔적이 있다는 점입니다."

문손잡이ㅡ.

그건 분명 이상하다, 라고 쿠로스는 생각했다. 자살이라면 최소한 야요이의 지문은 찍혀 있어야 한다.

"네 번째, 자살 동기를 찾을 수 없어요. 모미키 야요이 씨는 바로 어제도 파티 일정이 잡혀 있었고 그 자리를 크게 기대했다는 거예요. 어떻습니까, 그 밖에도 이래저래 기묘한 점이 있어요. 자살로 위장한 타살이라고 생각하는 게 타당하지 않겠어요? 당신은 어떻게 생각하십니까?"

쿠로스는 입을 삐뚜름하게 틀었다.

"무슨 말씀이신지는 알겠어요. 하지만 그렇다고 나를 범인이라고 단정하는 건 이상하잖아요."

"그렇다면 솔직히 대답해주시죠. 파티 뒤에 어디에 가셨습니까? 실은 그 파티 장소 근처에서 모미키 야요이 씨 집 근처까지 손님을 태워다줬다는 택시를 찾아냈어요. 운전기사의 얘기를 들어보니, 그날의 쿠로스 씨 옷차림과 아주 비슷하더군요. 안경을 쓰고 머플러를 두르고 있었다던데요. 택시 모는 분들을 얕봐서는 안 돼요. 쳐다보지 않는 것 같아도 의외로 정확히 관찰하고 있거든요."

형사의 말을 듣고 등줄기가 서늘해졌다.

"나, 나는 간 적이 없어요."

"그러면 어디에 가셨지요?"

"연습실에 갔습니다."

"연습실? 극단 연습실 말입니까?"

"그래요. 이번 연극 대본이 갑자기 마음에 걸려서……. 그런 때 그냥 넘어가지 못하는 성격이에요. 그래서 그날 밤에도……."

"그걸 왜 매니저에게는 말하지 않았지요?"

"그건…… 그냥 별생각은 없었어요. 내가 연습실에 간다고 하면 그녀도 따라와야 할 것이고, 그러면 크리스마스이브인데 좀 딱하잖습니까."

"흠, 그러시군요." 전혀 믿기지 않는다는 표정으로 형사는 고개를 몇 번 끄덕였다. "즉 그날 당신은 한 번도 모미키 야요이 씨 집에 가지 않았다는 말이지요?"

"그렇다니까요. 아까부터 몇 번이나 똑같이 얘기했잖습니까."

그러자 미타는 등을 꼿꼿이 펴고 내려다보는 듯한 눈빛을 쿠로스에게로 향했다.

"조금 전에 지문 이야기를 했었는데요, 범인은 지문에 대해 매우 중대한 실수를 범했어요. 딱 한 군데, 깜빡 잊고 닦아내지 않은 곳이 있었거든요."

"예?"

미타는 다시 옆의 형사에게 눈짓을 보냈다. 젊은 형사는 두 장의 사진을 테이블에 내려놓았다. 한 장에는 그 크리스마스트리가 찍혀 있었다.

"이 크리스마스트리, 보신 적은?" 미타가 물었다.

"나는 모릅니다."

"모른다고요? 거, 이상하네." 미타는 또 한 장의 사진을 손에 들었다. "이걸 좀 보십시오. 크리스마스트리를 놓아둔 출창의 표면을 찍은 거예요. 트리 받침대 옆의 하얀 지문, 보이시죠?"

그 사진을 보고 쿠로스는 비명을 지를 뻔했다. 분명 지문이 또렷이 남아 있었다.

그럴 리 없다, 라고 생각했다. 야요이와 둘이서 크리스마스트리를 보았을 때, 그녀는 자신의 손에 손가락을 끼웠다. 하지만 그때 출창에 찍힌 지문은 틀림없이 지웠다.

"쿠로스 씨, 당신의 지문 채취에 동의해주시죠." 미타가 진지한 어조로 말했다. "그래서 이 사진의 지문과 대조해야 합니다. 당신이 그 집에 가지 않았다면 당연히 일치할 리 없으니까 지문 채취를 거절할 이유도 없겠지요? 부탁드립니다."

　형사의 눈에 냉철한 빛이 서린 것을 보고 쿠로스는 확신했다. 이미 지문 대조는 끝난 것이다. 극단 연습실에 쿠로스의 사물이 한두 가지가 아니니까 채취하는 건 어렵지 않다. 그리고 지문이 일치한 것을 확인한 상태에서 이 형사들은 찾아온 것이다.

　그나저나 어떻게 된 일인가. 왜 그 지문이 남아 있었는가.

　쿠로스는 테이블에 놓인 사진에 다시 시선을 던졌다. 출창에 놓인 크리스마스트리를 찬찬히 들여다보니 뭔가 이질감이 느껴졌다.

　크리스마스트리는 출창 유리의 한가운데 놓여 있었다. 하지만 그날 밤, 즉 정원에서 야요이를 마주하고 통화했을 때 트리는 한가운데 있지 않았다. 약간 왼편으로, 실내에서 보자면 약간 오른편으로 당겨져 있었다.

　흠칫 놀랐다. 엄청난 생각이 떠오른 것이다.

　와인에 만드라고라의 독을 넣을 때, 쿠로스는 야요이에게 등을 돌리고 있었다. 어쩌면 그때 그녀는 크리스마스트리를 옆으로 살짝 밀어 그의 지문을 감춰버렸던 게 아닐까. 그러고는 그 옆에 자신의 지문을 찍어둔다. 쿠로스가 자신의 지문이라고 착각하게 하기 위해서.

　하지만 그 가설이 성립하기 위해서는 한 가지 큰 전제가 필요했다.

야요이는 쿠로스가 그녀를 살해하려고 마음먹은 것을 알고 있었는가.

설마, 하고 내심 도리질을 쳤다. 하지만 그렇게 생각하면 모든 것의 앞뒤가 맞아떨어지는 것이다.

만드라고라의 독은 일종의 감시 장치였는지도 모른다. 자신이 집을 비운 사이에 하얀 분말이 줄어들었다는 것을 알아챈 야요이는 쿠로스의 살의를 간파했다. 거기서 그녀가 선택한 길은 쿠로스에게 살해되는 것이 아니라 스스로 목숨을 끊고 살인죄를 그에게 덮어씌우는 것이었다. 왜냐하면 그렇게 하는 편이 쿠로스에게 가해지는 정신적 고통이 크기 때문이다. 이것은 그녀의 목숨을 건 복수인 것이다.

"왜 그러십니까. 얼굴이 새파랗게 질리셨어요." 미타가 말했다.

쿠로스는 입술에 침을 적시고 말문을 열었다.

"죄송합니다, 내가 거짓말을 했어요. 그녀와는 헤어지지 않았습니다. 며칠 전에도 그녀의 집에 갔었는데⋯⋯. 지문은 아마 그때 찍힌 것 같군요."

"며칠 전? 그게 언제입니까?"

"크리스마스이브의⋯⋯ 이틀 전이었나?"

미타는 징글징글하다는 듯 얼굴을 일그러뜨렸다.

"쿠로스 씨, 자백할 생각이면 아예 깨끗이 다 얘기하는 게 좋잖아요? 크리스마스이브 이틀 전이라고요? 그럴 리가 없죠. 가정부가 있다는 거, 아시지요? 사체를 발견한 여성이에요. 그 사람은 크리스마스이브 날에도 모미키 씨 집에 왔었고 거실도 살살이 청소를 했어요. 여기저기 죄다 닦았다고 말했습니다. 당신의 지문이 남아 있다면 그 뒤라고 생각할 수밖에 없어요."

형사의 작전은 완벽했다. 조금씩 조금씩 쿠로스를 코너에 몰아넣고 있었다.

"알겠습니다. 솔직히 말하지요. 집에 갔던 것은 파티 전입니다."

"파티 전? 파티 뒤가 아니고요?"

"저녁때 갔어요. 파티 장소에 가기 전에 둘이서만 있고 싶다고 그녀가 청해서……."

미타가 손을 가로저었다.

"속이 뻔히 보이는 거짓말은 그만두시죠. 당신이 아침부터 꼬박 연습실에 있었다는 수많은 사람들의 증언이 있어요. 매니저도 저녁때까지 당신 목소리가 연습실에서 들려왔다고 말했습니다."

"그, 그건……."

녹음해둔 것, 이라는 말을 꿀꺽 삼켰다. 왜 그런 알리바이 공작을 했느냐, 라고 추궁하면 대답할 도리가 없었다.

"그래요, 거짓말입니다. 그녀의 집에 갔던 것은 파티 뒤입니다."

미타가 뺨을 풀며 웃었다. "이제야 사실대로 말할 마음이 나셨나?"

"하지만 죽인 것은 내가 아니에요. 나는 방에서 건배를 했을 뿐입니다. 그녀가 사망한 것은 그 뒤예요. 나는 사건과는 관계가 없습니다."

"오호, 그렇게 나오시겠다?" 미타의 얼굴에서 웃음이 사라졌다. "참고로, 어떤 술로 건배를 했습니까?"

"물론 와인으로."

"그래요? 그러면 왜 당신은 아무 일 없이 무사하지요?"

"무사하다니요?"

"아까 말했잖습니까. 독약은 와인병에도 들어 있었다고요. 건배를 했다면 당신도 지금쯤은 저세상에 가 있지 않고서는 이상하죠."

"아……."

쿠로스는 입을 반쯤 헤벌린 채 가쁜 숨을 토해냈다. 그 순간, 이제 뭐가 어떻게 되건 상관없다는 기분이 되었다.

"어때요, 아직도 계속 변명을 하실 생각입니까?" 미타가 차가운 목소리로 말했다.

쿠로스는 고개를 저었다. 포기하는 편이 좋을 것 같다. 살인 계획에 대해 털어놓는 수밖에 없다. 그것도 죄가 되기는 하겠지만 그래도 살인죄보다는 가볍다.

하지만 과연 경찰이 그 말을 믿어줄까.

"내 얘기를 좀 들어주시겠습니까? 상당히 긴 이야기가 될 것 같습니다만."쿠로스는 힘없는 목소리로 말했다.

"네, 괜찮고말고요. 직업상, 긴 이야기를 들어주는 데는 아주 익숙하거든요. 자, 그럼 장소를 옮겨서 얘기해보기로 할까요." 미타가 자리에서 일어섰다.

쿠로스는 다시금 테이블의 사진을 보았다. 크리스마스트리를 보면서 그날 야요이가 했던 말이 생각났다.

"……십자가가 금기 사항인가요?"

"예?"미타의 눈이 둥그레졌다.

"크리스마스트리에 십자가를 장식하는 것은 금기라고 들었는데, 정말일까요?"

글쎄요, 라고 미타는 고개를 외로 꼬았다. 별로 관심이 없는 모양이었다.

그러자 젊은 형사가 입을 열었다.

"크리스마스는 예수의 탄생을 축하한다는 의미가 있기 때문에 죽음을 연상시키는 십자가는 적합하지 않다는 설이 있습니다."

"죽음을 연상시킨다고요?"

"어디까지나 하나의 설이지만요."

"그렇군요. 고마워요."

크리스마스에 죽음은 금기 사항이야, 라고 야요이는 말하고 싶었던 것이리라. 정말로 맞는 말, 이라고 쿠로스는 생각했다.

水晶の数珠

수정 염주

1

전화가 걸려 온 것은 나오키가 아르바이트로 일하는 철판구이 레스토랑에서 화려한 칼질 솜씨를 선보이고 있을 때였다. 조리복 밑에서 스마트폰이 부르르 진동하는 것은 알았지만 상관없이 계속 두 손을 움직였다. 고기를 잘게 써는 것뿐만이 아니라 불길을 높이 피워 올려 카운터를 마주하고 앉은 손님들을 기쁘게 해준다. 오늘 밤에는 어린아이도 와 있었기 때문에 평소보다 더 퍼포먼스에 힘을 쏟았다. 그러는 사이에 스마트폰은 조용해졌다.

ㄷ자 모양으로 배치된 철판 주위에 둘러앉은 손님들은 여덟 명으로, 그중 세 명은 일본인이었다. 하지만 여행객이 아니라 보스턴에 거주하는 가족이라는 것은 대화를 통해 알 수 있었다. 어린아이는 열 살쯤으로 보이는 남자아이였다.

"이렇게 가까운 곳에 철판구이 요리를 하는 레스토랑이 있는 줄은 몰랐어." 아이 아빠인 듯한 남자가 말했다. "게다가 가격이 꽤 합리적이어서 다행이다."

"그러게. 뉴욕까지 나가지 않으면 이런 곳은 없을 거라고 생각했잖아." 대답한 것은 아내로 보이는 여자다.

"언제든지 찾아주십시오. 철판구이 외에도 다양한 일식 요리가 있거든요." 다 구워진 고기를 각자의 접시에 나눠주며 나오키는 말했다.

"그래야겠어요. 우동이나 덮밥이 있는 것도 너무 반가워." 그렇게 말하고 여자는 나오키의 얼굴을 올려다보았다. "근데 아까부터 마음에 걸리는데, 요리사님 얼굴을 어디선가 본 적이 있는 것 같아요."

"그렇습니까? 흔한 얼굴이니까요."

"그렇지 않아요. 요리사로 일하기에는 아까울 만큼 핸섬하신데요. 그렇죠?"

"응, 아주 미남이시네." 남편 쪽은 나오키의 얼굴을 제대로 쳐다보지도 않고 맞장구를 치더니 젓가락을 놀리기 시작했다. 말을 맞춰줄 뿐 별 관심은 없는 것이리라.

"고맙습니다. 그럼 편안히 드십시오." 나오키는 머리를 숙인 뒤, 일단 주방으로 물러 나왔다.

스마트폰을 꺼내 이력을 확인했다. 놀랍게도 전화를 한 사람은 일본에 있는 누나 기미코였다. 전화번호를 알려주기는 했지만 좀체 연락해 온 일은 없었다. 메시지도 들어와 있었다. 중요한 얘기가 있으니 손이 비는 대로 연락해줘, 라는 것이었다.

메시지를 입력하기가 귀찮아서 전화를 했다.

"여보세요, 나오키?" 곧바로 연결되면서 기미코의 목소리가 말했다. 국제전화라고는 생각되지 않을 만큼 명료하게 들렸다.

"응, 나야. 근데 무슨 일이지? 그쪽 시각은 잘 모르겠지만, 이쪽은 한창 일하는 시간이야."

"그럼 용건만 말할게. 너, 다음 주 14일에 집에 올 수 있어? 일본 시간으로 14일이니까 그쪽은 13일인 건가?"

"뭐야, 너무 갑작스럽잖아. 그날 무슨 일 있어?"

"잊어버렸니? 14일이 아버지 생신이야. 그래서 작게나마 파티를 해드리려고."

"뭐야, 그게? 그런 일로 미국까지 전화하지 말라고. 나, 진짜 바빠."

"얘, 꼭 좀 와줬으면 좋겠어."

누나의 말투에는 뭔가 절박한 느낌이 담겨 있었다. 그것이 마음에 걸리기는 했지만 "당연히 안 된다는 거 알잖아"라고 대답할 수밖에 없었다. "그런 일 때문에 비행기 타고 갈 수 있겠냐고."

"그래도 이제 마지막이란 말이야."

"뭐가?"

"아버지 만나는 거."

흠칫해서 일순 말문이 막혔다. 숨을 가다듬고 나서 "무슨 말이야?"라고 물었다.

"암이야, 말기 암. 간하고 췌장하고…… 여기저기 다 전이됐어."

심장의 박동이 빨라졌다. 생각지도 못한 얘기였다. "나는 그런 얘기 전혀 못 들었는데?"

"엄마와 상의한 끝에 나오키 너에게는 임박할 때까지 최대한 알리지 말자고 얘기가 됐었어. 너도 지금 한창 중요한 시기인 것 같아서."

다시금 대꾸할 말이 찾아지지 않았다. 모두 자신을 걱정해주고 있다는 것을 새삼 깨달았다.

"암이라니……. 치료가 안 되는 거야?"

"의사 선생님은 이제 손써볼 도리가 없대. 언제 돌아가셔도 이상하지 않다고 했어. 아버지는 아직까지는 아무렇지도 않은 척하시는데 아마 여기저기가 몹시 아프실 거야."

나오키는 스마트폰을 움켜쥐었다. 아버지가 이제 곧 죽는다. 마지막으로 봤을 때는 얄미울 만큼 정정했었는데. 이렇게 전화로 듣는 것만으로는 전혀 실감이 나지 않았다.

애, 라고 기미코가 말했다. "집에 좀 오면 안 되겠니? 마지막으로 아버지한테 얼굴 보여드려야지."

나오키는 심호흡을 하고 나서 입을 열었다. "나 같은 아들, 보고 싶지도 않을걸?"

"왜 그런 소리를 해?"

"왜냐니, 굳이 말하지 않아도 알잖아. 나는 의절당한 처지야. 벌써 7년이나 만난 적이 없어. 아버지 입장에서는 이제 새삼 무슨 낯을 들고 찾아왔나 싶을 거야."

"그런 게 어딨어!" 기미코는 즉석에서 말했다. "세상 어디에 죽음을 앞두고 친자식을 안 보려는 아버지가 있겠니. 이런저런 일도 있었고, 차마 입 밖에 내서 말하지는 못해도 얼마나 보고 싶겠어? 아버지도 남아 있는 시간이 얼마 안 된다는 건 알고 있어. 그러니까 나오키, 부탁이야, 꼭 돌아와."

누나의 말 한 마디 한 마디가 나오키의 가슴속에 울렸다. 단순한 고집에서 나온 비뚤어진 태도 따위는 용서치 않겠다는 기백이 담겨 있었다.

"실은 다음 주에 오디션이 있어." 목소리를 낮춰서 나오키는 말했다. "나한테는 상당히 중요한 기회야. 그걸 놓칠 수는 없어."

"오디션? 그랬구나……. 그래도 어떻게 좀 안 될까?"

나오키는 머릿속에서 급히 계산해보았다.

"생신 파티가 그쪽 시간으로 14일이랬지? 그러면 일본에서 그 다음 날 새벽 비행기 편으로 출발하면 아슬아슬하게 시간은 맞출 수 있는데."

"그건 좀……. 아무래도 힘들겠다." 기미코의 목소리 톤이 뚝 떨어졌다. 억지로 밀어붙일 수는 없다고 생각한 것이리라.

"조금만 더 생각할 시간을 줘. 그럴 마음이 들면 돌아갈게. 하지만 어려울지도 몰라."

"알았어."

"지금 일하는 중이라 그만 끊을게." 그렇게 말하고 전화를 끊었다.

손님들에게 돌아가기 전에 세면실에 들러 옷차림을 가다듬었다. 거울에 비친 얼굴을 보고 아버지 신이치로를 떠올렸다. 아버지를 닮아 미남이라는 말을 듣는 게 옛날부터 그리 달갑지 않았다.

와타라이가는 지방도시의 명문가다. 대대로 그 지역 정재계를 떠맡아왔다. 신이치로도 몇 군데의 기업을 경영하고 있었다.

나오키는 지역 국립대학을 졸업한 뒤 신이치로가 회장을 맡은 지역 전자 부품 제조회사에 취직했다. 물론 특별대우 따위는 없었다. 다른 사원과 마찬가지로 교육을 받고 업무 태도를 비교하고 평가받았다.

그 회사를 1년여 만에 그만둔 것은 그런 대우에 불만이 있었기 때문이 아니다. 주어진 업무가 싫어진 것도 아니었다. 이유는 단 한 가지, 꼭 하고 싶은 일이 있었기 때문이다.

그것은 연극이다. 고등학교 시절부터 연기, 특히 영화에 관심이 있었다. 대학에 들어가서는 동아리 활동으로 독립 영화를 제작하기도 했다. 주연은 항상 나오키였지만 아무도 거기에 이의를 달지 않았다. 꿈은 할리우드 영화에 출연하는 것이었다.

취직한 뒤에도 줄곧 고민했다. 배우가 되고 싶은 꿈을 버려도 괜찮은가. 이대로 회사원으로 살아가도 후회 없는 인생이라고 말할 수 있는가.

고민 끝에 어느 누구와도 상의하는 일 없이 결론을 내렸다. 하고 싶은 일을 하자. 내가 가고 싶은 길을 가는 것이다. 어떤 결과가 나오든 모두 내 책임이다, 라고 각오를 다졌다. 도전 없이 행복은 없다. 내 인생이다. 누가 무슨 소리를 하건 상관없다.

하지만 물론 여기저기서 비난이 쏟아졌다. 가장 분노한 것은 부친 신이치로였다.

"겨우 1년 만에 회사를 때려치우는 인간은 어떤 일을 해도 안 돼. 배우가 되고 싶다고? 할리우드 영화? 웃기는 소리. 그게 될 성싶으냐? 기껏해야 배역도 없고 대사도 없는 기타 여러 명으로 끝날 게 뻔하지. 그런 짓을 하라고 어릴 때부터 영어회화를 가르쳤던 게 아니야. 바보 같은 소리 말고 회사로 돌아와. 사표는 없었던 일로 해줄게. 내가 얘기해둘 테니까."

"회사 일을 때려치운 게 아니에요. 나한테 주어진 업무는 빈틈없이 분명하게 마무리했어요. 다른 하고 싶은 일이 있으니 어쩔 수 없잖아요."

"세상 만만하게 보면 안 돼. 누구라도 현재 자신의 일이나 처지에 만족하고 사는 건 아니야. 그 안에서 삶의 보람을 찾아가는 것이지."

"꿈을 버리고서 삶의 보람이고 뭐고 있겠어요?"

"그런 걸 어리광이라고 하는 거야. 지금까지 누구 덕에 풍족하게 살았는지 알기나 해? 이제 네가 그 보답을 해야 할 차례라는 생각은 왜 못 해?"

"그러니까 그걸 다른 형태로 하겠다는 거예요."

"지금 장난하는 거냐? 꿈이니 뭐니 하는 헛소리에 장단을 맞춰줄 만큼 내가 한가하질 않아."

"아무도 아버지한테 장단 맞춰달라고 한 적 없어요."

"하나뿐인 아들이 얼빠진 소리를 하는데 와타라이가의 가장이 말없이 내버려둘 수 있겠냐?"

부자간의 대화는 언제까지고 평행선이었다. 분을 삭이지 못한 신이치로는 결국 마지막 카드를 내밀었다. 나오키와 의절하겠노라고 말한 것이다.

"그렇게까지 말한다면 너 좋을 대로 해. 하지만 더 이상 너와 나는 부모 자식도 뭣도 아냐. 당연히 일절 너를 원조해줄 일도 없어. 어딘가 길가에서 쓰러져 죽어도 뼈도 거둬주지 않을 테니 그런 줄 알아."

알았어요, 나 좋을 대로 하겠습니다, 라고 말하고 집을 나온 것이 7년 전이었다. 그 뒤 곧바로 미국으로 건너와 아르바이트를 해가며 연기 공부를 했다. 어려서부터 영어회화를 배워왔기 때문에 언어 문제로 곤란할 일은 거의 없었다.

하지만 영어를 잘한다는 것 따위, 배우뿐만 아니라 미국에서 성공하려는 사람에게는 당연한 일인 것이다. 현실은 각오한 것보다 훨씬 더 엄혹했다. 일본 국내에서의 실적도 없는 사람에게 일거리가 돌아올 만큼 미국 영화계는 달콤하지 않았다. 애초에 일본인 배우의 수요 자체가 많지 않은 것이다. 어쩌다 있더라도 한국인이나 중국인 배우들과 경쟁해야 했다. 배역이 일본인이라고 해도 미국인 스태프의 눈에는 그 차이가 눈에 들어오지 않는다.

그래도 인디 영화와 광고 등에 나가는 사이에 이따금 대형 제작사에서도 불러주게 되었다. 물론 대사 없는 단역일 뿐이지만, 조금 전 여자 손님이 나오키를 어디선가 본 적이 있다고 말한 것도 그중 뭔가를 봤기 때문이었을 것이다.

그리고 마침내 이번 기회가 왔다. 전 세계에 배급될 예정인 대작 영화의 제작이 결정되었는데 스토리의 주요 인물이 일본인이라는 설정이었다. 그 배역을 오디션으로 정한다고 했다. 무명 배우라도 대환영이라는 것은 그야말로 기회의 땅다운 일이었다. 즉시 신청해본바, 서류 심사를 통과했다. 실은 그것만으로도 대단한 일이었다.

나오키의 꿈은 부풀어 올랐다. 오디션에서 배역을 따내고, 완성된 영화가 일본에서도 대히트를 친다면 그동안 바보 취급을 했던 이들의 코를 납작하게 해줄 수 있다. 개선장군처럼 귀국했을 때, 아버지는 어떤 얼굴을 할까. 그것이 가장 기대가 되었다.

하지만―.

조금 전 누나의 말에 의하면 설령 오디션에 합격한다고 해도 아무래도 그때까지 아버지가 기다려줄 일은 없을 것 같았다.

2

나리타 공항에서 도심으로 향하는 열차에서 밖을 내다보며 정말로 돌아왔구나 하고 나오키는 감개에 젖었다. 일본을 떠나 있었던 것은 단 7년 동안이고, 지금 보는 풍경은 딱히 마음에 깊이 새겨진 것도 아니었지만 어쩐지 옛 기억을 자극받는 듯한 느낌이었다.

친지들을 만나면 우선 어떤 말을 해야 할까. 근황을 묻는다면 어떻게 대답해야 하는가. 서툰 거짓말은 하지 않는 게 좋으리라. 허세를 부리는 인간을 상대하는 건 피곤한 일이다. 고생하고 있다, 좀체 잘 풀리지 않는다, 하지만 열심히 하고 있다, 라고 솔직히 말하는 게 오히려 모두를 마음 편하게 해주는 답이 아닐까. 응, 그러자. 괜히 허세를 부리는 것은 좋지 않다―. 그렇게 마음속으로 방침을 정했다.

도쿄역에 도착하자 신칸센 승차장으로 향했다. 본가에 가려면 거기서 신칸센으로 두 시간여를 달려야 한다.

차표를 사려고 창구로 가는 참에 호주머니에서 스마트폰이 부르르 진동했다. 누나 기미코인가 했는데 표시된 번호는 전혀 모르는 번호였다.

네에, 하고 대답해보았다.

"나오키냐?" 상대가 물었다. 나지막하고 목쉰 소리였다. 7년 만에 듣는 목소리였지만 금세 상대의 얼굴이 머릿속에 떠올랐다.

"그런데요."

"나다. 알겠냐?"

"응……, 아버지잖아요."

"맞아. 너 지금 어디 있냐?"

"어디냐니, 왜 그런 걸 물어요?"

"묻는 말에 대답해. 어디야? 이미 국내에 들어왔지?"

아무래도 신이치로는 나오키의 귀국을 알고 있는 것 같았다. 기미코에게서 들은 것이리라. 오늘 도착한다는 것을 기미코에게만은 전했었다.

"도쿄역이에요. 지금 신칸센 타려고요."

"흥, 그래? 드디어 깨달은 모양이지?"

"깨닫다니, 뭘요?"

"네가 얼마나 바보 같은 꿈을 꾸었는지. 뭐, 하지만 됐다, 신경 쓸 거 없어. 젊은 시절에는 이래저래 착각도 하는 법이지. 모두가 자신을 다이아몬드 원석이라고 생각하거든. 나도 옛날에는……."

"아, 아버지, 잠깐만요." 나오키는 신이치로의 말을 가로막았다. "무슨 말이에요? 바보 같은 꿈이라니, 그게 뭡니까?"

"글쎄 예전에 네가 엄청 허풍을 떨었잖아. 할리우드 영화에 나오느니 뭐니 떠들면서."

허풍이라는 말에 나오키는 불끈 화가 났다.

"그 꿈은 아직도 간직하고 있어요. 버린 게 아니라고요."

흥, 하고 코웃음을 치는 소리가 들렸다.

"포기한 거 아니었어? 그래서 이렇게 터덜터덜 돌아온 줄 알았는데, 그런 거 아니었냐?"

"포기할 리가 없죠. 미리 말씀드리지만, 좌절해서 국내에 돌아온 게 아니에요. 아버지 생신이니 꼭 참석하라고 누나가 부탁을 하길래 마지못해 비행기 타고 온 거예요. 파티에 잠깐 얼굴 내밀고 그 즉시 돌아갈 예정입니다. 중요한 오디션이 있어요."

이번에는 혀를 차는 소리가 나오키의 귀에 들어왔다.

"야야, 관둬. 너 같은 녀석이 어떻게 오디션에 합격하겠냐. 이참에 국내에서 제대로 된 곳에 취직해. 일할 곳은 내가 마련해줄 테니까."

"내 일자리 걱정은 하지 마세요. 오디션에 합격할지 말지는 해 봐야 아는 거예요."

"뻔하지, 뭐. 승부에서 이길 사람은 미리미리 빈틈없이 최상의 준비를 하는 법이야. 큰 승부를 앞두고 터덜터덜 귀국하는 사람에게 승리의 여신이 미소를 지어주겠냐?"

"아버지 생신 축하하려고 먼 길을 급하게 달려온 아들에게 그게 할 말입니까?"

"나는 축하해달라고 한 적 없어. 애초에 이 나이에 생일 따위, 좋고 자시고 할 것도 없어. 하지만 뭐 됐다, 기왕 왔으니까 들어와. 만나서 찬찬히 상의해보자, 너의 앞으로의 일에 대해서."

"아뇨, 그럴 필요 없습니다." 나오키는 스마트폰을 귀에 댄 채 발길을 돌렸다. "그런 말을 들으면서까지 집에 갈 생각은 없어요. 나는 이 길로 미국에 돌아갈게요. 돌아가서 오디션 준비나 할 겁니다."

"바보같이 굴지 마. 쓸데없는 짓이라니까?"

"아버지를 만나는 게 더 쓸데없는 짓이겠죠." 그렇게 내뱉고 전화를 끊었다. 방금 내린 승차장을 향해 큰 걸음으로 발을 뗐다. 어쩌면 아버지가 다시 전화해줄지도 모른다고 생각했지만 그 뒤로 착신은 없었다. 물론 나오키 쪽에서도 전화할 마음은 없었다.

복잡한 심정을 안고 나리타 공항으로 향하는 열차에 올랐다. 방금 전에 바라본 풍경을 다시 눈에 담으면서 기미코에게 전화했다. 곧바로 연결되었다.

"나오키니? 무사히 도착했구나. 지금 어디야?" 아무것도 모르는 누나는 환한 말투로 물었다.

"도쿄역까지 갔었는데 다시 나리타 공항으로 돌아가는 길이야."

"뭐라고? 무슨 일인데?" 당연한 일이지만 기미코는 당혹스러운 목소리로 물었다.

"무슨 일인지는 아버지에게 물어보면 알 거야. 아무튼 나는 집에 안 가기로 했어."

"아버지라니? 왜 그렇게 된 거야?"

"글쎄 아버지에게 물어보면 안다니까."

친지들에게 안부 전해줘, 라고 말하고 기미코의 대답을 기다리지 않은 채 통화를 끝냈다. 스마트폰을 호주머니에 다시 넣으면서 아마도 아버지는 이제 더 이상 못 보겠구나, 라고 생각했다. 마지막까지 자신의 꿈을 이해받지 못한 것이 슬펐지만, 한편으로는 부자지간이라고 해도 서로 성격이 맞지 않고 인연이 없는 일도 있을 수 있나, 하고 지독히 가라앉은 생각을 품기도 했다.

3

다음에 나오키가 일본에 날아온 것은 지난번 귀국으로부터 3주일이 지난 뒤였다. 지난번과 마찬가지로 나리타 공항에서 도쿄역으로 나가 신칸센을 탔다. 이번에는 신이치로에게서 전화가 걸려 오는 일은 없었다. 당연하다. 그 아버지는 이미 이 세상 분이 아니었다.

아버지가 돌아가셨다, 가능하면 빈소도 지키고 장례식에도 참석하라고 기미코에게서 연락이 온 것이 이틀 전의 일이었다. 용태가 급변해 위독한 상태라는 얘기는 그 전부터 들었기 때문에 언제라도 귀국할 수 있게 미리 준비는 해놓고 있었다.

본가에 들어서자 어머니 사토요와 누나 기미코가 문상객을 맞을 준비로 바쁘게 돌아다니고 있었다. 그래도 오랜만에 돌아온 나오키의 얼굴을 보고 이것저것 질문을 던졌다.

"네 아버지 생신 파티에 온다는 말을 기미코에게서 듣고 내가 얼마나 기다렸는데." 사토요가 원망하는 어조로 말했다.

"그 일에 대해서는 누나에게 전화로 얘기했잖아." 나오키는 누나를 보았다.

"얘, 그거, 난 도무지 영문을 모르겠더라. 너한테 그 말 듣고 아버지에게 물어봤는데 아무 말도 안 하셨어. 그 녀석은 그냥 내버려두라고만 하시고. 대체 무슨 일이 있었던 거야?"

"도쿄역에 도착해서, 자, 이제부터 신칸센을 타자, 하는 참에 아버지한테서 전화가 왔어."

나오키는 3주 전 신이치로와의 대화를 이야기해주었다.

기미코는 사토요와 얼굴을 마주 보며 고개를 갸웃거렸다.

"이상하네? 아버지가 어떻게 나오키가 돌아오는 걸 아셨을까."

"누나가 얘기한 거 아니었어?"

"아냐, 난 말 안 했어. 애초에 생신 파티 자체가 아버지에게 비밀로 하는 깜짝 파티였는데?"

기미코에 의하면 파티는 신이치로가 입원했던 병원의 특별실을 빌려서 치렀다. 친척뿐만 아니라 오래된 친구와 지인들도 모셔서 상당히 풍성한 자리가 되었다는 것이다.

"나오키 너한테 전화를 받았을 때는 아직 파티 준비 중이었어. 아버지는 아무것도 모르셨을 거라고."

"누군가 얘기해준 모양이지."

"그럴 리가 없는데? 게다가 나오키 네가 오는 걸 알고 있었던 건 나와 엄마뿐이었어."

"나는 얘기하지 않았어." 사토요가 말했다.

"대체 아버지가 어떻게 나오키의 전화번호를 알았을까?" 기미코가 미간에 주름을 잡았다.

"나는 그것도 누나가 알려준 거라고 생각했었는데."

나오키가 미국에 건너간 뒤에 전화번호를 알려준 사람은 기미코뿐이었다.

"아버지한테는 알려드린 적이 없어. 묻지도 않으셨고."

"그럼 어떻게 된 거야."

"그걸 모르니까 이상하다는 거잖니."

분명 기묘한 이야기였다. 신이치로는 어떤 마술을 쓴 것인가.

또 한 가지, 마음에 걸리는 것이 있었다. 신이치로는 왜 하필 그 타이밍에 전화를 걸었을까. 그런 전화만 하지 않았어도 나오키는 그대로 집에 들어왔을 것이다. 직접 만나 설교하고 싶었다면 그때까지 잠시만 기다렸으면 될 일이 아닌가.

"그나저나 나오키, 오디션은 어떻게 됐어?" 기미코가 물었다.

가장 받고 싶지 않은 질문이었다. 나오키는 어깨를 움츠렸다. "떨어졌어."

누나는 노골적으로 실망하는 기색을 드러냈다. "아휴, 그랬구나."

"최종 후보까지는 올라갔는데……."

거짓말이었다. 실제로는 그 직전에서 떨어진 것이다. 이유는 알 수 없었다. 선발 담당자들은 떨어뜨린 이유를 일일이 설명해주지 않는다. 그들은 필요한 인재를 픽업할 뿐이다. 나오키는 그들의 영화에 필요한 사람이 아니었다. 단지 그것뿐이다. 당초 영화 프로듀서는 일본인 역할에는 일본인이 바람직하다고 말했고,

그래서 자신이 유리하다고 한껏 들떠 있었는데 최종 선발에 남은 사람은 한국인과 타이완인이었다.

충격으로 한동안 마음을 추스르지 못했다. 아니, 지금도 타격에서 벗어나지 못했다. 아무것도 할 마음이 나지 않아 하릴없이 하루하루를 보냈다. 이제 배우가 된다는 꿈은 포기해야 하는 건가, 라는 생각도 고개를 들기 시작했다. 그런 때에 아버지의 부보가 도착한 것이다.

4

지역 명망가에 걸맞게 빈소는 성대하게 차려졌다. 문상객에의 대접은 웬만한 파티 규모였다. 미망인 사토요는 지역 유력인사와 회사 관련자들에 대한 인사로 정신이 없었다. 장남이면서도 집을 떠난 탓에 그런 역할을 떠맡지 않아도 되는 자신의 입장이 나오키는 죄송스러웠다.

그들이 가고 나자 나오키와 유족 주위에는 친척들이 둥그렇게 모여 앉았다. 7년 만에 본가에 돌아온 와타라이가의 장남을 그들은 따뜻하게 맞아주었다. 미국에서 배우 수업 중이라는 것은 다들 알고 있었다. 신이치로가 마지막까지 허락하지 않았다는 것도. 근황을 물어보길래 여전히 무명 생활입니다, 라고 있는 그대로 말했다.

"아니, 나오키는 괜찮아. 아무튼 와타라이가의 장손이잖아. 틀림없이 성공할걸." 단정적으로 말한 것은 아버지의 사촌 형, 나오키에게는 당숙에 해당하는 집안 어른이었다.

"그렇죠. 뭐니 뭐니 해도 와타라이가의 혈통을 물려받았잖아요." 고모도 곁에서 거들었다.

나오키는 쓴웃음을 지었다. "혈통만으로 성공한다면 무슨 고생이겠어요."

그러자 먼저 말했던 당숙이 진지한 얼굴로 고개를 저었다.

"와타라이가의 혈통을 우습게 보면 안 돼. 참된 승부는 이제부터야. 와타라이가의 후계자는 선대가 세상을 떠나고 나서부터 제힘을 발휘하거든. 나오키 너도 수정 염주에 대한 얘기는 들었지?"

"아, 네, 그거야 뭐."

"신이치로 씨가 세상을 떠난 지금, 그것을 물려받을 사람은 너야. 반드시 역대 어른들에게 지지 않을 만한 실적을 남겨야지. 꼭 사업을 성공시키라든가 엄청난 재산을 남기라든가 하는 게 아니야. 와타라이가의 장남으로서 걸맞은 행동을 관철하면 되는 게야. 그렇게 하면 결과는 나중에 저절로 따라와. 그게 그 염주의 힘이야."

강한 의지가 담긴 그 말에 나오키는 말없이 슬쩍 고개를 갸웃거렸다.

수정 염주란 와타라이가에 대대로 전해오는 물건이다. 당대의 가장이 세상을 떠난 뒤, 그 후계자에게 주어지는 것이다. 염주에는 신비한 힘이 있어서 와타라이가에 부를 가져다주고 위기에서 구해준다고 했다. 단 그 힘을 물려받는 방법은 오로지 후계자만 알 수 있다.

"나오키, 염주의 힘을 의심하는 모양이지?" 고모가 슬쩍 눈을 치뜨며 쏘아보았다.

나오키는 머리를 긁적였다.

"솔직히 말씀드리면, 네, 그렇습니다. 염주는 단순한 상징이고 요컨대 와타라이가의 장남으로서 투철한 자각을 가져야 한다는 것 아닌가요?"

그러자 주위에 있던 친척들 거의 모두가 나서서, 아니, 아니, 라고 고개를 저었다.

"나오키는 아무것도 모르는구먼."

"염주를 그런 식으로 생각하다니."

"절대로 그런 간단한 이야기가 아니야."

어처구니없다는 듯 모두가 한마디씩 쏟아냈다.

"잠깐 내 얘기를 들어봐." 친척 중에 장로 격에 해당하는 당숙이 다시 입을 열었다. "나오키가 그런 식으로 생각하는 것도 어쩌면 당연하지. 하지만 대대로 그래왔어. 그 염주를 물려받은 자는 그날부터 사람이 바뀌는 거야. 배짱이 두둑해지고 승부에 강해져. 신이치로 씨도 그랬어. 젊은 시절에는, 이렇게 말하면 좀 그렇지만, 오히려 겁이 많은 편이었지. 그런데 염주를 물려받고부터 사람이 싹 바뀌었어. 그야말로 담대하고 두려운 것 없는 인물이 되었지. 그리고 승부에 아주 강해. 비즈니스 세계에서 일생일대의 기로라고 할 만한 승부에 여러 번 뛰어들어서 번번이 자기 것으로 만들었어. 일단 승부를 걸겠다고 마음먹으면 주위에서 누가 말려도 전혀 듣지 않았어."

"우리 아버지도 그러셨어." 고모가 말했다. "나오키 너로 치자면 할아버님이지만, 그 양반도 승부에는 아주 강했어. 본디부터 견실한 인품이지만 평생 단 한 번이라는 큰 투자에 성공해서 한 재산을 쌓아 올린 거야. 나중에 얘기를 들어보니까 우리 할아버님도 그러셨던 모양이야. 수정 염주를 물려받은 와타라이가의 장손은 가장 긴요한 승부에 절대로 지는 법이 없어. 그건 절대로 우연이 아니야."

설마, 하고 생각했지만 나오키는 굳이 반박하지 않았다. 염주의 힘을 철석같이 믿고 있는 노인들에게는 무슨 말을 해도 소용없다고 생각했기 때문이다.

"하지만 염주의 힘을 갖고서도 병에는 이기지를 못했구먼." 다른 친척 어른이 절절한 어조로 말했다. "신이치로 씨, 좀 더 오래 살고 싶었을 텐데. 못내 아쉬웠을 게야."

그러자 여기에서 사토요가 "아뇨, 꼭 그렇지도 않아요"라고 말을 끼웠다. "본인은 암이라서 다행이다, 라고 했으니까요."

"그건 또 뭔 소리래요?"

"인간은 언젠가는 죽는다, 노쇠가 가장 좋겠지만 그게 아니라면 암으로도 좋다, 남겨진 수명을 맛보며 죽어가는 것도 나쁘지 않다, 라고 하더라고요. 그이로서는 뇌경색이나 지주막하출혈 같은 병으로 의식불명 상태에서 죽는 게 가장 안 좋은 경우였어요. 그래서 뇌의 질병에는 특히 조심했었죠."

그것에 대해서는 나오키도 마음에 짚이는 게 있었다. 혈압이 높아지면 뇌에 좋지 않다면서 염분이 높은 음식은 극력 멀리하곤 했다.

"사고에도 아주 민감했었지?" 기미코가 말했다. "특히 교통사고. 비행기나 선박은 무섭지 않지만 자동차는 무섭다고 자주 얘기하셨어요. 비행기나 선박은 설령 사고가 나더라도 죽기까지 어느 정도 시간이 있지만 차 사고는 한순간이다, 자칫하면 무슨 일이 일어났는지도 모른 채 죽을 수도 있다, 그게 가장 싫다고 했어요."

자리에서 웃음소리가 새어 나왔다.

"거참, 기이한 가치관이네."

"죽는 방식에도 자기만의 고집을 갖다니."

"사업을 잘하는 만큼 조금 괴팍한 데가 있긴 했어."

모두가 한마디씩 했다. 어느새 수정 염주에서 얘기가 멀어지고 있었다. 그것을 듣고 나오키는 내심 안도했다. 이야기가 와타라이가의 후계자로서의 책임이나 의무 같은 방향으로 흘러가는 것은 그로서는 가장 피하고 싶은 일이었다.

5

밤늦은 문상객이 떠나고 나자 빈소에는 가까운 몇몇 사람만 남았다. 오늘 밤에는 가족끼리만 빈소에 머물기로 했다. 장례식을 거행할 홀에 나오키가 가보니 기미코가 관을 마주하고 철제 의자에 앉아 있었다.

고생했어, 라고 말하며 나오키는 누나 옆에 자리를 잡았다. 너도 수고했다, 라고 그녀는 답했다.

"미국에는 언제 갈 거야?"

나오키는 나지막한 신음 소리를 올렸다.

"아직 정하지는 않았지만 장례식 끝나는 대로 갈까 하고 있어."

"그렇구나. 배우가 되는 것을 반대하던 아버지도 돌아가셨고, 이참에 심기일전해서 다시 한 번 열심히 해볼 수 있겠네."

"지금까지도 아버지에 대해서는 별로 신경 쓰지 않았어." 게다가, 라고 뒤를 이었다. "일단 미국에 돌아가기는 할 건데 실은 이제 슬슬 그만둘 때인가 하는 생각도 있어."

기미코가 놀란 얼굴로 돌아보았다. "배우, 포기한다는 거야?"

"뭐, 그런 얘기인 셈이지. 7년을 뛰어보고 많은 것을 알게 됐어. 그쪽에서 성공하는 데는 노력만 갖고는 안 되더라고. 타고난 뭔가가 필요해. 근데 나한테는 그게 없어."

"그게 뭐야, 마음이 약해졌구나. 호언장담하면서 집을 뛰쳐나갈 때의 그 기세는 어쩌고?"

"현실을 깨달았다는 얘기지. 올림픽 100미터 달리기에서 일본인은 금메달을 딸 수 없다는 것과 똑같아."

"염주가 있잖아. 신비한 힘을 가진 수정 염주. 이제부터 그건 나오키 네 것이야."

나오키는 어깨를 으쓱 치켜들며 얼굴을 찌푸렸다. "누나까지 그런 얘기를 믿는 거야?"

"하지만 아버지도 할아버지가 돌아가신 다음부터 확 바뀌었어. 그건 나도 직접 실감했던 일이야. 그때까지는 그렇게 담력이 강한 분이 아니었어. 너는 아직 어릴 때라서 기억 못 할 테지만."

"당연히 기억이 안 나지. 내가 철이 들 때부터 아버지는 그런 사람이었는데."

나오키는 제단에 꾸며둔 영정 사진을 올려다보았다. 골프에 그을린 신이치로가 오만하게 앉아 있는 사진이었다. 금세라도 미운 소리 한마디를 날릴 것처럼 입가가 삐뚜름해져 있었지만 아버지로서는 웃으려고 해본 것인지도 모른다.

나오키, 라고 뒤에서 부르는 소리가 들렸다. 사토요가 다가오는 참이었다.

"자정이 지났구나."

나오키는 손목시계를 보았다. 어머니 말이 맞았다. 바늘이 오전 0시 3분을 가리키고 있었다.

"시간은 왜요?"

사토요가 들고 있던 가방을 열어 자주색 보자기와 봉투를 꺼냈다.

"오전 0시를 지나면 건네주는 것으로 정해져 있으니까."

나오키는 자리에서 일어나 어머니가 내주는 두 개의 물건을 받아 들었다. 자주색 보자기를 풀어보니 다름 아닌 그 수정 염주였다. 얼핏 보기에 흠집 하나 없이 요요한 빛을 내뿜고 있었다.

그리고 봉투에는 붓글씨로 '유언장 / 와타라이 나오키 앞'이라고 적혀 있었다.

겨드랑이 밑으로 부쩍 땀이 났다. 할 말이 선뜻 생각나지 않았다.

기미코, 라고 사토요가 딸의 이름을 불렀다. "나오키 혼자 있게 해주자."

응, 하고 고개를 끄덕이고 기미코는 자리에서 일어나 나오키의 손맡을 한 차례 바라본 뒤에 말없이 출구로 향했다.

"아버지 옆에서 찬찬히 읽어봐." 관을 바라보며 사토요는 말했다. "아무도 방해하지 않게 자리를 비워줄 테니까."

"이거, 어떤 내용이야?" 나오키가 봉투를 가리키며 물었다.

사토요는 어이없다는 듯 피식 웃었다.

"그걸 내가 어떻게 알겠니. 하지만……." 진지한 얼굴로 돌아와 말을 이었다. "네 인생에 있어서 아주 중요한 얘기가 적혀 있을 거야. 그것만은 틀림없어."

"염주의 힘을 믿어라, 라든가?"

"그럴지도 모르지." 진지한 얼굴로 아들의 비아냥거림을 가볍게 흘려 넘기고 사토요도 홀을 나갔다.

나오키는 다시 철제 의자에 앉았다. 봉투는 풀로 단단히 봉해져 있었다.

영정 사진을 올려다보았다. 느긋한 표정의 신이치로는, 정신 바짝 차리고 읽어, 라는 말을 건네는 것만 같았다.

나오키는 한 차례 심호흡을 한 뒤에 봉투 끝을 잡았다. 그대로 신중하게 봉한 것을 뜯었다.

착착 접힌 편지지였다. 어차피 별 내용은 없을 것이다—. 그렇게 생각하면서도 저절로 심장 박동이 빨라지는 것이 느껴졌다. 나오키는 천천히 편지지를 펼쳤다.

신이치로가 친필로 쓴 글씨가 줄줄이 이어졌다. 첫머리는 '이

것은 와타라이 신이치로가 남기는 유언장이다. 이 글을 읽을 수 있는 사람은 단 한 사람, 와타라이 나오키뿐이다'라는 것이었다. 그리고 한 행을 띄고 '나오키에게'라고 적혀 있었다. 침을 삼키려고 했지만 입 안이 바짝 말라 있었다.

나오키에게

너는 지금 어떤 심정으로 이 글을 읽고 있을까. 어차피 설교하듯 뻔한 얘기가 지루하게 이어질 거라고 생각하지 않을까. 혹은 아무 쓰잘머리 없는 정신론*에 맞장구를 쳐야 하는 게 아닌가, 하고 지레 지겨워할지도 모르겠다.

하지만 걱정할 것 없다. 이 유언장은 그런 것이 아니다. 와타라이 가에서 후계자에게 대대로 전해져온 것은 그런 성격의 것과는 전혀 다르다.

이 유언장은 한마디로 말하면 취급 설명서다.

무엇에 대한 취급 설명서인가? 당연히 수정 염주다. 그것을 어떻게 써야 하는지를 나는 너에게 전하지 않으면 안 된다.

너의 김빠진 얼굴 표정이 눈에 선하다. 또 그 얘기인가, 하고 실망할 것이다. 아마도 주위 친지들에게서 미신이나 망상이라고 생각할 수밖에 없는 얘기를 실컷 들었을 테니.

---

* 우주의 본체와 물질적 현상이 정신적인 것의 발현이라는 이론. '하면 된다' '간절히 원하면 이루어진다'가 대표적인 사례이다.

하지만 얕잡아 봐서는 안 된다. 수정 염주는 단순한 부적이나 상징 따위가 결단코 아니다. 분명한 힘을 가진 비술秘術의 물건이다. 그 힘은 억만금의 부와도 필적한다. 아니, 결코 돈으로는 살 수 없다는 점을 생각하면 그 이상이라고도 할 수 있다.

남겨진 시간은 적고, 말을 빙빙 돌리는 것은 내 취향이 아니라서 전제는 여기서 그치기로 하자. 그 힘이라는 게 어떤 것인지를 설명하겠다.

그것은 시간을 되돌리는 힘이다.

수정 염주를 두 손에 들고 한 가지 주문을 읊으면 과거로 되돌아갈 수 있다. 현대식으로 말하자면 타임슬립이라는 게 될 것이다. 이 것이야말로 와타라이가에 전해오는 비기秘技이자 일족을 번영시켜온 근원이며 궁지에서 벗어나게 해주는 마지막 카드이기도 하다. 아마도 믿을 수 없을 것이다. 나도 선친에게서 이런 얘기를 들었을 때 선뜻 받아들일 수 없었다. 하지만 진실이다. 나의 선친은 이 힘을 사용하여 인생 최대의 투자를 통해 한 재산을 이루었다. 투자의 결과를 알고 과거로 되돌아가 그곳에 전 재산을 털어 넣은 것이다. 단 이 힘은 평생 단 한 번밖에 쓸 수 없다. 또한 되돌아갈 수 있는 것은 단 하루뿐이다. 그리고 일단 한 차례 사용하게 되면 그 사람이 죽을 때까지 다음 사람은 사용할 수 없다.

언제 어떻게 이것을 쓸지는 너의 자유다. 어떤 것이든 너 스스로 결정하면 된다. 배당률 백배의 경마 마권에 걸어보겠다면 그것도 좋다. 절체절명의 위기에 빠졌을 때를 위해 남겨두는 방법도 있다. 힘을 어떻게 사용할지, 신중하게 생각해보도록 해라. 그 힘이 얼마나 대단한지 진심으로 깨달았을 때, 너는 한층 더 큰 사람이 될 수 있을 것이다.

물론 나도 사용했다. 인생에서 가장 중요하다고 생각했을 때에 썼다. 그 자세한 내용은 굳이 말하지 않기로 한다. 멋대가리 없는 짓이기 때문이다.

더 이상 어떤 말도 쓸데없다. 나와 똑같이 너 또한 유언 형식으로 계승자에게 전해주기를 권한다.

말미에 주문을 적어두겠다. 네가 이 힘을 의미 있게 사용하기를 빈다.

와타라이 신이치로

6

화려한 장례식이 거행되고, 그다음 날 아침에 나오키는 미국으로 떠나기 위해 집을 나섰다. 기미코와 사토요가 현관까지 배웅을 나와주었다.

"집 정리며 이런저런 수속에 일주일 정도 걸릴 거야. 전부 정리되면 다시 연락할게."

"그거 끝나는 대로 돌아올 거지?" 사토요가 물었다.

"응, 그럴 생각이야."

"그래서, 일본에 돌아와 어떻게 할 거야?" 기미코가 의미심장한 시선을 던졌다. "아버지가 남겨준 회사에서 일하려고?"

"그것도 선택지 중의 하나야. 왜, 안 돼?"

아냐, 라고 누나는 고개를 저었다. "나는 네가 원하는 대로 했으면 좋겠다고 생각해."

"걱정하지 마. 나도 부모의 유산으로 놀고먹을 생각은 없어."

"그런 걱정을 하는 게 아니야. 그저 네가 후회하지 않았으면 하는 것뿐이야."

누나의 말이 뜨끔하게 가슴을 찔렀다. 하지만 그 아픔이 얼굴에 드러나지 않도록 조심했다.

다음에 또 보자는 인사를 건네고 걸음을 옮겼다.

역에 도착하자 간선 기차에 올랐다. 다행히 승객이 적어 4인용 좌석을 독차지할 수 있었다.

신칸센으로 갈아타는 큰 역까지는 20여 분이다. 여행가방을 열고 안쪽 주머니에 넣어둔 봉투를 꺼냈다. 그 유언장이다. 이미 열 번 넘게 읽었기 때문에 내용은 대부분 머릿속에 들어 있었지만 저도 모르게 자꾸 읽고 싶어졌다. 꿈이 아니라는 것을 확인하고 싶은 것인지도 모른다.

그리고 다 읽고는 진한 한숨을 내쉬었다. 매번 똑같다.

이곳에 적혀 있는 것이 사실일까. 애초에 이게 진짜 아버지의 유언장인가. 하지만 필적은 틀림없이 아버지 본인의 것이었다. 그리고 그는 성격상 거짓말이나 농담으로 이런 글을 남길 사람이 아니었다. 아니, 꼭 그뿐만이 아니라 자신의 유언장에 잠꼬대 같은 거짓말을 쓸 사람은 세상 어디에도 없을 것이다.

그렇다면 사실인가. 수정 염주에 정말로 과거로 돌아가는 힘이 있다는 것인가.

유언장 말미에는 열여섯 개의 문자가 줄지어 적혀 있었다. 그것이 주문인 모양이었다. 문장으로서는 의미 불명이지만 그리 어려운 것은 아니어서 외우는 데 힘도 들지 않았다. 아니, 그러기는커녕 이미 머릿속에 똑똑히 들어 있었다.

유언장을 다시 가방에 넣고, 재킷 안주머니를 손으로 더듬어 보았다. 조금 불룩한 것은 그곳에 수정 염주가 들어 있기 때문이다.

아무래도 믿기 힘든 이야기였다. 딱 하루, 과거로 돌아갈 수 있다─. 그런 일이 과연 가능할까. 당장 시험해보고 싶었지만 평생에 딱 한 번이라고 하니 그럴 수도 없었다.

하지만 유언장 내용이 사실이라면, 여러 가지로 고개가 끄덕여지는 일들이 있었다. 친척 노인들이나 기미코가 말했던, 원래는 겁이 많은 성격이던 신이치로가 돌연 대담하게 승부에 뛰어들었다는 얘기도 설명이 된다.

승부에 나섰다가 실패했을 경우에도 여차하면 과거로 돌아가 다시 도전할 수 있다. 그리고 실패하지 않는다면 수정 염주의 힘은 그대로 남겨두면 된다. 즉 옆에서 보기에는 일생일대의 승부처럼 보였어도 본인으로서는 전혀 모험이 아니었던 것이다.

할아버지는 평생 단 한 번의 투자로 한재산을 쌓았다고 했다. 그 뒤로는 견실하게 살았다고 들었다. 아버지의 유언장에 따르면 할아버지가 그때 수정 염주의 힘을 빌렸다고 하니까 그 뒤로는 당연히 조용히 살아갈 수밖에 없었던 것이다.

한편 아버지는 비즈니스 세계에서 몇 차례 중요한 투자에 승부를 걸었다. 만일의 경우에는 수정 염주에 의지할 생각이었는데 실제로는 그 힘에 의지하는 일 없이 성공했다는 얘기인지도 모른다. 그러니 몇 번이고 승부에 나설 수 있었던 것이다.

그렇다면 아버지는 그 힘을 언제 사용했을까. '멋대가리 없다'는 이유로 유언장에는 구체적으로 밝히지 않았다.

마음에 걸리는 문장이 있었다. 수정 염주의 사용 방법으로서, 절체절명의 위기에 빠졌을 때를 위해 남겨두는 방법도 있다, 라고 한 것이다.

빈소에서 친척들 사이에 신이치로의 기이한 가치관에 대한 얘기가 나왔었다. 비행기나 선박은 사고가 나더라도 죽기까지 어느 정도 시간이 있지만, 차 사고는 한순간에 무슨 일이 일어났는지도 모른 채 죽을 수 있으니 그게 무섭다, 라는 것이었다.

그 이야기도 아버지가 염주의 힘을 믿고 있었다고 한다면 앞뒤가 맞아떨어진다. 혹시라도 비행기나 선박에 탔다가 위험해지면 그 전날로 돌아가 탑승이나 승선을 피하면 된다. 하지만 자동차 사고로 그 자리에서 즉사하게 되면 아무리 염주의 힘이 있어도 피할 도리가 없다.

아버지가 뇌의 질병을 두려워하고 암이라서 다행이라는 말을 내비쳤다는 이야기도 생각났다. 그것도 염주와 관련된 것이 아닐까. 의식을 잃으면 염주를 쓸 수 없으니 뇌의 질병은 영 좋지 않지만, 암은 그나마 의식을 잃는 일이 없으니 염주를 사용할 수 있어서 다행이다, 라는 뜻이 아닐까.

하지만 만일 그렇다면 아버지는 암으로 쓰러진 시점에 아직 염주의 힘을 사용하지 않았다는 얘기가 된다. 하지만 유언장에는 '사용했다'라고 분명하게 적혀 있었다.

생각하면 할수록 의문투성이였다. 염주에 정말로 그런 힘이 있다면 분명 마음 든든한 일이기는 했다. 운명이 걸린 대승부에도 망설임 없이 도전할 수 있는 것이다. 하지만 혹시라도 단순히 오래전부터 전해오는 설에 지나지 않는다면 그때는 어쩔 것인가. 과거로 돌아갈 수 있다고 믿고 승부에 나섰다가 아무 효과도 없이 실패해버린 사람은 없었을까.

나오키는 고개를 휘휘 저었다. 생각해봤자 별수 없는 일이다. 염주의 힘 따위, 믿지 않는 게 더 낫겠다는 마음도 들었다.

그런 것보다 지금 생각해야 할 것은 다음에 국내에 돌아온 뒤의 일이었다. 배우의 꿈을 포기하고 나는 앞으로 어떻게 해야 하는가. 역시 아버지 회사에 일자리를 부탁하는 것이 현실적인가.

이윽고 큰 역에 도착했다. 나오키는 가방을 들고 플랫폼으로 내려가 신칸센 승차장을 향해 걸음을 옮겼다.

차표 파는 곳으로 갔는데 웬 양복 차림의 사십 대 남자가 창구 안의 담당자를 향해 뭔가 항의하는 참이었다.

"신칸센이 예정대로 운행만 했어도 우리가 계약을 따냈을 거야. 다른 회사에 빼앗긴 건 우리가 갑자기 일정을 변경했기 때문이라고! 그러니 여기 신칸센 때문이라는 얘기잖아. 내 말이 틀렸어?" 남자의 목소리가 컸다. 상당히 흥분한 것 같았다.

"정말 죄송합니다." 창구 직원이 연신 사과하고 있었다.

"정말로 죄송하다면 자꾸 머리만 숙일 게 아니라 배상을 해줘야 할 거 아니냐고!"

"그러니까 그건 저희가 어떻게 대응해드릴 수 있는 일이 아니라서……."

"그래도 차표 구입하고 반환하는 일은 여기서 하잖아."

"그렇긴 한데요, 선생님 말씀은 구입이나 반환과는 성격이 다른 사안이라서요."

손님, 하고 이웃한 창구의 남자 직원이 나오키에게 말을 건넸다. "이쪽으로 오시죠."

나오키는 그쪽으로 가서 도쿄역까지의 승차권과 자유석 특급권을 달라고 말했다.

옆에서는 조금 전의 남자가 아직도 뭔가 소리치면서 화를 내고 있었다.

오래 기다리셨습니다, 라면서 담당자가 나오키 앞에 차표를 내주었다. "이 차표가 도쿄역까지의 승차권이고 이쪽이 자유석 특급권입니다."

"아, 됐어, 됐어!" 양복 차림의 남자가 소리쳤다. "당신하고는 얘기가 안 돼. 이렇게 되면 역장하고 직접 담판을 지을 수밖에 없어." 그렇게 내뱉고 남자는 나갔다.

나오키는 승차권 요금을 건네면서 "무슨 일 있었습니까?"라고 작은 소리로 물었다.

담당자가 쓴웃음을 지었다.

"지난달의 추락 소동 때문이에요. 신칸센이 운행 중지되는 바람에 거래가 성사가 안 된 모양인데 그런 일로 저희한테 화풀이를 하시니 좀 난감하네요."

"추락 소동?"

"예, 저희도 피해자인데 말이에요."

그런 일이 있었는가. 미국에 가 있어서 전혀 알지 못했다. 평소 국내 뉴스는 유념해서 읽어보는데 아무래도 이건 놓친 모양이었다.

플랫폼에서 열차를 기다리는 동안 나오키는 스마트폰으로 검색해보았다. 그러자 기사가 금세 눈에 들어왔다. 민간 경비행기가 신칸센 선로 위에 추락한 모양이었다. 그 일로 상하행선 모두 운행이 중지되는 바람에 최대 여섯 시간까지 연착되었다는 것이었다.

사고 날짜를 보고 나오키는 흠칫 놀랐다. 지난달 15일의 일이었다. 아버지의 생신 파티가 있었던 그다음 날이다. 당초 예정대로라면 미국행 비행기에 타기 위해 나오키는 그날 아침 일찍 신칸센을 이용했을 터였다.

그렇다면―.

그때 도쿄역에서 그대로 발길을 돌리지 않았다면 나오키는 다음 날 미국행 비행기에 타지 못했을 것이고 오디션에도 참석하지 못했다는 얘기가 된다.

문득 입가에 웃음이 번졌다. 운이 좋았는지 나빴는지 모르겠다. 만일 그렇게 되었다면 지금쯤 배우에의 꿈을 여전히 버리지 않고 있었을 것이다. 오디션만 봤어도, 라면서 억울해하고 있을 터였다. 그런 아버지의 생신 파티 따위, 모른 척했으면 좋았을 텐데, 라고 발을 구르며 후회했을 것이다.

거기까지 생각한 참에 뭔가가 머릿속을 번쩍 스쳐 갔다.

신이치로는 어떻게 아들이 생신 파티에 참석한다는 것을 알고 있었는가. 어떻게 아들의 전화번호를 알고 있었는가. 그리고 왜 하필 그 타이밍에 전화를 걸었을까.

나오키는 호주머니를 뒤져 수정 염주를 꺼냈다.

상상력을 발휘해보았다. 어쩌면 아버지는 아들에게 전화한 그 시점에 이미 스물네 시간 이내에 일어날 일을 알고 있었던 것은 아닐까.

깜짝 생신 파티가 열리고 그 자리에 하나뿐인 아들도 나타난다. 오랜만의 재회에 처음에는 약간 어색할지도 모르지만 서서히 마음을 터놓는 대화를 나눈다. 이윽고 아들의 전화번호도 알게 된다. 다음 날 아침, 아들은 오디션을 받기 위해 집을 나선다. 그런데 뜻하지 않은 경비행기 추락 사고가 발생하고 신칸센의 운행이 중지된다. 아들은 미국으로 돌아갈 방도를 잃고 일생일대의 오디션 기회를 놓치게 된다, 라는 것을.

아니, 알고 있었다기보다 신이치로에게는 실제 경험이었던 게 아닐까.

비탄에 젖은 아들을 위해 신이치로는 여태까지 살아오면서 한 번도 사용한 적이 없는 단 한 번의 비술을 마침내 쓰기로 한다. 딱 하루만 과거로 돌아갔던 것이다. 그리고 막 도쿄에 도착한 아들에게 전화를 한다. 하지만 실제 사정은 설명할 수 없었다. 그런 얘기를 해봤자 아들은 분명 아버지가 정신이 이상해졌다고 생각할 터였다. 그래서 미운 소리를 해주기로 했다. 일부러 아들을 화나게 한 것이다. 아버지가 노린 대로 불끈 화가 난 아들은 그길로 미국으로 돌아갔다…….

설마 그럴 리가. 이건 분명 우연한 일일 뿐이야.

나오키는 두 손으로 머리를 부여잡았다. 말도 안 되는 상상이었다. 하지만 생각하면 할수록 그것밖에 없다는 확신이 커져갔다.

만일 그렇다면 신이치로는 단 한 번의 기적을 나오키를 위해 사용해주었다는 얘기다. 아들의 꿈을 이루게 해주고 싶어서. 그토록 반대했으면서.

가슴이 뭉클해졌다. 나오키는 유언장의 마지막 부분에 적혀 있던 문장을 떠올렸다.

—그 힘이 얼마나 대단한지 진심으로 깨달았을 때, 너는 한층 더 큰 사람이 될 수 있을 것이다.

그것이 어떤 의미인지 알았다. 나 자신을 위해 쓰는 것만이 염주가 이끌어주는 길이 아닌 것이다.

아버지의 유지遺志를 헛되이 할 수는 없다. 거기에 보답하지 않고서는 수정 염주를 물려받을 자격 따위는 없다. 쉽사리 꿈을 내팽개치려고 했던 자신의 어리석음에 화가 났다.

플랫폼에 안내방송이 흘러나왔다. 이제 곧 열차가 들어올 모양이었다.

나오키는 스마트폰을 꺼내 서둘러 기미코에게 전화를 걸었다.

"왜 무슨 일 있어?" 누나가 걱정스러운 듯이 물었다.

"예정을 변경하기로 했어." 나오키는 큰 소리로 말했다. "다시 한 번 도전해볼게. 한동안 일본에 못 올 거야. 아니, 성공할 때까지는 절대로 돌아오지 않을 거야!"

기미코가 뭔가 말했지만 나오키는 전화를 끊었다. 그리고 막 도착한 열차에 성큼성큼 큰 걸음으로 올라탔다.

마음속에 환한 불빛이 켜진 것처럼

히가시노 게이고의 소설은 읽는 이를 빨아들이는 힘이 강하다. 일본 독자들의 평가에는 '하루에 한 편씩 읽으려고 했는데 결국 단숨에 다 읽어버렸다'라는 얘기가 많았다. 그 흡입력은 어디에서 나오는 것일까. 무엇보다 작품과의 거리 두기에 능숙한 작가이기 때문이 아닌가 하고 생각했다. 전체적으로는 분명하게 '히가시노 게이고의 소설답다'는 뚜렷한 개성이 있는데도 그의 주장 같은 것은 매우 조심스럽게 숨겨져 있다. 서술하는 문장은 상황이나 인물의 움직임을 지극히 객관적으로 드러내 보일 뿐이

✦ 이 장에는 본문의 주요 줄거리들이 일부 언급됩니다. 소설의 미스터리한 재미를 있는 그대로 즐기기를 원하는 독자에게는 「옮긴이의 말」을 본문보다 나중에 읽으시기를 권합니다.

다. 각 등장인물은 결코 작가의 생각을 대변하는 도구가 아니라 마치 살아 있는 존재처럼 생생하게 그들 자신의 이야기를 하고 있다. 작가가 품은 감정이나 관념은 일단 전면적으로 배제된다. 냉철한 계산 아래 지어진 공고鞏固한 이 공간은 오로지 독자를 위해 헌신하는 장소일 뿐이다. 그의 입김이 서린 곳을 찾기가 어려울 만큼 작가는 철저히 자신의 작품과 거리를 유지한다.

그렇게 작가와 작품 사이에 생겨난 빈 공간에는 일상을 살아가는 평범한 '보통 사람들', 즉 일반 독자를 초대한다. 쉬운 문장으로 편안하게 읽히도록 하고 간결한 서술로 속도감을 높이고, 아픔이나 고뇌 같은 버거운 감정에 지나치게 몰아넣지 않으면서도 두뇌를 적절히 가동하는 재미를 주고, 두고두고 진한 공감의 이정표를 남긴다. 다 읽고 나면 경탄과 함께, 상쾌하거나 통쾌하거나 우습거나 흐뭇해진다. 뭔가 꽉 붙잡고 의지할 만한 환한 불빛이 마음속에 켜진 것처럼 기운이 난다. 그래, 다시 한 번 힘을 내서 재미있게 살아보자, 라는.

아홉 편의 이야기를 모은 『그대 눈동자에 건배』는 일본에서도 손꼽히는 추리소설의 대가로 자리 잡기까지 이 작가가 다양하게 실험해온 경향들을 한자리에서 만날 수 있다. 한 사회를 구성하는 평범한 가족의 일상을 파헤치고, 형사들의 활약과 애환을 드러내고, 과학 기술의 발달을 둘러싼 근 미래를 상상하고, 인간의 미묘한 심리를 따라가 마음이 빚어내는 기적을 추리한다. 전편에 걸쳐 역시나 이번에도 기대를 배반하지 않는 강렬한 반전으로 빈틈없이 짜여 있어서 미스터리의 묘미를 마음껏 즐길 수 있다.

「새해 첫날의 결심」은 누구보다 성실하게 살아왔으나 변화하는 시대의 흐름에 떠밀려 사방팔방이 꽉 막힌 공장 사장 부부의 특별한 새해맞이 이야기다. 사업은 부도나고 집조차 넘어가게 되었을 때, 그들이 택한 것은 위험한 '도소주屠蘇酒'였다. 연초의 공짜 접대에 참석하려는 시골 경찰서장, 군수와 교육장이 펼치는 섣달 그믐날 밤의 달리기 시합, 신사 구지의 면피용 아부 등은 쇠락한 지방도시의 도덕적 해이를 우스꽝스럽게 보여주고 있지만, 그런 느슨함이 이 부부에게는 뜻밖에도 무거운 책무의 멍에를 덜어주는 계기가 되었다는 것이 큰 반전이다. 칠십 대 군수와 교육장이 동시에 사랑한 쉰여덟 살의 아주머니는 '이로하'라는 식당의 주인인데, 이 식당 이름이 의미심장하다. 〈이로하〉는 일본어의 히라가나 47자를 한 번도 중복되지 않게 넣어 지은 7·5조의 옛 노래다. 글자를 배우는 첫걸음이라는 것에서 초보 중의 초보, 기본 중의 기본이라는 뜻으로 쓰이기도 한다. 고어古語의 〈이로하〉는 그 해석에 여러 설이 있지만, 대략 다음과 같은 뜻으로 알려져 있다.

향기로운 꽃도 져버리느니
나도 이 세상 그 무엇도 영원할까.

덧없는 인생살이의 깊은 산을 오늘 뛰어넘어

헛된 꿈일랑 꾸지 말라, 지나치게 취하여 빠져들지 말라.

주위에 피해를 끼친 것이 마음의 죄가 되어 제 목숨이라도 바쳐 사람의 도리를 다하자고 생각했지만, 그 또한 덧없는 집착인지도 모른다. 지나친 성의誠意는 독이 된다. 우선 주어진 목숨을 살아내는 것이 삶의 기본 중의 기본이 아닌가. 인생살이의 깊은 산을 뛰어넘어 이 부부가 깨달은 심오한 경지를 마음속에 깊이 새겨두고 싶다.

'우리 죽지 맙시다. 그렇게 무책임한 인간들도 떵떵거리고 위세 부리며 살고 있잖아. 우리도 앞으로 그이들 못지않게 대충대충, 속 편하게, 뻔뻔스럽게 살아보자.'

「오늘 밤은 나 홀로 히나마쓰리」는 애지중지 길러온 딸을 보내는 부친의 마음을 그야말로 실감 나게 담아내고 있다. 딸의 결혼이란 아버지에게는 언제나 '아닌 밤중에 홍두깨'처럼 황망한 일인지도 모른다. 히나마쓰리 인형의 진열 방식을 둘러싼 수수께끼를 푸는 것을 통해 이 아버지는 인생에 중요한 매듭 하나를 짓듯이 안심하고 딸을 떠나보내기로 한다. 이제 그는 새로운 홀로서기를 시작해야 한다. 행복을 찾아나가는 방법에는 어쩔 수 없는 것을 받아들이면서도 그것을 뛰어넘는 지혜가 필요한 것이리라.

자식을 향한 아버지의 깊은 마음에 관한 또 하나의 이야기는

「수정 염주」다. 현실을 돌아보지 않고 꿈을 향해 내달리는 자식의 앞길을 지켜봐야 하는 것처럼 힘든 일도 없을 것이다. 그런 가운데서도 자잘한 정情에 얽매이지 않는 담백한 시선으로 이야기가 전개되면서 뭔가 큰 그림을 염두에 두고 있는 아버지 특유의 사랑이 한층 더 가슴 뭉클하게 다가온다. 인생의 간절한 꿈을 향해 담대하고도 두려움 없이 뛰어들게 해주는 '수정 염주'의 신비한 힘은 『나미야 잡화점의 기적』의 단편 버전이라고 할까. 진한 감동이 남는 수작이다.

　「10년 만의 밸런타인데이」와 「그대 눈동자에 건배」에는 추리력 뛰어나고 집념 강한 매력적인 형사들이 등장한다. 인기 작가와 독자의 아름다운 재회의 시간이 펼쳐지는가 싶더니 뜻밖에도 재능을 훔친 살인자의 악행이 서서히 밝혀지는 반전이 기다린다. 남의 재능이란 빼앗아봤자 오히려 무거운 짐이 될 뿐이라는 것을 새삼 통감할 수 있다. 이제 더 이상 소설가인 척하지 않아도 된다는 것을 알았을 때 마음 한구석에서 후련한 느낌이 들었다, 라는 실토를 듣고서야 비로소 우리는 이 용서할 수 없는 악인에게 공감을 갖게 되지 않을까. 친구를 해친 옛 연인에게 10년 만에 밸런타인데이 선물을 던져주고 치리코 형사는 아직 남아 있던 '초콜릿과 다크 체리의 앙상블' 디저트의 하트형 초콜릿을 입에 넣는다. 아마 그 맛은 지독히 달콤하고 씁쓸했을 것 같다. 그런가 하면 과학수사가 나날이 발전하는 요즘 시대에 지극히 아날로그적인 '미아타리 수사'에 임하는 형사도 있다. 약 10명의 수사원이 해마다 40여 명의 범인을 잡아낸다. "너를 만나서 다행이다. 너는…… 내가 오랫동안 찾던 사람이야"라는 대목은 콘택트렌즈를 빼낸 그녀의 얼굴처럼 강력한 역대급 반전이다.

과학 기술의 발전에 대한 천착은 히가시노 게이고가 특히 즐겨 쓰는 소재다. 얼마 전에 연인이나 가족을 빌려주는 대행업체가 화제가 되었지만, 「렌털 베이비」는 거기서 한 발 더 나아가 머지않은 미래에 가능할 수도 있는 일상을 유머러스한 SF로 풀어나갔다. 마지막 부분의 "셔럽!"이라는 말이 인상적이다. '뇌 이식'이라는 미지의 최첨단 의료과학 기술을 다룬 「사파이어의 기적」에서는 인간에게도 고양이에게도 중요한 '개성'의 기적을 목도하게 된다. 나이 든 사람이 뇌사한 젊은이의 몸을 빌려 새로운 삶을 살게 해주는 의학 실험이 오늘도 어디선가 착착 진행되는지도 모른다. 미쿠를 쏘아보던 차가운 얼굴의 동물병원 의사에게서는 전작 『라플라스의 마녀』와 『위험한 비너스』에 등장하는 의사들의 흔적이 겹쳐 보인다. 다만 미쿠에게 돌아온 '이나리'는 인공적이 아닌 자연스러운 교배를 통해 전설의 파란색 고양이를 낳는다. 인간의 손에 의한 과학 기술의 발달은 반드시 자연과 함께 나아갈 때만 행복한 결과를 낳는 것인가. 길들여지지 않는 도도한 고양이를 좋아한다는 작가의 취향을 얼핏얼핏 엿볼 수 있다.

「고장 난 시계」와 「크리스마스 미스터리」는 범죄자의 심리를 추적하는 정통 미스터리의 맛을 내고 있다. 두 편 모두 범인이 주인공이다. 범인 자신의 시선을 통해 스스로 어리석은 욕망의 함정에 빠져드는 모습을 지켜보게 된다. 예기치 않은 사태가 벌어지자 혼란에 빠진 범인은 '한 단계 더 완벽한 추리'를 하는 바람에 꼼짝없이 자신을 옭아매는 파국을 맞이한다. 제 꾀에 제가 넘어가 연상의 여류 각본가에게 처절한 복수를 당하는 인기 배우의 이름이 '쿠로스'라는 것이 재미있다. 크리스마스트리에 장식하는 것이 금기라는 '십자가'. 그 영어 'Cross'와 발음이 똑같다. 한편으로, 발로 뛰는 따분한 탐문 수사로 착실히 증거를 거머쥔 뒤에 범인을 조곤조곤 궁지로 몰고 가는 형사의 입담이 두 작품에서 똑같은 양상으로 펼쳐지는 것도 통쾌한 장면이다.

히가시노 게이고는 주로 장편소설을 많이 써내지만, 어쩌다 발표하는 소설집에서는 작은 면적 안에 미스터리의 묘미를 살리면서 집약적으로 이야기를 짜 넣는 구성력이 놀랄 만큼 뛰어나다. 초기작 『거짓말, 딱 한 개만 더』와 함께 읽어보면 그가 장편보다 오히려 단편에서 더 프로다운 역량을 발휘한다는 것을 알 수 있다. 그동안 이 작가의 소설을 여러 권 번역해왔지만 그중에서도 특히 아껴가며 읽고 싶은 책이 바로 이 두 권의 단편집이다.

옮긴이 **양윤옥**

일본 문학 전문 번역가. 2005년 히라노 게이치로의 『일식』으로 일본 고단샤에서 수여하는 노마문예번역상을 수상했다. 사쿠라기 시노의 『호텔 로열』『굽이치는 달』, 무라카미 하루키의 『1Q84』『직업으로서의 소설가』, 오쿠다 히데오의 『남쪽으로 튀어』, 스미노 요루의 『너의 췌장을 먹고 싶어』, 히가시노 게이고의 『위험한 비너스』『라플라스의 마녀』『나미야 잡화점의 기적』『악의』『유성의 인연』『매스커레이드 호텔』『매스커레이드 이브』 등 다수의 작품을 우리말로 옮겼다.

그대 눈동자에 건배

초판 1쇄 펴낸날 2017년 11월 27일
초판 13쇄 펴낸날 2023년 7월 24일

지은이 히가시노 게이고
옮긴이 양윤옥
펴낸이 김영정

펴낸곳 (주)현대문학
등록번호 제1-452호
주소 06532 서울시 서초구 신반포로 321(잠원동, 미래엔)
전화 02-2017-0280
팩스 02-516-5433
홈페이지 www.hdmh.co.kr

ⓒ 2017, 현대문학

ISBN 978-89-7275-842-6 03830

* 책값은 뒤표지에 있습니다.

히가시노 게이고의 가장 특별한 대표작

나미야 잡화점의 기적

양윤옥 옮김 | 456쪽 | 값 14,500원

30여 년 동안 비어 있던 나미야 잡화점에 숨어든 삼인조 도둑 쇼타, 고헤이, 아쓰야는 예전 주인 앞으로 도착한 고민 상담 편지를 발견하고 상담자들의 안타까운 사연에 점점 빠져든다. 졸지에 뛰어난 예지 능력(?)을 발휘해 답장 편지를 보내는 세 사람. 이들의 솔직하고 엉뚱한 조언은 뜻밖의 결과를 불러오고, 상담자들이 감사의 마음을 담아 보낸 편지는 또 다른 멋진 기적을 일구어낸다.

한국 누적 판매 140만 부·전 세계 누적 판매 1300만 부를 돌파한, 히가시노 게이고의 가장 특별한 대표작!

"여러분이라면 어떤 고민을 상담하시겠습니까?"   **히가시노 게이고**

"『나미야 잡화점의 기적』은 내 번역 노트에 '주위의 친지 모두에게 선물하고 싶은 책'으로 기록될 것 같다. 남녀노소를 불문하고 망설임 없이 추천할 수 있는 책이 의외로 많지 않은 가운데서 참으로 흐뭇한 일이다."

옮긴이 양윤옥